W0248648

Richard Lorenz

AMERIKA-PLAKATE

Unsere Bücher erhalten Sie
im gutsortierten Buchhandel
oder direkt beim Verlag
www.edition-phantasia.de

Richard Lorenz

Amerika-Plakate

k u k

1. Auflage – März 2014

Copyright © 2014 by Richard Lorenz
Published by arrangement with the author, c/o literarische Agentur Arrowsmith.

Dieses Werk ist urheberrechtlich geschützt. Über alle deutschen Rechte verfügt der Joachim Körber Verlag, Bellheim. Nachdruck, sowie jede Verwertung außerhalb der Freigrenzen des Urheberrechts sind ohne vorheriges schriftliches Einverständnis des Verlags unzulässig und strafbar. Das gilt insbesondere für Vervielfältigungen, Übersetzungen, Mikroverfilmungen und die Einspeicherung und Verarbeitung in elektronischen Systemen.

Copyright © 2014 bei Joachim Körber Verlag
»kuk« ist ein Imprint des Joachim Körber Verlags

Satz, Layout, Umschlaggestaltung: Joachim Körber
Gesamtherstellung: CPI Moravia, Porohelice

ISBN: 978-3-937897-54-7

www.edition-phantasia.de

Leibrand

Ging durch Philadelphia.
Malte sechsundsiebzig Amerika-Bilder.
Schlief in Brooklyn auf der Straße.
Träumte von Marylin Monroe.
Schrieb vierunddreißig Schrankgeschichten.
Kannte den Teufel.
Kannte die Engel.
Auch den Rattenkönig.
Fiel aus dreiundsechzig Fenstern.
Rettete dreiundzwanzig Menschen.
Der erste Kuss.
Der letzte Kuss.

Liebender
Suchender
Verlorener
Lebender
Sterbender

Kapitel Eins

Der erste Kuss (Brooklyn ist überall)

Take a walk on the wild side.
– Lou Reed

1

Ich sitze hier in meiner Küche, draußen regnet es bereits seit einigen Stunden. Dunkelgrau der Himmel, Wolkenfetzen. Vor mir auf dem Tisch liegt ein Paket. Ich habe es noch nicht aufgemacht, obwohl es da schon über einer Stunde liegt. Oben in den Zimmern höre ich meine Kinder, meine Frau telefoniert im Wohnzimmer mit einer Freundin, ich höre sie lachen. Ich liebe sie sehr.

Die Regentonne vor dem Fenster läuft über, Blätterschiffe torkeln durch den Sturm.

Vier Pakete und unzählige Briefe sind seit dem Tod Leibrands vor vier Jahren angekommen. Tagebücher, Notizbücher, Skizzen und vor allem Leinwände (die größte so hoch wie eine Tür, die kleinste im Format einer Postkarte) – voll mit seinen Amerika-Plakaten. Ich habe nie herausgefunden, wer sie mir wohl schickt, und wenn ich ehrlich bin, glaube ich auch nicht, es herausfinden zu wollen. Sie kommen aus der Vergangenheit, soviel ist sicher.

Alles im Leben schließt sich. Ich denke zum Ende hin kommen alle Dinge wieder ins Lot. Einige seiner Briefe habe ich gelesen, spät nachts, und ich muss zugeben, ich hatte mir ein wenig Mut dafür antrinken müssen. Leibrand fehlt mir. Für eine lange Zeit war er ein Teil meiner selbst, manchmal ein Bruder, meist sogar wie ein Vater, der auf mich aufpasste und mich beschützte. Vermutlich begegnet man solchen außergewöhnlichen Menschen nur einmal im Leben. Dennoch war mir Leibrand aus den Händen geglitten, wie ein Fisch aus unerfahrenen Kinderfingern, am Bachufer. Wenngleich ich weiß, dass ich ihn niemals hätte retten können, fühle ich mich schuldig, nichts für ihn getan zu haben.

Das Paketpapier ist nass, die Schrift darauf ein wenig verschmiert, aber noch lesbar. Zwei, drei schmale Bücher, mehr werden es heute kaum sein. Absenderadresse: *Brooklyn, letztes Haus links, Amerika.* Natürlich weiß ich, dass Leibrands Brooklyn überall sein konnte. Selbst Amerika konnte gleich hinter unserem Haus beginnen; ich hatte alles gesehen. Dinge, die ich meiner Frau nicht erzählen kann. Sie würde mich für verrückt halten.

Draußen zieht ein Gewitter auf. Das Licht beginnt schon zu flackern.

2

Die späten siebziger Jahre, in einer kleinen Stadt. Wir hatten hier einen winzigen Supermarkt, eine Bäckerei, einen Metzger, ein Postamt und eine Schule. Zwei Telefonzellen, denen man jedoch nicht sonderlich vertraute (man könnte schließlich eingeschlossen werden). Hier kannte man beinahe jeden, der über die Straße lief – und jedem, den man nicht kannte, begegnete man mit Misstrauen und Argwohn, die durchaus in Feindseligkeiten enden konnten.

Die Leute lebten in gekalkten Häusern, und so gut wie niemand hatte ein Telefon. Im Grunde dachte damals niemand, dass man Telefone im eigenen Haus jemals brauchen würde.

Ein, zwei Mal im Jahr ging ich mit meiner Mutter zum Postamt, um unsere Verwandten in München anzurufen. Die einzige Telefonkabine war so groß wie ein Auto, und roch nach feuchter, ungewaschener Haut. Das magische Rattern der Wählscheibe, während ich nach draußen schaute. An den getünchten Wänden die Fahndungsplakate der RAF-Bande, Baader und Meinhof. Leute, die durch die Stadt fuhren, ohne anzuhalten, waren von der RAF, da gab es gar keinen Zweifel. Wir Kinder erwarteten sowieso, erschossen zu werden bevor wir fünfzehn sein würden. Einmal zu neugierig aus der Tür geguckt, und schon hätte es passieren können. Damals spürten wir, dass sich die Zeit verändern sollte. Gerade so, als wäre ein schlimmes Unwetter aufgezogen; die Wolken standen noch am Himmel, aber niemand ahnte, was danach kommen würde.

Es war unsere Stadt, so viel stand fest. Wir kannten jeden Winkel und jede Ecke, geheime Plätze und verborgene Geheimnisse. Natürlich gab es hier auch ein Gespensterhaus, wie jedes leerstehende Haus in jeder Kindheit ein Gespensterhaus sein konnte. Unseres lag am Ende der Straße, die wie eine tote, graue Zunge zu einem Waldstück führte, es durchleckte und nirgendwo endete. Die alte Gantner hatte sich in diesem Haus vor über zehn Jahren in der Küche erhängt. Ihr Mann und ihr Sohn waren von Russland nicht mehr heimgekommen, und von Tag zu Tag war sie seltsamer geworden. Die Leute erzählten, dass es an jedem Todestag der alten Gantner in ihrer schimmeligen Küche regnen würde – es regnete Sterbebilder, wie es hieß. Sterbebilder jener Leute, die in diesem Jahr sterben würden. Natürlich glaubten wir das. Leibrand und ich hatten die alte Frau einige Male am Fenster sitzen sehen, lange nach ihrem Tod. Ein böses dunkles Gesicht, ein zahnloser offener Mund, der unsere Namen flüsterte, so leise, dass wir es nur in unseren Bäuchen hören konnten.

Gerade in den dunklen Herbst- und Wintermonaten erzählten sich die Erwachsenen viele solcher Geschichten. Schwarzweiß-Episoden, während das Holz der Öfen knisterte und schnalzte. Von Männern und Frauen, die man im Sarg angenagelt hatte, damit sie nicht wiederkommen konnten. Von Kindern, die nachts über Glasscherben gingen und mit blutigen Füßen auf den Dachsimsen wanderten. Fußspuren im Schnee, die im Teufelsloch endeten, Zwielicht-Gestalten, angeführt von der alten Gantner, die keine Ruhe fand. An Sonntagen war die Kirche voll, und bei jedem Unwetter verspritzte man Weihwasser vor den Türen, um die bösen Geister um Mitternacht zu vertreiben.

Das große Unheil begann in den längsten Sommerferien unseres Lebens, Ende der siebziger Jahre. Ein heißer Sommer, flirrend die Luft über dem Asphalt. Die Straße, in der ich und Leibrand wohnten, war unsere Straße. Als hätte man sie ausschließlich für uns gelassen, eine schlafende Schlange, die nur darauf wartete, von uns erweckt zu werden.

Wir waren elf Jahre alt, aber Leibrand war immer schon groß gewesen. Ein Junge, der ebenso gut vom Himmel gefallen hätte sein können. Leibrand war nicht so, wie wir, nicht wie die anderen Kinder, nicht einmal so, wie die anderen Menschen. Er schlief mit den Eidechsen und wachte mit den Wölfen.

Ich kann mich nicht erinnern, wann Leibrand hier gewesen war. In den Nächten scheint es, als wäre er plötzlich von einem auf den anderen Tag aufgetaucht, alleine nur, um die Welt zu verändern.

3

Bereits im Frühjahr, nach den großen Regenfällen, waren die Ratten immer wieder in die Häuser gekrochen. Aber erst nach den heißen Sommerwochen hatte es mit der Angst vor ihnen begonnen.

Heute denke ich, es war ein Vorzeichen für alles, was geschehen sollte. Wie ein leises Donnergrollen am Himmel, noch bevor man die rabenschwarzen Wolken sah und man die Elektrizität riechen konnte, die mit den Blitzen kam.

Die meisten Ratten kamen von der Müllhalde, die es zu dieser Zeit noch gab. Dort hatte es natürlich immer schon welche gegeben. Der Aufseher der Stadt, der da nach dem rechten sah, verscheuchte sie mit einem Luftgewehr und legte regelmäßig Giftkonserven aus. Niemand hatte damals Angst vor ihnen. Man erschlug sie mit einer Schaufel, traf man eine davon in seinem Haus an. Doch in diesem Sommer waren sie zu einer regelrechten Plage geworden.

Sie kamen über die Felder, durch die Kanalstränge, und fraßen sich durch die Keller in die Häuser. Auf den Straßen lagen sie in den frühen Morgenstunden, ausgeblutete Kadaver mit offenen Mäulern, wenn sie das Gift erwischte.

Da die Ferien begonnen hatten, waren es die Kinder, die nach Ratten suchten. Wir fanden sie überall. Sie gierten aus Abwasserrohren, verschwanden in Kellerschächten. Wir konnten sie sogar riechen, wie alte Männer den Schnee in den ersten Novembertagen riechen können.

Es war die Zeit der Teufel und des Staubes, der blutigen Schlieren auf den gestampften Lehmböden. Eingeweide, und scheußlich schimmernde Fliegen.

Leibrand wusste immer, wo er die meisten Ratten finden konnte.

»Ich kann sie hören, du musst nur deine Augen schließen. Sie singen«, sagte Leibrand. Ich schloss meine Augen.

»Hörst du sie?«

»Ja«, log ich. Ich hörte das Summen des Sommertages; ein Hund kläffte weit weg.

»Sie singen das Lied der Gewitter«, sagte Leibrand und lächelte. Nickte.

Wir öffneten die Dachluke des alten Hauses. Staub bedeckte unsere Gesichter.

Für einen Augenblick war mir tatsächlich, als würde ich ein leises Kindersingen hören – ein grässlicher und zugleich wunderschöner Todesgesang.

In der Nacht, bevor der Jahrmarkt in die Stadt kam, wurde der alte Hund der Penkers, ein hinkender, beinahe blinder Mischling, totgebissen. Scheinbar im Schlaf überrascht, fand man ihn am Morgen verendet in der Einfahrt liegen. Seine Augen trübe, die Zunge abgebissen neben seinem Kopf.

Eine Ratte, so groß wie eine junge Katze, steckte noch in seinem Maul und labte sich am geronnen Blut. Sie konnten die Ratte schmatzen hören. Jemand schrie.

Die Zirkuswagen schepperten in die Stadt, als man den alten Hund am Ausläufer der Straße vergrub (dort hatte sich im Laufe der Jahre ein beachtlicher Tierfriedhof entwickelt). Es war damals nicht ungewöhnlich, dass plötzlich ein Jahrmarkt in die Stadt kam: Schaubuden, Gaukler und Hausierer, ausgemergelte Tiere und der immerwährende Geruch von alter Zuckerwatte.

Ein einäugiger Mann mit Augenklappe blickte herunter.

Auf seinem Wagen steht mit geschwungener Schrift: Das Auge.

Drei Kinder stehen auf einem offenen Anhänger.

Die Farbe blättert ab und bleibt auf der Straße liegen.
Blau.
Spielkarten, die vom Himmel fallen.

Alles sehr langsam und gemächlich, schwere Traktoren zogen bunte Holzwagen mit abenteuerlichen Aufschriften und Bildern darauf. Ein fahrbarer Kinematograph, auf dessen dunkelblauer Plane versprochen wurde:

Sehen Sie in das magische Auge – wir sehen in Ihre Seele

Sie fuhren runter zum Stadtplatz, auf dem immer die Jahrmärkte, Rummelplätze und Feste gastierten. Kein guter Ort, zuviel seltsame Magie und billiger Zauber, nachts streifte hier der Wolfsmann herum und fraß den Sternenstaub der Nächte. Heulte zum Mond und verdarb Kinderträume.

Ein Budenbesitzer schrie: »Nur drei Tage, nur drei Tage!«, während Zelte aufgebaut und Stahlheringe eingeschlagen wurden. Ein Elefant schlich die Straße hinunter; wir trauten kaum unseren Augen. Leibrand flüsterte mir etwas ins Ohr, und schließlich sah ich es auch.

Eine Ratte saß auf dem Rücken des Elefanten und sah zu uns herunter, als wollte sie uns allesamt verspotten; der König der Welt.

Leibrand und ich folgten den Jahrmarktsleuten bis runter zum Stadtplatz. Der Elefant rieb sich an einem der Bäume, die Ratte auf seinem Rücken lief auf und ab. Die Kirchenglocken fingen an zu läuten.

Schaubuden wurden aufgestellt, Strom- und Wasserleitungen verlegt, bunte Fahnen aufgehängt, Lampions verteilt. Wir saßen auf einer Anhöhe und zählten unser Geld, das wir noch in den Hosentaschen hatten.

Ein Lastwagen kam angefahren, und wir stellten mit Freude fest, dass es auch einen Autodrom geben würde.

»Es wird der Jahrmarkt der Ratten«, sagte Leibrand und lächelte.

»Der König hält bereits seine Rede«, sagte ich, und Leibrand nickte.

Am himmelblauen Sommerhimmel zog ein Unwetter auf.

4

Suzanne kam in die Stadt, als das Unwetter den Ort erreicht hatte, und der Rattenkönig vom Rücken des Elefanten in die Dunkelheit sprang. Zusammen mit ihren Eltern besuchte sie Verwandte, die sie nicht einmal ausstehen konnte. Wir zählten vor unserem Haus die Blitze, als das fremde Auto im Regen zum Stehen kam. Ein Mann rief etwas, Leibrand rannte barfuß los. Sagte etwas, nickte, zeigte auf das Haus der Bergers. Hob seine Hand und kam wieder zurück, völlig durchnässt.

»Feuerrote Haare«, sagte Leibrand.

»Wer?«

»Das Mädchen. Das Mädchen hat feuerrote Haare«, sagte Leibrand. Es blitzte, Sekunden später Donnergrollen. Der Regen machte kalte Pfützen auf dem schlechten Asphalt.

»Kennst du sie?« fragte ich ihn.

Leibrand sah ihnen nach, der Wagen kam zum stehen, zwei Erwachsene und ein Kind rannten zum Haus. Einen Augenblick sah ich die roten, langen Haare.

»Leibrand? Kennst du das Mädchen?«

»Ich hab von ihr geträumt, als ich gestern Nacht im Schrank saß, weißt du«, sagte Leibrand, blickte zum Himmel, und ich sah einen Blitz niederfahren in seinen Pupillen.

Natürlich wusste ich von Leibrands Schrank. Immer, wenn sein Vater zuviel getrunken hatte, und das passierte vier, fünf Mal die Woche, war der Schrank Leibrands Versteck. Während sein Vater unten in der Küche so laut schrie, dass man es noch bei uns klar und deutlich hören konnte, verschwand Leibrand in dem schweren Holzkasten und ging fort – schloss die Augen und träumte sich weg von diesem schrecklichen Ort. Wann die Sache mit dem Schrank und dem Verstecken vor dem Monstrum unten in der Küche begonnen hatte, daran konnte sich Leibrand nicht mehr erinnern.

Sein Vater hatte ihn nie gefunden, und er war nie so schlau gewesen, in dem Kleiderschrank neben Leibrands Bett nachzusehen. Vermutlich war er die meiste Zeit dafür einfach auch zu betrunken.

Natürlich wusste ich auch von den Zeichnungen in dem Schrank, ich hatte sie schließlich mit eigenen Augen gesehen. Leibrand hatte an die Rückwand Papier geklebt und angefangen, es zu bemalen. Ein riesiges Kunstwerk.

»Ich glaube, es wird eine Stadt. Häuser und so«, flüsterte Leibrand eines Tages, als wir beide in dem Schrank saßen. Er hatte immer eine Taschenlampe dabei; der Lichtkegel streifte geheimnisvoll über das Papier.

»Hohe Häuser. Gibt's bei uns nicht«, flüsterte ich.

»Die gibt's überall. Du musst sie nur suchen.«

Ich dachte darüber nach, und wer weiß, vielleicht hatte Leibrand sogar recht.

In der Küche knallte eine Tür zu. Sein Vater, ein stämmiger Mann mit dunklen Augen, übergab sich im Garten. Leibrand schloss seine Augen und sagte: »Willst du eine Schrankgeschichte hören? Ich hab davon geträumt, genau hier.«

Leibrand fing an zu erzählen.

Ich fand die erste Schrankgeschichte, die mir Leibrand erzählt hatte, in einem seiner Notizbücher wieder. Er muss sie um 1990 niedergeschrieben haben, als die Dinge längst nicht mehr aufzuhalten waren. Natürlich erzählte er sie mir damals ein wenig anders, als wir beide elf Jahre alt waren, das Erbrechen seines Vaters im Garten hörend. Dann wieder das Schreien und das Weinen seiner Mutter. Ich las die Geschichte an einem Herbsttag, während es draußen regnete, und erinnerte mich an damals – damals, als ich glaubte, es wäre nur eine Geschichte. Aber das stimmte nicht. Alle Menschen, über die Leibrand geschrieben hatte, gab es tatsächlich. Natürlich auch Albert Sterner; ich habe ihn selbst viele Jahre später einmal getroffen. Heute glaube ich, Leibrand hat ihre Türen geöffnet. Türen, von denen sie selbst nicht einmal wussten, dass es sie gab. Ich weiß nicht, was er tatsächlich sah, wenn er in seinem Schrank saß, aber er gab ihnen allen eine Geschichte.

Hier erzähle ich sie so, wie ich sie in einem schwarzen Notizbuch gefunden habe, denn ich denke, Leibrand hätte ein Schriftsteller werden können. Aber die Kunst kommt weit nach dem Leben, wie es heißt.

ALBERT STERNER UND DIE WARTENDEN
(Die erste Schrankgeschichte Leibrands)

Albert Sterner tanzte nicht auf ihrer Hochzeit, wenn man es so sagen möchte. Manche Leute behaupteten, Sterner sei ein ziemlich verschrobener, eigenartiger Vogel, und einige waren sogar fest davon überzeugt, dass er nicht alle Tassen im Schrank hatte. Der alte Mann hatte davon schon mehrmals gehört, aber es interessierte ihn nicht sonderlich. Der sonderbare Kauz hatte es geschafft, siebenundsechzig Jahre alt zu werden – und diese Zeit mit dem zu füllen, was er liebte. Zwei große Geschichten waren noch in seinem Kopf, zwei Bücher, die noch Seite für Seite geschrieben werden mussten. Eines für ihn, eines für den Teufel. So war der Handel. Schließlich hatte er ihn bei dem Wettrennen am Grünen See geschlagen, und es mochte schon etwas heißen, den Teufel bei einem Wettlauf hinter sich zu lassen. Vor langer Zeit, gewiss, aber für einige Dinge des Lebens ist Zeit nicht wirklich wichtig.

Mit sieben Jahren hatte Albert Sterner angefangen, in leere Flaschen Geschichten hineinzusprechen und zu hoffen, dass er sie wieder hören könnte, wenn er nur nahe genug sein Ohr daran halten würde. Mit acht Jahren ging er in die einzige Bücherei der Stadt und schrieb in einige Bücher, die ihm gefielen, einen neuen Schluss auf die letzte leere Seite. Als er neun Jahre alt war, traf er schließlich den Teufel zufällig unten am Fluss. Der Teufel war dort, um pechschwarze Steine hineinzuwerfen, Albert war dort, um einen Frosch zu fangen. Da ihm der Junge nicht glaubte, rülpste der Teufel, öffnete seinen Mund und gebar zwischen schneeweißen Zähnen eine riesige, scheußliche Kröte. Er würde den Anblick niemals wieder vergessen können, selbst wenn er die Kröte nicht ausgespien hätte. Ein sehr alter Mann mit den Händen eines Kindes. Er trug einen schwarzen Anzug mit einer schwarzen Krawatte, und glänzend schwarze Schuhe, in denen sich der Junge und der Sommer spiegelten.

»Wie wär's mit einer kleinen Wette, weil so ein schöner Tag ist, Junge?« fragte der alte Mann und lächelte.

»Ich weiß nicht, ich finde Wetten ziemlich blöde«, antwortete Albert, und es war wirklich so. Die meisten Wetten, die er jemals mit anderen Kindern abgeschlossen hatte, waren wahrhaftig sehr blöde gewesen.

»Ein kleines Rennen. Ein alter Mann gegen einen jungen Mann. Von hier nach dort, zum Flussende, zur Gabelung.« Er deutete zum Wald, der den Grünen See in sich verschluckte.

»Ist nicht weit«, sagte Albert, legte seine Hand über die Augen und sah zum Ende der staubigen Straße, die viel mehr ein Weg als eine Straße war.

»Ich bin alt, du hast noch das ganze Leben in den Beinen. Du hast schon so gut wie gewonnen, finde ich.« Der Teufel nickte, während er sprach.

»Und wenn ich verliere?« fragte Albert.

»Du kannst nicht verlieren, mein Junge.«

»Und wenn doch?«

»Sagen wir mal, wenn du verlierst, was ja sehr unwahrscheinlich ist, dann bekomme ich deine Beine. Natürlich erst, wenn du tot bist, versteht sich.«

»Meine Beine?«

»Ja, aber erst, wenn du tot bist, darauf gebe ich dir mein Wort.«

Albert überlegte eine ganze Weile, und obwohl er nicht im Geringsten wusste, was der Teufel mit seinen Beinen wollte, war er nicht uninteressiert an diesem Geschäft.

»Und wenn ich gewinne?«

»Such's dir aus. Ich meine, außer Geld – so ein niedriger Wunsch würde mich sehr beschämen.«

»Zwölf Bücher«, sagte Albert.

»Ich verstehe nicht ganz.«

»Zwölf Bücher für meinen Kopf, neue Bücher. Romane, die ich schreiben kann. Ich schreibe gern«, schlug Albert vor.

»Natürlich sollen sie auch gedruckt werden, nicht wahr?«

»Natürlich«, sagte Albert, und beide nickten.

»Ein wahrlich ungewöhnlicher Wunsch, ja. Du bist nicht dumm, Junge. Nein, das bist du wohl ganz und gar nicht.«

»Und tanzen. Ich möchte tanzen können«, sagte Albert, und lächelte.

»Oh, tanzen. Sicher. Ein guter Handel, das lässt sich machen.« Der Teufel ließ die restlichen schwarzen Kieselsteine in seine

Jackentasche gleiten. Für einen Augenblick lang glaubte Albert, ein Stöhnen der Steine zu hören, aber vermutlich hatte er sich nur getäuscht. Eine Krähe kreischte im Waldstück hinter ihnen, während sich ihre Schatten auf dem trockenen Boden berührten.

Die Welt ging unter, der Himmel füllte sich mit zahlreichen Gewittern. Albert rannte, als wäre der Teufel hinter ihm her – was in der Tat auch so war –, und er drehte sich nicht um und versuchte, nicht auf den Boden zu sehen. Hunderte von Kröten, eine scheußlicher als die andere, über die er hinwegflog, als hätte er Flügel bekommen. Hinter ihm die schweren Schritte des alten Mannes und das scheußliche Atmen, das sich anhörte, als würde er bei jedem Schritt den Namen des Jungen fluchend ausstoßen. Gierige Finger, die an seinem T-Shirt zerrten, aber es nicht zu fassen bekamen. Geister und Ungeheuer, durch die der Junge hindurchlief und die er noch Tage später auf seiner Haut riechen konnte. Visionen in seinem Kopf – er sah seine Eltern sterben und seinen einzigen Bruder, sah sich selbst als alten, gebrochenen Mann, einsam und zurückgeblieben. Aber dennoch rannte er mit den Raketenschuhen schneller als der Teufel selbst.

Die Raketenschuhe, jedenfalls hatte sein Großvater sie so genannt, waren merkwürdige Schuhe. Sie sahen wie Sonntagsschuhe aus, das Leder war aber nach all den Jahren durchgewetzt und schäbig geworden. Alberts Mutter hatte schon mehrmals versucht, sie wegzuwerfen, doch er hatte sie immer wieder aus dem Mülleimer retten können.

Sein Großvater hatte ihm die Schuhe geschenkt, als Albert sechs Jahre alt war.

»Es sind Zauberschuhe, merk dir das. Ich habe sie bei einer Wette gewonnen, mit dem Teufel, ob du es glaubst oder nicht. Als ich noch ein Kind war, kam er oft in die Stadt, um die Sterbenden zu besuchen. Wir kannten ihn alle. Aber versprich mir eines – erzähl deinen Eltern ja nicht, was ich dir gerade erzählt habe. Sie würden uns alle beide für vollkommen verrückt halten.«

Albert ging weit vor dem Teufel durch das Ziel, und als er sich umdrehte, war der Teufel nicht mehr da. Die Gewitter zogen sich über dem Jungen zusammen, und die ersten Regentropfen berührten sein Gesicht. Ein Blitz fuhr nahe in den Wald, und Albert roch verbrannte Erde.

Die Geschichten kamen in seinen Träumen. Am Anfang nur brüchige Bilder, unscharf und ausgebleicht. Im Winter seines zehnten Geburtstages wachte er eines Nachts auf und konnte sich an die Geschichte seines Traumes klar und deutlich erinnern. Es war die Geschichte des Wettrennens, doch im Traum war der Teufel noch hinter ihm, keuchend jenen Satz wiederholend, den Albert ein Leben lang nicht vergessen sollte:

Wir werden uns wiedersehen, Junge, und dann wirst du alt sein und das Rennen verlieren.

Albert war überzeugt, dass er ihm eines Tages wieder begegnen würde. Er wusste sogar ziemlich sicher, wann dieser Tag sein würde. Wenn alle Bücher geschrieben und sein Kopf leer sein würde. Wenn der Tag seines Sterbens so nahe sein würde, dass man ihn riechen konnte, wie man den Winter riechen kann, wenn man die Augen schließt und an die eigene Kindheit denkt.

In den letzten vierzig Jahren hatte Albert fünf seiner Bücher veröffentlicht, und sie hatten sich gut verkauft. Weitere fünf hatte er an Abenden und in Nächten geschrieben, überarbeitet, und sie in leere Flaschen hineingesprochen, um danach das Manuskript in seinem Küchenofen zu verbrennen. Für jedes Buch brauchte er zehn bis fünfzehn leere Weinflaschen, die nun an den Fensterbrettern und auf dem Boden seines Hauses standen. Er wusste, dass es dieses Mal funktionieren konnte. Nachts, wenn das Haus ganz still geworden war, hörte er seine eigenen Geschichten, so leise, dass er sie kaum verstehen konnte. Er war glücklich – ein glücklicher alter Mann.

Als Albert die Schmerzen in seinem rechten Bein bekam, fing er gerade an, sein elftes Buch zu schreiben. Er wusste, dass das sicher nichts Gutes zu bedeuten hatte. Dabei war er seit einigen Monaten dabei, einige neue Tanzschritte zu lernen. Manchmal besuchten ihn junge Frauen, die seine Töchter hätten sein können, und tanzten mit ihm in der kleinen Küche von einem Ende zum anderen. Er mochte es sehr gerne, sie zu berühren und den Duft ihrer Haut einzuatmen. Einige von ihnen waren sehr gute Tänzerinnen, und die Küche war keine Küche mehr, sondern ein vergessener Platz in Paris. Es war die Liebe zwischen den Menschen, die nichts mit sexuellen Abenteuern zu tun hatte. Für solche Dinge war er viel zu alt und viel zu verschroben geworden, aber wenn sie seine Schultern berührten, war es, als wäre noch jeder Sommerregen für dieses Jahr offen. Sie trafen sich heimlich mit dem alten Mann, saßen bei ihm und hörten seine Geschichten. Streiften sein Leben, um die Schatten der Nacht verstehen zu können. Gingen nach Hause, um wieder das zu tun, was tun zu müssen sie für richtig hielten. Aber mit der Gewissheit in ihrem Herzen, dass es immer zwei Seiten der Straße gab. Den Mädchen schenkte er manches Mal eine seiner Flaschen, die Geschichten darin wie ein Geheimnis. Die meisten Ehemänner und Freunde verstanden von Geheimnissen nicht sonderlich viel, es interessierte sie auch einen feuchten Dreck, welche Ungeheuer der Nacht an ihre Fenster klopften, um Einlass zu erbitten. Vielleicht erst durch die Enttäuschung wurden die Mädchen zu den Verlorenen, die ihn aufsuchten, die mit ihm lachten und weinten. Die mit ihm tanzten und ihn liebten, auf eine sehr bescheidene Weise.

Albert wusste, dass er das verdammte Rauchen längst hätte aufgeben sollen. Zwei Schachteln Overstolz pro Tag ließen ihn nun zu einem humpelnden alten Mann werden, der sich an einigen Tagen nicht einmal mehr die Schuhe anziehen konnte.

In den Wochen, in denen er nicht zum Arzt ging, konnte er kaum an seinem Buch arbeiten. Kritzelte sporadisch Wörter in sein Notizbuch, und genoss nur die Besucher zur späten Stunde. Las ihnen vor oder hörte ihnen einfach nur zu, während es im Haus immer dunkler wurde und nur noch vereinzelt Kerzen brannten und flackerten. Der Sommer neigte sich dem Ende zu, und die ersten kalten Regenschauer erzählten vom Herbst. Albert spürte, dass sich die Dinge verändern würden. Kinder fingen an, ihn zu besuchen. Aßen mit ihm frischgebackenen Käsekuchen, tranken Tee und diskutierten über Fahrradfahren, Blaubeerpflücken und die ganzen anderen Dingen, die so wunderbar klein sind, kaum der Rede wert, und doch so mächtig. Ein zwölfjähriger Junge brachte ihm einige Gedichte vorbei, die er geschrieben hatte. Albert brachte ihm bei, wie man Wörter in eine Flasche sprechen konnte, und vor allem, wie die Wörter auch darin blieben.

Als der Herbst begann, wurden die Schmerzen so groß, dass Albert einen Arzt kommen ließ, der ihm mitteilte, dass man das Bein, jedenfalls wie es aussah, vermutlich nicht mehr retten konnte. Man würde es amputieren müssen, vielleicht nur bis zum Knie, vielleicht ganz. Natürlich konnte Albert dem Arzt nicht sagen, dass es unmöglich sei, auf einem Bein den Teufel in einem letzten Rennen zu schlagen. Dachte an den Schriftsteller Cornell Woolrich, dem man die Beine abnehmen wollte, und der sich in einem Hotel versteckte, aus Angst vor der Operation. Jetzt war er ein wirklich sehr alter Mann geworden, krank und dem Tod näher als je zuvor, auch wenn sein Herz das eines Kindes war. Aufbegehrend gegen früh zu Bett gehen, den

Unsinn keine Schokolade essen zu dürfen oder immer wissen zu müssen, was aus einem werden sollte.

Der Regen kam, und mit dem Regen die dunkleren Traumepisoden.

Je kälter der Herbst wurde, desto öfter verbrachte Albert die Tage im Bett; den alten Plattenspieler in der Nähe, und immer, wenn Besuch hereintrat, wurden die Schallplatten gewechselt. Das Fieber kam wie ein Vampir. Leute, die er noch nie in seinem Leben gesehen hatte, betraten sein Haus und setzten sich auf den Stuhl an seinem Bett. Manche von ihnen sagten kein Wort, aber das ist oft auch nicht sonderlich wichtig. Zündeten ihm eine Zigarette an und ließen ihn daran ziehen. Sprachen von seinen Büchern und den Geschichten darin oder sahen sich nur die Fotografien an, die an den Wänden hingen. Manches Mal wenden sich die Dinge erst am Schluss zum Besseren, und manches Mal verschwindet erst am Schluss die Einsamkeit eines Menschen. Vielleicht muss im Leben erst ein Sturm zeigen, wie gut es ist, in Sicherheit zu sein, und wie wertvoll es ist, jeden Tag seine eigene Zeit neu zu bemessen. Erst das Sterben zeigt einem, wie kläglich der Versuch ist, erwachsen zu sein.

Albert Sterner starb an einem vierten Oktober nach Mitternacht. An seinem Bett saßen die Mädchen, mit denen er getanzt und denen er gezeigt hatte, jemanden zu lieben, wie man einen Bruder oder eine Schwester liebt. Denen er die Angst genommen hat vor den nächsten Stunden und Tagen, denen er gezeigt hatte, wie es ist, ohne Flugapparat und Flügel zu fliegen. Sein elftes Buch wurde während der nächsten drei Jahre zu Ende geschrieben; *Brenner und die Hoffnung,* so hieß es. Beinahe jeden Tag kamen Menschen in Alberts Haus, setzen sich auf einen seiner Stühle und schrieben dort weiter, wo er selbst aufgehört hatte, zu schreiben. Sein zwölftes Buch wurde mit ihm in seinem Garten vergraben, hieß es. Der Teufel hatte Alberts Beine nicht bekommen, das letzte Rennen hatte nie stattgefunden. Aus seinem Haus kann man, viele Jahre nach seinem Tod, immer noch die leise Musik von Charlie Parker und Glenn Miller hören, und manches Mal sogar Alberts Stimme aus den Flaschen.

Sie nennen ihn heute *Wonderboy,* und auf seinem Grab stehen leere Flaschen, als wollten sie noch eine Geschichte hören.

5

Die Lichter des Jahrmarktes färbten die Sterne rot und blau.

Mathilda hörte den Doktor nur nachts schreiben. Sie lag im Bett und hörte alles was er tat. Die Kaffeetasse, die er vom Tisch nahm, einen Schluck trank und wieder zurückstellte. Das Anzünden eines Streichholzes und einer Zigarette. Natürlich hörte sie den Rauch nicht, der aus seinem Mund schwebte, aber sie konnte ihn sich jedes Mal vorstellen. Unter der Zimmerdecke, ein dicker, schwerer Camel-Nebel.

Zwar hatte Berender eine Schreibmaschine; sie war bereits im Zimmer gewesen, aber er benutzte sie nicht. Schwarz und schwer stand sie unter dem Fenster zum Hof hinaus. Wie ein Wächter oder ein Engel mit verbogenen, schwerfälligen Flügeln.

Seine alten, fleckigen Hände, die zusammen mit dem dünnen Bleistift über das Papier zitterten. Er radierte niemals etwas aus. Berender war ein Mann, der die Dinge durchstrich, wenn sie nicht mehr richtig schienen. Um ehrlich zu sein, klangen seine Worte oft nicht mehr richtig, sobald sie aus ihm herausgekommen waren. Das Gespenst verlor an Macht, wenn es dem Grab seiner selbst nahe kam. Er wusste das.

Berender war fast gleichzeitig mit dem Jahrmarkt in der Stadt angekommen. Ein Wetterleuchten hatte ihn angekündigt. Leere, vom ersten Regen nass gewordene Bänke und gekippte Stühle. Abgerissene Zweige auf dem brüchigen Asphalt; die Nächte brachten die Träume der Glücksscheibe. Die Ausläufer der Straßen wurden zu den Venen des Verderbens. Das Leben der kleinen Arbeiterstadt war nur noch ein kurzes, helles Aufflammen von Menschen, dort und da, verschwindend in ihren Häusern. Die Schatten der Küchenlampen malten sich auf die Vorgärten und schmalen Straßenstreifen.

Berender war aus dem Mittagsbus gestiegen, in jeder Hand einen kleinen Altmännerkoffer. Seine Blicke unruhig, flatternd, wie winzige Insekten im Regen.

Er sah die Straße hinunter und nickte. Er kam noch nicht zu spät. Die Dinge waren noch im Lauf.

Auch die Kinoleute waren in die Stadt gekommen. Sieben Männer, die an einem Mittwoch aus zwei VW-Bussen stiegen, und sich in der Stadt umsahen. Ihre Fahrzeuge waren alt und von einem dreckigen Schwarz, auf jeder Seite stand in giftgrüner Farbe zu lesen:

Die Kinoleute sind in der Stadt.

Niemand kannte diese Männer, auch wenn einige glaubten, sie bereits einmal irgendwo gesehen zu haben; dunkle Ahnungen von vergangenen Episoden.

Viele Jahre später, als Berender abermals in die Stadt kam, um die Grillenfänger zu finden, erzählte er Mathilda, dass sie immer in eine Stadt kamen, sobald es ein Kind gab, das die Gespenster im Schneetreiben sehen konnte. Sie wirklich und wahrhaftig zu sehen vermochte, nicht nur zu erahnen. Der Schnee, so sagte Berender, mache die Gespenster manches Mal ein wenig sichtbar für diese Kinder, immer nur ganz kurz, so, als hätte man sich beim ersten Hinsehen getäuscht, und beim zweiten Hinsehen war schon wieder alles vorbei.

An diesem Sommertag jedoch wusste Mathilda nichts von den Gespenstern und den wirklichen Absichten der sonderbaren Männer, die über Nacht in die Stadt gekommen waren. So gut wie niemand sprach mit ihnen. Die meiste Zeit waren sie auch wie vom Erdboden verschluckt. Hätten nicht die zwei Busse hinter dem Zirkuszelt gestanden, hätte man sie vermutlich auch wieder vergessen. Jedenfalls bis zu dem Nachmittag, als plötzlich an jedem Strommasten und an jeder Ecke ein Plakat zu finden war. Überall standen Leute, die sich das grüne Stück Papier ansahen. Obwohl Mathilda erst zwölf Jahre alt war, kam es ihr vor, als kenne sie das Plakat schon eine Ewigkeit. Geschwungene Schrift, die zu verwischen drohte, je länger man sie ansah, dazwischen und eigentlich überall winzige Augen, die einen anstarrten, und die einen verfolgten, egal wohin man auch gehen wollte.

Es war zu lesen:

Eine unglaubliche Vorstellung!
Sehen SIE in das Auge, und wir sehen in Ihre Seele.
Nur drei Tage!
Versäumen Sie nicht dieses Abenteuer.

Mathilda hatte keine Ahnung, was das bedeuten sollte. Natürlich würde sie ihren Vater oder ihre Mutter danach fragen, am besten gleich beim Abendessen. Vielleicht würde sie sogar von den vielen kleinen Augen erzählen, aber das wusste sie noch nicht sicher. Sie waren ihr unheimlich, sehr unheimlich sogar. Vielleicht war es besser, nicht davon zu erzählen. Auf jeden Fall ahnte sie, dass sie davon träumen würde. Ihre Träume waren manchmal kurze schlechte Nachrichten aus ihrem Bauch. Träume von Steinen, die in ihren Hosentaschen waren, so schwer, dass sie kaum noch gehen konnte. Träume von riesigen Menschen, deren Schatten sie sehen konnte, lange bevor sie die Menschen selbst sah. Unendlich lange Arme und Beine, viel zu kleine Köpfe, die mit dem Wind hin und her wackelten. Mathilda sah sich die Augen noch einmal an, obwohl sie es eigentlich gar nicht wollte. Es war, als müsste sie in diese Augen blicken, in die winzigen Pupillen, diese kleinen Punkte, die wie Löcher im Papier waren, und hinter dem Papier endlose ewig dauernde Nacht.

»Nimm dich in Acht vor dem Auge, nimm dich in Acht. Sieh nicht zu lange in das Auge, sonst sieht das Auge in deinen Kopf«, sagte plötzlich jemand, und Mathilda erschrak. Links neben ihr stand ein kleiner Junge, vielleicht acht, neun Jahre alt; er blickte auf den Boden. Seine Hände steckten in den Hosentaschen, sein Gesicht war bleich. Dann drehte er sich um und lief davon. Mathilda hatte ihn nicht einmal fragen können, was er damit meinte.

Die erste Vorstellung der Kinoleute war für den nächsten Tag geplant. Heruntergerissene Plakate schienen über Nacht nachgewachsen zu sein. Warum auch immer zählte Mathilda die Plakate schon am ersten Tag, und sie fand genau siebenundvierzig davon in der Stadt. Eines davon, das Letzte, das sie gezählt hatte und in einer schmalen Seitenstraße an einem Stromkasten hing, nahm sie herunter, faltete es und steckte es sich ein. Natürlich würde sie es nie mehr im Leben aus ihrer Jeans nehmen, nicht einmal für viel Geld, aber das war auch nicht der Grund, weshalb sie es getan hatte. Vermutlich würde ihre Mutter es beim nächsten Waschen finden, es kurz ansehen, den Kopf schütteln und es wegwerfen. Vielmehr wollte Mathilda herausfinden, ob es am nächsten Tag wieder dort sein würde.

Am nächsten Morgen nahm sie einen Umweg zum Rummelplatz, zählte dabei vier der Plakate und kam schließlich in die Seitenstraße. Sie war nicht einmal sonderlich überrascht, denn sie sah es schon von Weitem leuchten. Dieses scheußliche Grün, giftig, als würde es bei Gewitter glimmen können. Als Mathilda näher kam, sah sie etwas, das sie nie mehr in ihrem Leben vergessen sollte. Sie sollte davon träumen, harte und schmerzvolle Träume, weit über ihre Kindheit hinaus. Eines der unzähligen Augen war verschlossen. In winziger Handschrift stand unter dem verschlossenen Auge:

Jeder Dieb wird bestraft – vor allem kleine, freche Mädchen!

Mathilda rannte davon, als würde sie um ihr Leben laufen. Vielleicht tat sie das auch.

6

Berender war ein eigenartiger Mann. Er hatte das winzige Zimmer in ihrem Haus genommen, obwohl es viel schönere und viel größere Zimmer in der Stadt gab, die man hätte nehmen können. Mathilda verstand das nicht. Das Zimmer, das einmal Mathildas Großvater gehört hatte, war eigentlich kein richtiges Zimmer. Es gab zwei Stühle, einen Tisch, ein Bett und sonst eigentlich nichts darin. Die Schreibmaschine, die ihr Großvater mit nach Hause gebracht hatte, als Mathilda noch nicht einmal geboren gewesen war, und die er nie benutzt hatte. Es schien, und das dachte sich Mathilda in jenen Tagen zum ersten Mal, als hätte ihr Großvater diesen Raum nur für diese eine alte Schreibmaschine gebraucht, die einfach nur so herumstand.

»Genau richtig für mich«, hatte Berender gesagt, die Miete für eine Woche bezahlt und war darin verschwunden, als wäre er nie aufgetaucht.

Das Zimmer lag neben Mathildas Zimmer, das viel größer und viel schöner war. Ihr Bett stand an der Seite zu diesem Zimmer, und deshalb konnte sie auch alles hören. Vermutlich, oder eigentlich ganz sicher, hätte ihre Mutter ihr verboten zu lauschen, aber wenn man ehrlich war, war es ja eigentlich gar kein Lauschen. Mathilda hörte ihn herumgehen, seine Koffer auf- und zuschnappen, Papier rascheln, und sie hätte alles verwetten können (selbst ihre Murmelsammlung mit den drei blauen Murmeln), dass sich der fremde Mann an die Schreibmaschine setzen würde. Aber er tat es nicht. Setzte sich an den Tisch – sie hörte den Stuhl auf dem alten Holzfußboden – und rauchte. Weiß Gott, was der alte Mann dort drüben vorhatte. Mathildas Mutter hatte gesagt, dass es sie nichts anginge und das Geld ihnen gerade recht kommen würde, jetzt, wo die Ölpreise wieder gestiegen waren. Aber unheimlich war es ihnen allen dennoch. Das Zimmer hatten sie noch nie vermietet, es hing ja nicht einmal ein Schild im Küchenfenster, wie bei den Schneiders. Schnurstracks war der Mann zu ihrem Haus gekommen und hatte nach einer Bleibe für höchstens eine Woche gefragt. Wahrscheinlich wird es nicht einmal für so lange nötig sein, hatte er gesagt.

»Was in aller Welt meint er damit?« Sie saßen beim Abendessen, und Mathildas Vater fragte es noch einmal, als hätten sie ihn beim ersten Mal nicht gehört.

»Aber so hat er es gesagt«, sagte Mathildas Mutter.

»Vielleicht hat er etwas zu erledigen«, sagte Mathilda selbst.

»Wer weiß, vielleicht gehört er zu diesen Kinomenschen«, sagte ihr Vater, aber eigentlich glaubte das niemand an diesem Tisch so recht. Der Mann, der sich als Berender vorgestellt hatte, nur als Berender, kein Vorname oder sonst etwas, sah bei aller Welt nicht wie jemand aus, der in einem Bus herumfuhr, um Leute an der Nase herumzuführen. Mathilda fand, dass er eher wie jemand aussah, der sich nicht an der Nase herumführen ließ. Wie jemand, der etwas suchte und es auch finden konnte.

In der ersten Nacht war es Mathilda etwas mulmig gewesen. Berender stieg mittags aus dem Bus, nahm das Zimmer und war seitdem nicht mehr herausgekommen. Ihre Mutter hatte ihn gefragt, ob er mit ihnen zu Abend essen wolle, aber er lehnte dankend ab.

»Er hat gesagt, er hätte noch Einiges zu erledigen.«

»Was in aller Welt meint er damit?« sagte Mathildas Vater und schüttelte den Kopf.

Vielleicht war er ja auch ein Schriftsteller, der sein Buch fertig schreiben wollte und nur noch nicht den richtigen Ort dafür gefunden hatte, dachte sich Mathilda und das klang wenigstens einigermaßen plausibel. Auf jeden Fall schrieb er, sie hörte den Bleistift leise auf dem Papier kratzen, wenn sie ganz, ganz fest ihr Ohr an die dünne Wand drückte. Wenn sich Mathilda anstrengte, konnte sie ihn sogar atmen hören. Alles dort draußen, der Wind und die eigenartigen Geräusche, die in einer jeden Kindheit wohnten, wurden leiser, bis sie kaum mehr zu hören waren. Dort drüben war ein alter Mann, und Mathilda fühlte, dass es gut war, dass er hier war. In dieser Stadt, in diesem Zimmer.

»Soll ich dir einen Traum geben? Es ist in Ordnung.«

Natürlich konnte Mathilda das nicht wirklich gehört haben. Aber dennoch rückte sie ganz nahe an die Wand und flüsterte ihre Zustimmung.

Kaum zwei Minuten später war Mathilda eingeschlafen. Von Steinen träumte sie nicht, auch nicht von den vielen kleinen Augen der Welt da draußen.

Sie träumte von Grillen, und dass jede Grille einen Gedanken in sich trägt. Vergessene, helle Geheimnisse, die in alle Himmelsrichtungen getragen werden, unbemerkt.

Sodass kein Traum ...

Einige Kinder, es mussten Freunde sein, suchten nach einer wichtigen Grille. So etwas wie Peter Pans Träume, verstreut.

... verloren geht.

Dunkle böse Menschen, die ebenfalls auf der Suche waren und ihre Hände um die Herzen der Kinder legten, um sie zu fangen. Dann zu zerschneiden, wie die Papierherzen an den Fenstern der Schulen und Kindergärten.

Sie wohnen in den Wäldern, hocken auf den Ästen und warten bis die Grillenfänger nach Norden ziehen.

Die große Reise, um alles in Sicherheit zu bringen.

Sie spürte ein Herz, und als Mathilda in dieser Nacht kurz aufwachte, war der Name eines Mädchens noch sehr stark und noch sehr frisch. Ein Mädchen, dem sie begegnen wollte, und vielleicht auch musste. Das Mädchen mit dem Herzen einer Löwin. *Suzanne.*

7

Leibrand suchte das Mädchen mit den langen, feuerroten Haaren.

Das Unwetter hatte sich längst verzogen. Ein himmelblauer Sommerhimmel; der höchste Mast des Zirkuszeltes ragte in ihn hinein. Ganz oben saß der König der Ratten und sah uns kommen.

Aus dem Kinematographen stieg weißer, süßlicher Rauch auf. Wir rochen gebrannte Mandeln und Zuckerwatte. Das erste Knallen von der Schießbude; das Glücksrad klapperte und blieb stehen.

»Alles auf Null!« plärrte der Mann neben dem Glücksrad. Ein Junge, der mit uns zur Schule ging (ein ziemlicher Dummkopf) hatte sein letztes Taschengeld verloren und stampfte wutentbrannt nach Hause. Einige Erwachsene streunten herum, aber sie bemerkten schon längst nicht mehr die schwankende Magie zwischen Hell und Dunkel. Sie sahen längst nicht mehr die tatsächlichen Bilder hinter den abgeblätterten Farben der Buden.

An den Bäumen hingen giftgrüne Handzettel der Kinoleute, mit Hunderten von winzigen Augen, die einen ansahen. Über Nacht waren diese kleinen Plakate überall aufgetaucht. Meine Mutter hatte vier, fünf davon in unserem Garten gefunden, Geschenke des Windes. Gerade so, als hätte das Unwetter Kinoaugen regnen lassen.

»Mir gefallen diese Augen nicht«, sagte ich zu Leibrand und gab ihm einen der Zettel.

»Weißt du, was seltsam ist?« fragte Leibrand, während er sein T-Shirt in die Hose steckte.

»Hm?«

»Einer davon war in meinem Schrank.«

Er zog den Zettel aus seiner Jeans und gab ihn mir, während wir über den Stadtplatz gingen, Richtung Autoscooter. Sie hatten vier Radiogeräte an jede Ecke gehängt, aus einem davon kam lautes Rauschen.

Ich faltete den Handzettel auseinander, und einen Moment dachte ich, ich hätte mich am Papier geschnitten. Ein kurzer heftiger Schmerz, aber nichts dergleichen war passiert.

Unzählige Augen, einige davon waren geschlossen. *Aber sie schlafen nicht,* dachte ich mir, *sie stellen sich nur tot. Um einen zu erschrecken, wenn man sie nur lange genug ansieht.*

Mit krakeliger Schrift stand ein Satz darauf geschrieben, der mir einen Schauer über den Rücken laufen ließ. Die Welt verschwamm, und vermutlich wäre ich sogar ohnmächtig geworden, hätte mich nicht das laute Klappern des Glücksrades erschreckt. Ich las:

Schrankgeschichten sind etwas für tote Kinder.

»Der Rattenkönig träumt von mir. Wahrscheinlich sogar auch der Wolfsmann«, sagte Leibrand, nahm den Zettel und steckte ihn wieder in seine Jeans.

»Was soll das bedeuten?« fragte ich. Ein zweites Radio fing an zu rauschen.

Doch Leibrand hörte mich nicht, er sagte nur:

»Da ist sie. Schau.«

Das Mädchen mit den roten Haaren streifte an der Schiffschaukel vorbei, unterhielt sich mit Mathilda, die in unsere Klasse ging. Beide lachten. Ihre feuerroten Haare hatte sie mit einem Band zusammengebunden; einige Locken hatten sich befreit. Sie war in unserem Alter, und sie war wunderschön. Sie trug Shorts, ein ausgewaschenes T-Shirt und Turnschuhe. Zwischen den Gerüchen von Zuckerwatte, Mandeln und Zigaretten roch ich ihre Haare. Sie rochen nach dem längsten Sommer der Welt.

»Pass auf die Ratten auf, hier sind eine Menge davon.« Leibrand stand neben ihr und lächelte. Das Mädchen drehte sich um, und wir sahen ihre Sommersprossen. Sahen ihre unglaublichen Augen, die kleinen Härchen auf ihren Armen, die kleinen Brüste unter dem T-Shirt.

»Ich weiß, du hast mir schon davon erzählt, weißt du es nicht mehr?«

Ich starrte sie an; in meinem ganzen Leben hatte ich noch nie solche roten Haare gesehen. Wie die Glut eines großen Feuers.

Abermals verschwamm die Welt.

8

Plötzlich ging alles sehr schnell.

9

Heute, so viele Jahre später, denke ich, es war ein Schuss. Kein Schuss von den billigen Luftgewehren an der Schießbude. Ein lauter, beinahe ohrenbetäubender Knall. Das Licht veränderte sich, als wären wir Zeugen einer plötzlichen Sonnenfinsternis. Die Luft wurde kalt, ein Wind kam auf. Die Fahnen an den Buden flatterten. Ich sah hin. Der Elefant im Zelt wurde unruhig, ein Mann versuchte, ihn mit einem Seil ins Freie zu ziehen.

Einige Fensterläden der Schaubuden schlugen auf und zu, offene schreiende Münder. Der Kinematograph-Wagen begann zu glimmen, als würde er Feuer fangen. Alle vier Radiogeräte am Autoscooter spielten jetzt laut einen Song von Buddy Holly; *Peggy Sue.*

Die Erwachsenen sahen zum Himmel hinauf, da sie glaubten, ein weiteres Gewitter würde über die Stadt ziehen. Die Kinder, die noch hier waren, blickten jedoch allesamt zum höchsten Mast des Zirkuszeltes.

Der König der Ratten hatte sich auf die Hinterbeine gestellt und betete zu seinem Gott des Sturmes.

Im Augenwinkel sah ich Leibrand und Suzanne. Sie nahm seine Hand. Das Haarband hatte sich gelöst, und ihre Haare flatterten ebenso wie die Fahnen auf den Buden.

»Schnell, du musst mich küssen. Sonst muss ich sterben, sie suchen mich. Schnell!« Sie zog Leibrand an sich; er schloss seine Augen und küsste das Mädchen, ohne noch einmal zu fragen.

Kinder liefen nach Hause, jemand schrie einen Mädchennamen.

Dann war alles vorbei.

Suzanne hatte Leibrand geküsst, als sich eine Gewitterwolke teilte.

Mathilda, war verschwunden.

Ein Schausteller wurde tot aufgefunden. Er lag auf dem Rücken neben dem Glücksrad, das wieder auf Null stand. Seine Augen waren weit geöffnet.

Kapitel 2

Als Leibrand aus dem Fenster fiel

Thousand kisses deep ...
– Leonard Cohen

1

Glauben Sie mir, es gibt ungewöhnliche Menschen. Ich glaube nicht sonderlich an Zufälle, vielmehr glaube ich an Schicksalsbewegungen. An Briefe von Gespenstern, die uns mitten in der Nacht erreichen. Wir alle haben eine Aufgabe, davon bin ich wirklich überzeugt – selbst jene, die sich in der Dämmerung erhängen. Vielleicht sind es die Regenmenschen, die es früher sehen und verstehen können. Leibrand war einer von ihnen. Er liebte den Regen und den Sturm, liebte die Gewitter und all jene Geschichten, die der Himmel erzählte.

Man brauchte Leibrand nur in seine Augen zu sehen, dann wusste man es nach einem einzigen Lidschlag.

Eine Woche nach seinem Tod, kurz vor seiner Beerdigung, erhielt ich das erste Paket. New York City, stand auf der Rückseite geschrieben. Keine Briefmarken, keine Stempel. Es lag vor unserer Tür, an einem Donnerstag. Das Packpapier an den Seiten eingerissen, mit einer groben Schnur zusammengehalten. Keine Frage, es hatte eine sehr, sehr lange Reise hinter sich.

Nachdem ich das Paket geöffnet hatte, lagen drei Dinge auf dem Küchentisch, wie drei Augen, die mich anstarrten.

Jenes Buch, welches ihm Suzanne zum Abschied geschenkt hatte, und das mir heute noch Kopfschmerzen bereitet, eine postkartengroße Leinwand mit dem Empire State Building darauf gezeichnet (dicke fahrige Kohlestiftbewegungen) und eine CD. Kein Brief, keine Notizen, kein einziger Zettel.

Über Jahre hinweg war Leibrand für mich ein Verlorener. Natürlich suchte er Suzanne. Aber es reichte ihm nicht, einfach nur die Augen offen zu halten. Herzschlag um Herzschlag, er träumte vom Sternenstaub und davon, dass sich jeder Kreis im Leben schließen würde.

Leibrand liebte sie unendliche tausend Mal. Träumte von ihr, betete zu ihr. Hinterließ Spuren, die sie zu ihm führen sollten. Vielleicht war er tatsächlich verrückt, aber ich glaube, wenn er verrückt war, dann nach der Liebe und dem Leben.

Seit diesem Donnerstag, als das Paket vor unserer Tür lag und mich diese drei Augen anstarrten, begab ich mich auf die Suche nach Leibrand, wie einst Leibrand die Suche nach Suzanne begonnen hatte. Es sollte eine sehr lange, verwinkelte Reise werden. Fand seine Wege, seine Spuren, seine Bekenntnisse. Auch seine Geheimnisse.

2

Noch heute höre ich die Aufnahme sehr gern. Ich lege die CD für Sie noch einmal ein. Es ist eine weitere seiner Schrankgeschichten; die meisten davon schrieb er mit elf Jahren. Um Leibrand zu verstehen, bedarf es seiner Geschichten, denke ich. Sie erzählt von einem Mann auf der Suche, einem Mann, der überzeugt war, dass Schnee nicht schmelzen konnte, solange man nur fest daran glaubte. Jener Mann hätte Leibrand sein können, und wer weiß, vielleicht war er es sogar. Ich denke, in keiner anderen Geschichte hat Leibrand auch mehr von sich selbst erzählt als in jener von diesem Mann namens Robert Fels. Ich fand Fels, lange nachdem Leibrand schon nicht mehr bei uns war, fand einen Taumelnden. Leibrand hatte ihm diese Geschichte über die Liebe als einen Traum geschickt, damit er endlich erlöst werden konnte von all der Schuld. Weiß Gott, wie es Leibrand hatte wissen können, aber vermutlich hatte es einfach nur gereicht, Robert Fels anzusehen, an einem Herbsttag, um alles erkennen zu können, um die richtige Geschichte für ihn zu finden. So beschrieb er ihn mit einer Geschichte, und gab ihm damit die Bedeutung zurück, die er verloren hatte. Über all die Jahre atmete er viele Geschichten in Menschen, die seine Geschichten brauchten, von den meisten werden wir nie erfahren.

Leonard Cohen hat sie für Leibrand eingesprochen, wenn man genau hinhört, hört man ein, zwei Mal Leibrand eine Zigarette anzünden.

Zwei Jahre später las ich in einem von Leibrands Notizbüchern, dass er Cohen dafür einen seiner Hüte geschenkt habe.

Einen Regenhut zu einem berühmten blauen Regenmantel, drüben im Chelsea Hotel.

3

SCHNEE IN IHREN HAAREN

(Leibrands Schrankgeschichte über die Liebe)

Es ist die Vergebung, die man sucht, und mit der Vergebung die Erlösung. Die Schatten bewegen sich mit jedem Schritt, und je länger die Tage des Lebens werden, desto länger werden die

Schatten und die Träume darüber. Wir können nur einmal leben, und gerade diese Gewissheit erfüllt uns mit der Schuld, die wir zu tragen haben. Sie erwischt uns in schlaflosen Nächten, und wenn sie kommt, ist man nicht einmal sonderlich überrascht.

Robert Fels ging die Treppe zum Keller hinunter, langsam. Die ersten Novembertage waren die schlimmsten Tage des Jahres, denn der Schnee lag bereits in der Luft; man konnte ihn beinahe riechen. Der Wetterbericht kündigte den ersten Schneefall erst in einigen Tagen an, aber Robert war sich da ganz und gar nicht so sicher. Er träumte vom Schnee, und dass er unter dem Schnee begraben war.

Der Keller war klein und niedrig, und im Grunde gab es nur zwei Räume dort. Vollgestopft mit alten Dingen, nutzlosem Kram und einigen Fahrrädern, alten rostigen Dingern, die nie mehr zum Leben erweckt werden würden. Daneben ein Raum, den er vor Helen manches Mal im Sommer als Lesezimmer genutzt hatte. Dort war es nie sonderlich kalt oder sonderlich heiß, dort schien es im Grunde nur die Temperatur zu geben, die man sich wünschte. *Von Mäusen und Menschen* und *Wer die Nachtigall* stört hatte er dort nach vielen Jahren wieder einmal gelesen, während Helen oben den Salat zubereitete und das Brot schnitt, das Radio lief und der Sommer durch alle Fenster in jedes Leben trat. Helen war etwa ein Jahr bei ihm gewesen, war so plötzlich in sein Leben nach Emma gekommen, wie man plötzlich auf dem Jahrmarkt in die Achterbahn einsteigt. Ein merkwürdiger Sommertag, ähnlich einem Sommertag seiner Kindheit, als die Welt dort draußen rein und glücklich war und einen beschützen konnte vor dem Alkoholungetüm in ihrem Haus, das manches Mal in guten Zeiten sein Vater war, und in schlechten Zeiten das unberechenbare Monstrum vor Mitternacht. Plötzlich saß er zusammen mit ihr an einem schmutzigen kleinen Tisch in einem Cafe-Hintergarten und hatte ihr von seinem Vater erzählt, fast den ganzen Nachmittag lang. Durch ihre langen, dunklen Haare sah er die Sonnenstrahlen der vergessenen Welt funkeln, und für einen Augenblick war ihm danach, an ihren Haaren riechen zu wollen, nur um einen Moment wieder glücklich sein zu können.

Es waren gute Sommertage, und fast zwei Wochen später stand sie vor seiner Tür, zwei Koffer bei sich. Weinte. Natürlich wusste er, dass sie ihren Freund verlassen hatte, und natürlich wusste er auch, dass sie es nicht wegen ihm getan hatte. Ihr Freund war jenes Gespenst, das ihn heimsuchte, wenn sie neben ihm lag und er solange wartete, bis sie endlich eingeschlafen war. Robert hätte es ihr niemals im Leben erzählt, dass sie manches Mal im Schlaf den Namen ihres Freundes flüsterte. Jede einzelne Silbe fing er im Dunkel des Raumes auf und verschluckte sie.

Damals war der Keller nur etwas Nebensächliches gewesen, er hatte dort seine Bücher gelesen und zwei, drei Mal hatten sie sich dort geliebt, mehr nicht. Heute war der Keller der Ort, an den er zurückkehren musste, wenn das Wetter umschlug und der Herbst so kalt wurde, dass der Winter hereinbrach. Sämtliche Bücher, die dort einmal gewesen waren, hatte er nach oben gebracht. Jetzt waren dort nur noch unzählige kleine Dosen, im ganzen Raum verstreut. Natürlich hatte er jeden Schnee, jede einzelne Schneeflocke, aufbewahrt.

»Der Schnee schmilzt nicht, solange ich an dich denke«, hatte Helen geflüstert, und einen Teil der Buchstaben verschluckt, als sie ihn auf die Wange küsste. Sie beide waren in ihrem einzigen Winter zusammen die schmale Straße runter gegangen, während aus den Geschäften Weihnachtsmusik kam und der

Schneefall einsetzte und wieder verebbte. Der Himmel hing so tief, dass man ihn hätte beinahe berühren können. Große dicke Flocken bedeckten ihr Haar und machten es schließlich weiß.

Natürlich hatte sie es nur einfach so gesagt, aber egal wann Robert auf den Schnee in ihren Haaren blickte, schien er nicht schmelzen zu wollen. Seine Haare waren bereits durchnässt, und er fragte sich, wie in aller Welt er seine Mütze zu Hause hatte vergessen können. Der Schnee glitt an ihr herunter, als würde sie es einfach nicht wollen, dass er schmolz. Weshalb Robert über ihre Haare strich, als sie die Straße zum Café überquerten, und dabei eine Handvoll Schnee in seiner Fingern zu einer kleinen Kugel formte, wusste er nicht. Vielleicht, weil man Dinge vorhersehen kann, die man eigentlich nicht vorhersehen möchte, weil sie einem wehtun. Sie tranken heißen Glühwein vor dem Café im Stehen, während ihr Atem wie Zuckerwatte zum Himmel stieg.

Schnee schmilzt irgendwann, so viel steht fest, jedes Kind weiß das. Aber selbst heute, zwölf Jahre danach, ist dort, in der alten Tabakdose, immer noch der winzige Schneeball, den er vor zwölf Jahren in seiner Jackentasche versteckt hatte. Durch das kleine Fenster des Kellers sah Robert, dass es nicht mehr regnete. Die ersten Schneeflocken drangen in sein Leben. Wie die Jahre zuvor, ging er zu dem einzigen Fenster des Raumes, blickte noch einmal durch das schmutzige Glas nach draußen, sah Schneeflocken von einem dunklen Himmel fallen und öffnete es. Die erste Kälte war erschreckend fremd und schnitt in sein Gesicht, als wäre es der Atem der Ungeheuer seiner Kindheit.

Er hatte es bereits nach dem ersten Kuss geahnt, oder besser gesagt, er hatte es bereits während des ersten Kusses gewusst – Sie war das Mädchen mit dem Schlag seines Herzens, obwohl er nie geglaubt hätte, sie jemals wiederfinden zu können.

Der Schnee fiel durch das Fenster in den Raum, machte den Boden weiß und unberührt. Windböen trieben glitzernde Fragmente durch die Luft, die sich wie Staub auf die Tagebücher legten. An die fünfzig mussten es inzwischen sein, jedes davon eng beschrieben mit kleiner, krakeliger Kinderschrift. Keine Buchstaben – Striche, Punkte, unförmige Kreise, wie Kinder schreiben bevor sie zur Schule gehen. Hier unten war alles anders, die Welt hier unten drehte sich langsam und behäbig. Hier unten war alles noch am Leben, was dort oben längst begraben war, begraben und verfault.

Roberts Vater war das Ungeheuer seiner Kindheit gewesen. Er sprach mit keinem Menschen darüber, nicht einmal mit seiner Mutter. Natürlich gab es Andeutungen, stille Bemerkungen, wenn der stämmige klobige Mann aus dem alten VW stolperte und die Fahrt der Geisterbahn begann. Alles verlief nach einem festen Plan, von dem man wusste, dass er funktionierten konnte, wenn alles gut lief. Keine dummen Fragen zu dieser Zeit, Mutter arbeitete stumm in der Küche, Robert ging in sein Zimmer, um zu warten, was passieren würde. Die Zimmertüre nur angelehnt, ruhig sitzend auf dem Boden neben der Tür und hoffend, dass nichts geschehen würde. Meist waren es nur dunkle böse Wortfetzen, die wie ein weit entferntes Gewitter durch das Haus hallten, mehr nicht.

Um dem Ungeheuer zu entkommen, versteckte sich Robert in dem Kleiderschrank in seinem kleinen Zimmer. Er war klug genug, es zu verstehen. Es gibt Wege und Straßen, die keinen Anfang und kein Ende haben, nicht einmal einen Platz zum Ausruhen. Es sind dunkle enge und lange Wege, und sie existieren nur im Kopf und es ist immer Nacht, mondlose, kalte Nacht, wenn man sie beschreitet. Seit Robert sechs Jahre alt war, versteckte er sich in dem Kleiderschrank seines Zimmers.

Vermutlich hatte er sich auch schon früher dort versteckt, aber er konnte sich nicht daran erinnern. Die Schreie und die Geräusche der Nacht hatten seine frühe Kindheit, alle Sonnen- und Regentage, ausgelöscht, als wären sie niemals passiert. Seine Mutter wusste von diesem Versteck, auch wenn sie ihn nie danach fragte. Eines Tages hatte sie eine Taschenlampe, eine Decke und ein altes zerschundenes Notizbuch dort hinein gelegt. Einige Monate lang hatte Robert das kleine Büchlein, gebunden in dunkelblauem Leder, kaum angesehen, nur hin und wieder wie einen Talisman an sich gedrückt.

Robert konnte außer einigen Buchstaben nichts schreiben, aber das war auch nicht sonderlich wichtig in dieser Zeit. Es waren schließlich auch die Buchstaben und Wörter des Ungeheuers dort draußen, der Erwachsenen und der Mörder. Hier im Kleiderschrank, zwischen alten Hosen und dicken Winterjacken, waren ein anderes Leben und andere Geschichten, geschrieben mit anderen Buchstaben. Irgendwann, als ein Streit so laut geworden war, dass Robert wirklich Angst hatte, das Ungeheuer würde seine Mutter mitten in der Küche umbringen, und er gekreischte Wortfetzen vernahm, die ihm beinahe den Atem stahlen, ging der Junge fort aus diesem Haus, ohne einen Fuß aus dem Kleiderschrank zu setzen. Böse Menschen können einen verfolgen und jagen, aber sie können niemals hinter die Augen blicken. Hätte man den Jungen beobachtet, als der Stift über das Papier glitt und Kinderbuchstaben malten, die keinen Sinn ergaben, hätte man fast glauben können, er würde schlafen. Seine Augen waren geschlossen, der Mund ein wenig geöffnet. Er atmete schnell und hastig, als würde er sich daran machen, ein Hindernis auf einer großen Wiese zu überspringen, und vielleicht tat er das auch.

In Wirklichkeit übersprang er das Hindernis der Kindheit, um in eine Traumwelt zu gelangen. Diese Welt schien schon immer dort gewesen zu sein, wenngleich er sie nie beachtet hatte. Verborgen und still, so unglaublich schön still, dass ihm ein Lachen entwich. Alles Schreien und alles Drohen war verstummt. Das Weinen seiner Mutter und die hastigen Schritte im Flur. Dort war nichts, außer dem Gezwitscher von kleinen bunten Vögeln am Himmel. Er sah sich um, und er sah sie sofort zwischen den hohen Bäumen stehen. Beinahe schien es, als hätte sie dort auf ihn gewartet.

Helen schien ein Leben lang dort gewesen zu sein, vielleicht war sie sogar dort geboren worden. Sie war keine Verlorene, keines von den anderen Kindern, die hier wieder lernten, mit den richtigen Augen zu sehen und mit den richtigen Ohren zu hören. Man konnte es sofort sehen, dass sie nichts zu befürchten hatte. Robert traf sie beinahe jedes Mal dort, als würde sie merken, wann die Gefahr zu groß für ihn wurde.

»Man kann hier nicht für immer sein«, sagte das Mädchen Helen für gewöhnlich immer dann, wenn Robert nicht mehr gehen wollte.

»Lass uns zu dem großen Baum gehen, damit du einen guten Traum für zu Hause hast, ja?« Das war immer Helens Vorschlag, und Robert nickte, weil er gerne zu dem alten Baum mit ihr ging. Sie hatte ihm diesen schon am ersten Tag gezeigt, hatte seine Hand genommen und war durch das große Loch an den Wurzeln, das ein Blitzschlag verursacht haben musste, in den Baum geschlüpft. War es draußen auch immer Sommer, fiel hier Schnee. Aber er war nicht kalt oder unangenehm auf der Haut. Es war wunderbar, hier zu sein, es war wunderbar, sich in den Schnee zu setzen, den Kopf in das Genickt gestreckt, um nach oben in den eigenen kleinen Himmel des Baumes zu blicken. Sternengebilde und Wolkenfragmente, alles war dort.

»Solange man glaubt, kann der Schnee nicht schmelzen«, hatte Helen geflüstert, und es stimmte wirklich. Der Schnee lag wie Zucker auf ihren Haaren.

»Ich glaube, dass mich mein Vater hasst«, flüsterte Robert und weinte ein wenig.

»Ja, ich glaube auch. Es ist, als wäre er schon lange tot. Er hasst dich, weil er schon als Kind gestorben ist«, sagte Helen leise, drückte sich an Robert und küsste ihn verstohlen auf den Mund. Ein Herz wechselte den Besitzer, in diesem Moment, und als Helen aufstand und sich den Schnee von ihrer Hose wischte, war es ihnen beiden klar. Er hatte ihren und sie seinen Herzschlag.

»Er wird dich jetzt nicht mehr finden können, und das ist gut so«, sagte Helen und lächelte.

Und es war wirklich so: Das Ungeheuer in ihrem Haus war nicht verschwunden, aber es hatte sich verändert. Es trat noch heran an das Bett des Jungen, aber es verweilte dort nicht mehr. Jeder Schrei verlor an dunklen Episoden und an dunklen Träumen darin.

Der Mörder ging aus seinem Leben. Manches Mal hörte Robert seine Mutter weinen, aber das war nicht das Schlimmste. Wenn sie weinte, war es schlimm. Schlimmer war es, wenn sie nicht mehr weinen konnte. Wenn Robert sein Stöhnen hörte, dieses schmutzige Stöhnen, wenn er etwas tat, das Robert nicht wissen, das er nicht hören wollte, aber hören musste, da manches Mal die Wände des Hauses zu Papierwänden wurden. Er tat ihr weh, furchtbar weh, doch Robert war nur ein Kind, das niemandem helfen konnte. Gebete, die mit den Wolken davonzogen, und als es endlich, endlich still wurde, war es, als würde Robert zwei Leben sterben müssen.

Helen, die jeden Schmerz von ihm nahm, mit einem einzigen Kuss.

Auch Robert glaubte, dass der Schnee nicht schmelzen konnte. Nicht, solange man daran glaubte. Durch den Kleiderschrank in der anderen Welt hörte Robert ihr Weinen. Hörte es durch seine Ohren bis zu seinem Bauch hinunter.

Du musst mir helfen, Helen. Du musst mir helfen, bitte.

Ja, ich werde dir helfen.

Es ist so schlimm, es ist so furchtbar schlimm.

Ist es schlimmer, als einen Menschen umzubringen?

Es ist das Schlimmste, was man sich vorstellen kann.

Helen nahm seine Hand in ihre eigene und füllte beide Hände mit Schnee.

Es hat alles seine Richtigkeit, glaub es mir. Helen, die sich an ihn drückte.

Dinge ändern sich manchmal, und manchmal ändern sie sich zu etwas Besserem. Sein Vater konnte nicht mehr aufwachen, weil er den Herzschlag seines einzigen Sohnes nicht mehr hören konnte. Er würde alles kalt machen, und mit der Kälte würde das Ungeheuer schwach werden. Nicht heute und nicht morgen. Aber irgendwann.

Robert schloss einen Moment seine Augen, als er am Bett seiner Eltern stand. Vor einer Stunde oder länger war er aus dem Kleiderschrank gekommen. Das Schreien und das Stöhnen, das Weinen hatten aufgehört. Er dachte einen Augenblick nach. Wäre er nicht acht Jahre alt, sondern viel, viel älter, würde er diesen Mann, der dort lag, einfach erschlagen. Würde in die Garage gehen und etwas holen, womit der es tun konnte. Einen schweren Hammer vielleicht, oder das Beil, mit dem sein Vater im Herbst das Holz für den Küchenofen spaltete. Er würde das

Beil über seinen Vater erheben und es niederfallen lassen, so oft es nötig sein würde. Er würde das unheimliche Band in die Welt der Ungeheuer mit einem Hieb durchtrennen, und er würde glücklich dabei sein. Er öffnete seine Augen und sah seinen Vater auf der rechten Seite liegen, nackt und betrunken. Robert griff zuerst in seine rechte Hosentasche und holte den Schnee heraus, den ihm Helen gegeben hatte. Hier fühlte er sich kalt, eisig, an. Es war gut so.

Der Schnee fiel, als würde er vom Himmel fallen.

Es ist die Vergebung, die man sucht. Die Vergebung und die Erlösung.

4

Am Sonntagmorgen war der Jahrmarkt verschwunden. Vergessene Stahlheringe, wie eigenartige Blumen aus einer anderen Welt, die in der Erde wuchsen. Die Ratten waren mit ihm weitergezogen, wie es schien. Wir sahen keine einzige mehr, den Rattenkönig fanden wir allerdings einige Tage später tot in einem Bachlauf treibend. Etwas oder jemand hatte ihm den Kopf abgebissen.

Der tote Schausteller lag immer noch in der Leichenhalle, in einem billigen Sarg und wartete. Es gab viele Geschichten über seinen Tod, niemand konnte sich einig werden, ob er erschlagen worden war oder ihn ein Blitz getroffen hatte.

Verbrannt über Nacht waren die giftgrünen Augenzettel an jeder Ecke, stattdessen hingen jetzt überall Bilder von Mathilda. Für einige Stunden dachten alle, das Mädchen sei einfach nur ausgerissen, hätte zuviel Geld auf dem Jahrmarkt ausgegeben und traue sich nicht mehr nach Hause. Doch Mathilda kam nicht wieder. Ein Loch im Boden hatte sie zum Mittelpunkt der Welt hin verschluckt. Kein Mensch hatte sie danach mehr gesehen.

Natürlich dachten viele hier, dass die Leute vom Jahrmarkt etwas damit zu tun haben mussten. Gestohlen und in einem der Holzwagen versteckt, unter den Brettern, den Mund verklebt, damit sie nicht schreien konnte. Gaukler und Reisende in diesem Gewerbe fraßen kleine Kinder, wenn sie Hunger hatten nach Leben. Auf den Töpfen über dem großen Feuer hatten sie vermutlich längst ihr Herz gegessen, tausend Flüche murmelnd.

Aber selbst, als am Samstag der Jahrmarkt geschlossen blieb, und alle Buden, Wagen und Fahrzeuge von der Polizei durchsucht worden waren, blieb Mathilda inmitten der Welt verloren.

Das Schlimmste war geschehen, ein Kind nicht mehr nach Hause gekommen.

Berender blickte aus dem Fenster seines Zimmers. Er hörte die Kirchenglocken läuten für das Mädchen.

Hier gab es viele Geheimnisse, dunkle und helle zugleich.

Leibrand war eines davon.

5

Leibrand stand an der Straße und sah dem Auto nach. Suzanne steckte ihren Kopf aus dem Fenster und winkte ihm zum Abschied. Ihre feuerroten Haare glichen Flammen, die zum Himmel loderten.

»Ich denk an dich«, hatte sie ihm noch gesagt.

»Und ich werde dich nie vergessen«, hatte Leibrand versprochen.

Sein Vater war schon wieder betrunken und plärrte seinen Namen. Er solle sich gefälligst ins Haus scheren, außer er wolle unbedingt auch verschleppt werden wie die andere dumme Göre.

Leibrand ging ins Haus zurück, schlich die Treppe nach oben in sein Zimmer. Er hatte Suzanne geküsst, und er träumte von ihr. Ihre Lippen waren warm gewesen und hatten nach Zuckerwatte, nach Rummelplatz, geschmeckt. Sein Herz war einen Augenblick stehengeblieben, ein kurzer heftiger Schmerz floss durch seinen Körper. So muss es sein, wenn man einen Stromschlag bekommt, dachte sich Leibrand; genau so.

Etwas hatte sich geändert, die Welt drehte sich nicht mehr mit der gleichen Geschwindigkeit. Das Licht war anders, die Luft schmeckte nach den Flügelschlägen von Schmetterlingen.

Bilder in seinem Kopf, da waren sie. Leise fremde Musik, jemand sprach ein Gedicht. Von Wolfsgeheul und Wetterleuchten.

Suzanne.

Suzanne.

Es ist noch nicht dunkel, aber es dämmert schon.

Feuerrote Haare, die selbst noch im Schatten brannten.

Es war früher Nachmittag, die Sonne schien durch das Fenster seines Zimmers und malte einen Schatten hinter den Jungen. Seine Eltern stritten sich in der Küche unter ihm. Suzanne hatte ihm ein Buch geschenkt.

»Es ist das Wertvollste, was ich besitze, weißt du.« Von ihren Händen in seine Hände gewandert, warm.

In seinem Zimmer sah es Leibrand zum ersten Mal an. Ein zerschundenes Taschenbuch. Auf der Titelseite ein gemaltes Bild einer Straße im Schneetreiben, irgendwo in Amerika. Vielleicht New York City, wer konnte das schon sagen. Er strich mit den Fingern darüber und fühlte den Schnee, eisig.

Lächelte.

Eine Straßenlaterne, hell leuchtend. Eine verschneite Parkbank, weit hinten noch eine. Riesige Bäume mit langen, knorrigen Ästen, auf denen Schnee lag. Inmitten des Bildes eine Frau, die einen kleinen Hund an der Leine führte. Sie sahen ihn an, tief in seinen Bauch.

Er schlug das Buch auf.

Auggie Wrens Weihnachtsgeschichte
von
Paul Auster

Leibrand hatte noch nie in seinem Leben von einem Paul Auster gehört. Hätte es damals schon Internet gegeben, hätte Leibrand ihn natürlich in Wikipedia gefunden, aber jetzt war es nur ein Buch von einem Mann, den er nicht kannte.

Leibrand hätte dann auch herausgefunden, dass das Buch noch gar nicht geschrieben worden war. Es sollte erst 1990 zu den Weihnachtstagen in der Zeitung *New York Times* veröffentlicht werden.

Aber dennoch hielt er es an diesem Sommernachmittag in den Händen; die Sonne wärmte seine Arme, und er hörte die Mücken vor dem Fenster summen.

Es braucht Geschichten, um das Leben zu verstehen, sagt man. Leibrand sog die Geschichte in sich, versteckte sie zwischen Herz und Seele. Von einem Augenblick auf den anderen wurde Leibrand klar – hier war Amerika. Überall konnte es sein, aber für ihn war es genau hier. Kind und Erwachsener im gleichen Moment: Leibrand gelang es für die kurze Zeit, die er benötigte, alles wahrzunehmen, was in der Boogie Street vor sich ging. Das Licht und die Dunkelheit, das Zwielicht, für einige Minuten.

Er schloss seine Augen und sah Suzanne. Sein Herz pochte. Und er fing damit an, Amerika Plakate zu malen. So, wie er es bis zu seinem Sterben machen sollte.

6

Ich wollte an diesem Tag noch einmal kurz nach Leibrand schauen. Das Fenster zu seinem Zimmer stand offen. Unten, aus der Küche, hörte ich Leibrands Mutter weinen, während sein Vater wie ein Gespenst am Tisch saß. Immer wieder aufwachte und keifte. Jeder wusste davon, jeder hörte es. Ich glaubte nicht, dass er Leibrand schlug, aber ich glaubte sehr wohl, dass er seine Frau schlug. Wir hörten alle weg, sobald wir dieses scheußliche Geräusch hörten, dieses harte Klatschen auf Fleisch. Mein Vater war nach einem Streit, der besonders heftig war, zu ihnen rüber gegangen. Jetzt schlägt er sie tot, einfach tot, hatte mein Vater gesagt im Gehen und vermutlich wäre das auch passiert. Die ganze Straße, die keine Eintrittskarten kaufen musste für dieses Theater, schien hilflos. Hätte Leibrand nicht seinen Schrank gehabt und seine Schrankgeschichten, würde er vermutlich längst auf dem Friedhof liegen.

Raben durchschlugen die Stille, als ich die gekieste Einfahrt runter ging zur Straße und hochsah zu Leibrands Fenster. Leise sprach ich seinen Namen, aber natürlich hörte er mich nicht. Die Äste des Kastanienbaumes neben dem Haus reichten beinahe zum Fenstersims. In einigen Jahren würden die Zweige an das Fensterglas klopfen wie Gespensterfinger zur Mitternacht.

Ich ging nicht gern in dieses Haus, nicht gern in sein Zimmer. Allein der Schrank war ein sicherer Ort, schien nicht wirklich in diesem Haus zu sein. Die Monster, die wirklichen Monster, erkennt man an den Augen. Sie streunen durch die Welt wie unerkannte Werwölfe. Ein Werwolf bäumte sich gerade von einem Küchentisch auf, schlug um sich. Der volle, blutende Mond inmitten eines niedrigen Zimmers.

Wer weiß, vielleicht hatte sich ein Werwolf auch Mathilda geholt. An einen Ort gebracht, an dem es immerfort dunkel ist. Mathilda saß vier Bänke hinter mir in der Schule. Wenn sie aufgeregt war, fing sie an zu stottern. Wir nannten sie dann immer Stotter-Hilda, aber das tat mir jetzt unendlich leid. Ihr Großvater war vor einem Jahr gestorben, ich war mit meinen Eltern bei der Beerdigung. Ein großes Loch, in das es hineinregnete. Mathilda war eine Woche lang nicht zur Schule gekommen, und am ersten Tag an dem sie wieder kam, hat sie nicht so gelächelt, wie sie es sonst tat. Vielleicht war sie schon bei ihrem Großvater im Himmel.

Ich setzte mich auf den Bordstein und kratzte mit einem Stein Buchstaben auf den Asphalt. Bald würde ich hinübergehen zu Leibrand.

7

Sämtliche Postkarten wurden gesucht, das einzige Plakat, das über dem Bett hing, ein Bild eines Bahnhofes, lag auf dem Schreibtisch. Wasserfarben aus den Schubladen gekramt, stumpfe Pinsel in das Wasser getaucht, das er am Morgen nicht ausgetrunken hatte.

Blau war die Farbe der Träume.

Blau wie eine Sternennacht.

Wir können uns eigene Augen malen, eigene Gesichter. Von Menschen, die wir sein wollten, immer schon.

Gib mir deine Hand.

Wasseraugen.

Wasserherzen.

Wasserseelen.

Mal mir deine Augen, damit ich sehe, was du siehst. Die Ungeheuer mit den pulsierenden Adern. Sie können deine Wasserherzen nicht mehr fressen.

Gib mir Hoffnung.

Gib mir Zuversicht.

Brooklyn, New York City.

Ein Mädchen, ein Junge. Ein Kuss auf einer verschneiten Straße.

Jesse James und der verlorene Revolver und das Kind
ohne Schutzengel.

Blau spritzte über das Parkett. Leibrands Augen halb geöffnet, die Lider zitternd.

Der Teufel gewinnt, der Teufel gewinnt, der Teufel gewinnt.

Bitte.

Halt mich fest, so fest du nur kannst.

In der Boogie-Street tanzen heute alle
Toten,
frisch ausgemalt tief innen drin.
In Philadelphia kennen drei Engel meinen Namen,
wir
brauchen
dich.

Ein leises Stöhnen aus Leibrands Zimmer, ich sah hinauf. Ich konnte ihn kaum sehen, seine Bewegungen waren fahrig. Er schleuderte eine Postkarte aus dem Fenster, die sich in der Luft drehte und mitten auf der Straße zu liegen kam. Verkehrt herum, ohne dass ich sehen konnte, was darauf war, blieb sie im Staub liegen.

Teufel und Staub,
Staub und vier Teufel.

Der Stein in meiner Hand ritze eine Null in den Asphalt, und ich wünschte mir, die Postkarte wäre nach Amerika geflogen.

Ich sah wieder nach oben; Leibrand stützte sich mit beiden Händen am Schreibtisch ab, seine dunklen Haare verschwitzt im Gesicht. Vielleicht weinte er sogar.

Es war der Tag, jener späte Sommernachmittag, ein Tag nach dem Verschwinden Mathildas, als mir bewusst wurde, dass Leibrand alles und jeder hätte sein können, wenn er es nur wollte. Solche Menschen gab es, zwar nicht sehr viele, aber sie existierten. Ausbrechend aus den Maskenmenschen, die durch die Städte streifen wie Wartende auf den nächsten Autobus. Ein Mensch, der uns alles offenbaren konnte, ein Mensch, der seinen Leib öffnete, um uns alle sein pochendes Herz schlagen hören zu lassen.

Ich sah zur Postkarte und ich wollte sie vergessen. Aber das konnte ich nicht, sie lag da, als würde sie alleine nur auf mich warten. Den Kieselstein in einer geschlossenen Hand, ging ich. Die Postkarte flüsterte meinen Namen. Hob sie aus dem Staub. Drehte sie um.

Blau war die Farbe, alles übertüncht. Aufgewellt und noch an den Enden feucht von der Wassertinte. Ein großes hohes Haus, vielleicht ein Wolkenkratzer. Tausend Fenster, hell erleuchtet. Hoch oben ein blauer, fetter Mond, ein Wolfsmannmond. Durch ein Fenster ein Loch, mit dem Pinselende gestoßen.

Zitternd, während oben Leibrand tiefe Atemzüge ausstieß, hielt ich sie gegen die Sonne und blickte durch das Fenster der Postkarte

Ein Augen geschlossen, ein Auge weit offen.

Blau.

8

Regen war das erste, das ich wahrnahm.

Ein leises Lied von Charlie Parker, was ich damals noch nicht wusste, es aber ein Leben lang nicht vergaß.

Es ist eine Gespensterparade, dachte ich mir. Die Straßen waren voll mit ihnen.

Vier Transvestiten, die mit hochhackigen Schuhen
durch die Lebenden gingen,
und sie mit glücklichen Gedanken schwängerten,
Kinder mit Lampions, die im Wind flackerten
wie Halloween-Kürbisse,
der Regen schälte sich von ihnen allen ab,
ich
sah Leibrand aus den Kinderschuhen gewachsen,
die Arme weit von sich gestreckt, als würde
er predigen,
ein Blitz schlug genau in seine Finger ein,
eine Schönheit in einem weißen Kleid sprang über Pfützen,
sang von Jesus und Heroin,
jemand zündete ein Streichholz an,
die Flamme züngelte bis zum Wolkenende,
aus den Häusern kam Wärme,
alle waren glücklich,
Mitternacht war nicht nur mehr für Gespenster gemacht,
alle Hund bellten,
ein Buckliger zog seine Schuhe aus und tanzte mit der
Schönheit im Regen,
niemand braucht mehr Bücher, alle Geschichten in allen
Menschen,
in

die Regenschlieren auf dem Asphalt
schrieben
sie
Brooklyn, New York City, Philadelphia,
Amerika konnte man sich auch erträumen.

Regen war das Letzte, das ich wahrnahm. Wie lange ich durch das Postkartenfenster geschaut hatte, wusste ich nicht. Lange genug, um Kopfschmerzen davon zu bekommen, pochendes Flirren hinter den Augenlidern. Auch lange genug, um nicht bemerkt zu haben, dass Leibrand inzwischen auf dem Fenstersims saß.

Die Amerika-Postkarte fiel zu Boden.

Leibrand saß da oben, und er schien ohne einen Schutzengel auf der Welt. Hinter ihm, im leeren Raum, sah ich von Weitem die Amerika-Plakate. Es klingt verrückt, aber jedes von ihnen lebte. Ein Zug fuhr, drei Männer unterhielten sich in seltsamem Kauderwelsch. Jemand feuerte einen Revolver ab.

Ein elfjähriger Junge, der auf dem Fenstersims saß. Ein Sommertag in den längsten Sommerferien unseres Lebens. Ich sah ihn da sitzen, in kurzen Hosen und einem alten T-Shirt, aber er sah mich nicht. Leibrand saß auf dem Fenstersims seines Zimmers im ersten Stock, seine Füße baumelten, die Hände abgestützt. Er sah zum Himmel hoch. Zum wolkenlosen hellblauen Sommerhimmel.

Und Leibrand?

Leibrand sprang.

Natürlich hätte es auch sein können, dass er einfach heruntergefallen war. Seine Eltern erzählten das auch. Der Junge sei einfach heruntergefallen, wie es eben manchmal passiert. Aber ich wusste schon während er fiel, dass er gesprungen war. Leibrand war niemand, der einfach irgendwo herunterfiel. Er schlief mit den Katzen und streunte mit den Hunden.

Ich sah, wie er ein Stockwerk tief fiel wie eine schlafende Katze, die jemand aus dem Fenster geworfen hatte. Es war unglaublich still, in diesen Momenten. Tatsächlich dachte ich, ich könnte hören, wie der Wind durch sein T-Shirt flatterte, und dann das scheußliche Geräusch eines fallenden Körpers auf dem schmalen Rasenstück vor dem Haus.

Leibrand ist jetzt tot, dachte ich.

Erst sein gellender Schrei stieß den stehengebliebenen Tag wieder an.

Es war wie ein Wunder, dass sich Leibrand außer einigen blauen Flecken keine Verletzungen zugezogen hatte. Seine Eltern trugen ihn ins Haus, und mit ihm auch wieder ein Stück ihres eigenen Lebens.

9

Die ganze Sache mit den Amerika-Plakaten fing damals an, auch das Fallen aus dem Leben.

Seit diesem Tag war nichts mehr so wie vorher.

Die Welt drehte sich.

Kapitel 3

Leibrand und der alte Mann mit den schlohweißen Haaren
(Das blaue Brooklyn)

Give me shelter from the storm.
– Bob Dylan

1

Mathilda war in jenem August verschwunden. Das Mädchen mit den braunen glänzenden Haaren, den braunen glänzenden Augen. Das Mädchen, das manchmal gut träumte und manchmal schlecht träumte.

Die Straßen waren anders geworden, auch die Bäume und die Wolken.

Immer, wenn etwas sehr Schreckliches passiert, tauchen Schatten auf, inmitten des Tages. Nachtschatten, kalt wie Schneeflocken.

Die Polizei suchte natürlich nach Mathilda, und je mehr Stunden verstrichen, desto mehr ähnelte es der Suche nach einer Leiche. Die Hunde bellten in den Waldstücken am Ende der Stadt. Die Wölfe heulten in den Nächten, und der Wolfsmann sah zum Himmel hinauf.

Hier, in dieser Stadt, war niemals jemand verschwunden gewesen. Niemand ermordet, keine Leichen heimlich an Flussufern vergraben. Das hier war sicherlich keine blutige Stadt, nicht wie die großen Städte, die Leichen gebaren.

Vergessen in der Leichenhalle, der Schausteller in dem billigen Sarg, vom Blitz getroffen oder erschlagen. Keine Kerzen; nicht einmal das ewige Licht zwischen dem Kruzifix und den Gipsfiguren der Heiligen brannte.

Die Leute sahen nicht mehr nach der Post, sondern nach Mathilda. Saßen in den Gärten, auf ihren ausgeblichenen Stühlen, und hatten Angst. Angst vor den Dingen, die noch kommen sollten.

Andreas Baader wurde angeblich in der Stadt gesehen, ohne Meinhoff, wie es hieß, obwohl sich Baader einige Jahre zuvor in Stammheim erschossen hatte. Natürlich gingen die Gespenster umher, tanzten die Tage stumm.

Polizisten standen ratlos und hilflos in den Straßen, verteilten Handzettel und beteten. Niemand wollte ein kleines totes Mädchen finden, die Augen geöffnet, als wollte es alles betrachten mit atemloser ewiger Verwunderung.

Doch Mathilda blieb vorerst verschwunden. Niemand hatte sie gesehen, niemand hatte etwas gehört. Man fand keinen Schuh, kein Haarband – eben nichts von alledem.

Die Welt hatte Mathilda schlicht und einfach verschluckt.

2

Berender hatte davon geträumt. Der alte Mann mit den schlohweißen Haaren träumte immer davon, wenn so etwas geschah. Vielleicht war es so etwas wie eine Gabe oder eine Bestimmung, wenngleich es kein zweites Gesicht war oder der billige Zauber, von dem man in Zeitungen manches Mal lesen konnte. Vielmehr spürte Berender die Dinge kommen, wie man eine Grippe kommen spürt – vage und verschwommen. Kurze und harte Regenträume, die er nicht sehr mochte. Weit aufgerissene Augen und Münder, violett die Gewitterhimmel. Traumepisoden, so stark, dass er weinend davon erwachte. Berender, der weit über siebzig Jahre alt war, hatte bereits viele davon gesehen. Einige so hässlich, dass er sie nie mehr vergessen konnte.

Je älter er wurde, desto näher brachten ihn jene Episoden zum eigenen Tod. Die Stromschläge der Vorahnungen brannten sich tief in seine Eingeweide, und er wusste, dass er eines Tages daran sterben würde.

Im vergangenen Jahr durchlitt Berender zwei Krampfanfälle, von denen er sich bis heute nicht richtig erholt hatte. Sein linkes Bein wurde manchmal taub, ebenso sein linker Arm. Er hasste Ärzte, er hasste Krankenhäuser und wusste, dass sie ihn nicht bekommen würden. Erst mit einem Leichentuch über sein Gesicht gestreift, soviel stand fest.

Er stand am Fenster, das zur Straße hinaus führte. Das Fensterkreuz, das staubige Glas, der Sommerhimmel. Am Fensterbrett der Aschenbecher; er zündete sich eine Camel ohne Filter an und dachte nach. Niemand ahnte etwas von den Ungeheuern und den Monstern, aber es gab sie. Natürlich kamen sie nicht nur um Mitternacht aus ihren Schatten, und natürlich waren sie mitten unter uns allen.

Begonnen mit den merkwürdigen Träumen und Episoden hatte es bereits Ende 1911. Gewittertage mochte er immer schon sehr. Pechschwarze Wolkengesichter waren für den Jungen wie Postkarten aus einer anderen Welt.

Berender dachte an damals, als er als Kind dort stand.

Ein Junge steht auf einem Ackerfeld auf einer Hochebene.

Der Nachmittagshimmel des Herbstes: schwarz und grau. Die Wolken teilen sich an den Enden.

Er trägt die viel zu großen Stiefel seines Vaters. Schmutz an den Rändern.

Das erste Donnergrollen vom Osten lässt ihn zusammenzucken. Dann lächelt er. Er sollte nach Hause gehen. Er bleibt stehen.

Wenige Regentropfen berühren sein Gesicht, er öffnet ein wenig den Mund.

Den Kopf in den Nacken gestreckt, die Augen weit offen.

Er riecht den Rauch aus den Kaminen der Häuser am Rand des Dorfes. Hört in seinen Ohren das Knistern des Holzes. Hört die Vögel in den Bäumen.

Die Blitze beginnen. Wetterleuchten am Horizont.

Er steckt die Hände in die Hosentaschen und denkt an zu Hause. An die Wärme der Küche und die Suppe, die auf dem Ofen steht und auf ihn wartet.

Es hört auf zu regnen, die Luft wird trocken und kalt. Sehr lauter Donner, dann ein Blitz, der in den Wald einschlägt.

Eine Gänsehaut zieht sich über seinen Rücken bis runter zum Hintern. Wie immer bei Unwettern, fangen auch jetzt die Kirchenglocken an zu läuten. In den kleinen Häusern beten sie.

Wetterkerzen und Weihwasser, um den Teufel am Himmel zu vertreiben.

Dann war es ganz still.

Die Wolken wie gemalt.

Ein kleiner Riss zwischen zwei pechschwarzen Wolkengebilden.

Aus denen ein Blitz geboren wurde.

Jener Blitz, der den Jungen aus den Stiefeln schleuderte.

Berender konnte sich noch sehr gut daran erinnern. Der Blitz hatte in ihn eingeschlagen wie in einen Kirchturm. Eine halbe Stunde später wachte er auf, auf der Seite liegend ohne Schuhe. Den Geschmack von Erbrochenem im Mund und Kopfschmerzen, die zwei Tage lang nicht mehr verschwanden. Alles kribbelte an seinem Körper, als wären Tausende Ameisen in seine Haut gekrochen.

Zehn Meter weiter fand er die Stiefel seines Vaters im Ackerlehm stecken.

Eine Woche später fing es mit den Träumen an. Er sah Menschen sterben und spürte Tote durch seine Gedärme wandern.

Natürlich erzählte er niemandem davon. Seine Tante wurde verrückt, als Berender sechs Jahre alt war. In ihrem Garten, davon war sie felsenfest überzeugt, lebten winzige Gestalten in den Maulwurfgängen. Riefen ihren Namen, wenn es Nacht wurde. Immer und immer wieder. Sie erzählte es jedem, bis man sie in die Nervenheilanstalt brachte. Aber die kleinen Gestalten folgten ihr und lebten nun in den Wasserrohren. Riefen weiterhin ihren Namen. Ungefähr ein Jahr später erhängte sich Tante Ruth an einem der Wasserrohre in ihrem Krankenzimmer. Zwei Tage nach ihrer Beerdigung wühlte sich ein Maulwurf durch die Erde des frischen, dunklen Grabes, wie es hieß.

Nein, es war tatsächlich besser, niemandem von solchen Dingen zu erzählen, soviel stand fest. Denn schließlich trafen Berenders Träume tatsächlich ein. Wenngleich er sie erst viele Jahre später verstehen konnte, wusste er bereits damals, dass er nicht verrückt geworden war. Jedenfalls nicht verrückt im Sinne von Tante Ruth.

Zwei Weltkriege schwärzten seine Träume ein, und die Visionen dieser Zeit waren gebrochen. In Russland, Ende 1940, wurde Berender angeschossen, auch das hatte er bereits vorher gewusst. Auch, dass er wieder nach Hause kommen würde.

Und natürlich auch, dass jene Frau, die er liebte, nicht mehr lebte.

Was danach kam, war wahrlich sonderbar. Das Meiste davon hatte Berender in schmale, schwarze Notizbücher niedergeschrieben. Vermutlich würde er sie vor seinem Sterben verbrennen müssen. Niemand würde ihm je ein Wort glauben.

Gearbeitet hat Berender eigentlich nie. Vielmehr zog er umher und fand dort alles, was er zum Leben brauchte. Manchmal küsste er sogar eine Frau in irgendeiner Stadt, nur um ihr Herz zu spüren. Doch geblieben ist er bei niemandem, die Stürme waren seine Brüder. Die Gewitter seine wirkliche Liebe.

Seine Atemzüge allerdings waren die Episoden, mit denen Berender erwachte. Nach 1950 kamen sie fast täglich, manche davon so absurd, dass er nicht sicher war, ihnen trauen zu können. Aber allesamt trafen sie ein.

Einem Jungen schenkte er an einem Mittwoch die schönsten blauen Murmeln, die er jemals gesehen hatte. Ging über einen Fußballplatz in Hamburg auf den fremden Jungen zu, der dort alleine mit einem Papierflieger spielte. Um 1955, ein Frühsommertag, der Junge trug kurze Hosen, seine Knie waren aufgeschürft. Er sah genauso aus, wie in Berenders Träumen, die Tage zuvor.

»Du wirst es nicht glauben, aber ich hab gerade die schönsten Murmeln gefunden, die ich je gesehen habe«, sagte Berender und lächelte. Die Murmeln klackerten in seiner Hand leise aneinander.

Der Junge ging einen Schritt zurück, und einen Augenblick war Berender sicher, er würde davonlaufen.

»Du spielst doch gerne mit Murmeln, oder nicht?«

Der Junge nickte zaghaft. Der Papierflieger in seiner Hand war aus Zeitungspapier.

Er wusste selten ihre Namen, aber das war auch nicht sonderlich wichtig. Wichtig war allein, dass er sie fand. In Träumen konnte man jeden Menschen finden, wo auch immer er sein mochte.

»Weißt du was – ich lege die Murmeln einfach hier ins Gras, und du nimmst sie dir, wenn ich weggehe. Gut?« fragte Berender, bückte sich und tat, was er versprochen hatte.

Und tatsächlich lagen dort vier leuchtend blaue Murmeln, wie wasserblaue Augen.

Berender hatte von Blut geträumt, auch von einem offenen Bauch, der fremde Junge tot in einem Waldstück. Tiefe Schnitte, und vom Regen, der sich in seinem weit aufgerissenen Mund sammelte wie Brackwasser.

»Gut. Ich gehe jetzt weg. Du musst keine Angst haben, ich komme nicht wieder. Keine Sorge. Ich bin weg«, sagte Berender und hob die Hände, damit der Junge sehen konnte, dass er ihm nichts tun würde. Drehte sich um und ging. Er sah zum Himmel hoch. Ein, zwei Stunden später, und der Junge wäre tot gewesen.

Berender wandte sich um, als er das Ende des Platzes erreicht hatte, und sah den Jungen nach Hause laufen. Er ahnte, dass er die Murmeln seinem Bruder zeigen wollte, der zu Hause krank im Bett lag. Aber das war nur eine bleiche Ahnung, mehr nicht. Sicher war nur, dass der Kindermörder Ludy kein drittes Kind mehr ermorden würde.

3

Er hatte später auch geträumt, in Amerika zu sein, und als er aufwachte und aus dem Fenster schaute, erblickte er die Menschen an den Straßen warten. Jahrzehnte später erst sah er den Zapruder-Film im Fernsehen, in einer Spätvorstellung. Da stand dieser Mann, der er selbst war, mit einem Strohhut auf dem Kopf, einen langen Schatten hinter sich werfend, und das kleine Mädchen mit den blonden Zöpfen. Eine Menge Leute, sie waren überall. Saßen in glänzenden, großen Automobilen, aßen Eis oder Popcorn aus großen gelben Tüten. Aus einem Radio hörte er den Song *Blue Velvet,* leise.

Ein Novembertag, die Sonne gleißend.

Aus einigen Fenstern hingen Sternenbanner, aus anderen schauten Leute auf die Straße hinunter. Drei Kinder hüpften auf einer Wiese über ein Seil und lachten laut.

Tausende Stimmen, Tausende Sprachen, Wortfetzen. Nichts, dem man hätte Bedeutung schenken müssen. Berender sah nach links, wo die Straße eine Biegung machte. Polizeimotorräder; im Chrom sah er den Himmel wieder.

Weiter drüben verkaufte jemand Hotdogs, eine kleine Schlange hatte sich vor dem Stand gebildet. Die Leute waren fröhlich.

Vermutlich, und das dachte sich Berender in den folgen Jahren immer wieder, hätte sie jeder sehen können, und vermutlich wurden sie auch von vielen gesehen. Die Gewehrläufe aus den Fenstern, Schnäbel von bösen Vögeln. Acht zählte er alleine an der gegenüberliegenden Seite. Keine Liebes-Parade hier, eher eine Hinrichtungs-Gala. Ein großer Jahrmarkt der Schießbuden.

Damals waren die Episoden sehr brüchig gewesen, und was wirklich geschehen sollte, wusste er nicht. Eigentlich hatte er nur von dem Mädchen geträumt, diesem Mädchen mit den blonden Zöpfen und dem schneeweißen Kleid.

Sah das Mädchen auf ihrem Bett liegen.

Staub, der in den Sonnenstrahlen tanzte.

Draußen auf den Straßen spielten sie Ball.
Das Mädchen sah auf.
Das Mädchen las ein Buch.
Das Mädchen liebte Bücher.

Natürlich wusste Berender, dass das Mädchen dort unten an der Straße sein würde.

Kaum einen Schritt entfernt vom Asphalt. Er sah sie auch schon von weitem dort stehen, eine kleine Amerika-Fahne aus Papier in den Händen.

Es war lange bevor Berender Amerika, sein Amerika, wirklich sehen konnte. Auch lange bevor er tatsächlich *alle* Menschen hier sehen konnte.

Damals schien es vielmehr wie eine Blitzlichtaufnahme zu sein, kurz und heftig, und doch klar in der Erinnerung.

In seinen Händen ein Buch mit vielen Bildern; Peter Pan, Wendy und die Piraten.

Seine Schritte wurden größer, da er das Unheil spürte. Vibrierend, bis tief in sein Knochenmark.

Die große, offene Limousine, der Mann darin winkte, ebenso die Frau, die neben ihm saß. Ein Mann mit Sonnenbrille, der neben dem Wagen herging, sagte immerzu »Geht weg, toter Mann kommt!« Eine Ratte, eine wirklich große Ratte, saß auf der Kühlerhaube des Autos. Berender stand jetzt dicht neben dem kleinen Mädchen, das vielleicht sieben, acht Jahre alt sein mochte. Er roch den Kaugummi, den sie kaute.

»Oh«, sagte er und gleichzeitig rutschte ihm das Buch aus den Händen. Flatterte wie ein Schmetterling zu Boden. Die aufgeschlagenen Seiten berührten die nackten Beine des Mädchens, kitzelten sie. Sie sah hin und fing an zu lächeln.

Berender hat sich nie besonders darum gekümmert, was andere Leute sagten oder behaupteten. Es waren jedoch sieben

Schüsse, die er zählte. Der Kopf des Mannes im Wagen explodierte. Ein Schuss prallte an dem Automobil ab und wurde zu einem Querschläger. Das Mädchen bückte sich nach dem Buch, und die Patrone schlug hinter ihr in einen Abhang ein. Jemand schrie, ein heller unmenschlicher Schrei, wie von einer angefahrenen Katze. Ein Polizist fiel ohnmächtig von seinem Motorrad und blieb auf der Straße liegen, als würde er schlafen. Drei, vier Männer auf dem Hügel johlten und schließlich applaudierten sie. Drei dunkelblaue Luftballons stiegen empor.

Damals war er vermutlich zum ersten Mal tatsächlich in Amerika gewesen, zwischen Staub und den Teufeln, zwischen Glück und Unheil.

Meist waren es Kinder, denen er das Leben rettete oder noch mal eine Chance gab, alles zum Besseren zu wenden. Vermutlich, und das dachte sich Berender, sind Kinder die wahrhaftigen Helden aller Zeiten. Manchmal begegnete er ihnen später noch mal, an irgendeinem Ort, zu irgendeiner Zeit.

Niemals erkannten sie ihn wieder.

4

Berender ging die Straße runter, blieb oft stehen und rauchte so bedächtig, wie er ging. Die Leute der Stadt waren sehr misstrauisch, denn er war mit den Zirkusleuten in die Stadt gekommen. Und den Kinoleuten mit den schrecklichen Augen an jedem Laternenpfahl.

Leibrand fand er schließlich an dem Ort, den die Leute *-Verlorenes-* nannten. 1952 hatten einige Leute vor, hier einen kleinen Vergnügungspark zu errichten, mit einer Kindereisenbahn, Marktbuden und einem kleinen Riesenrad. Bevor sie mit dem Riesenrad fertig wurden, gingen sie pleite, und danach interessierte sich niemand mehr so recht für diese Art Geldanlage. Das Riesenrad, kaum größer als ein Haus, war nach all den Jahren nur mehr ein verrostetes Skelett, das in den schlechten Kiesboden einsank. Einige Vögel saßen darauf und schliefen.

Leibrand war gerne hier, er mochte die Kieselsteine, die man hier finden konnte. Zuweilen, wenn man lange genug danach suchte, waren sogar einige farbige Steine zu finden. Unter seinem Bett hatte er eine alte Zigarrenschachtel voll damit.

Leibrand saß auf einer aus dem Boden herausgewachsenen Baumwurzel. Berender nickte ihm zu.

Leibrand, der eigentlich sehr schüchtern war, und Erwachsene zudem nicht sonderlich gut leiden konnte, sagte leise:

»Glühbirnen. Sonderbar, oder?«

Der alte Mann ließ den Rest seiner Zigarette auf den Boden fallen und trat darauf, bis die Kippe in der Erde verschwunden war. Er schwieg lange.

»Ich finde nichts Sonderbares daran«, antwortete Berender.

»Nein?«

»Nein.«

»Funktioniert es immer mit den Glühbirnen?« fragte Leibrand und malte mit dem Finger etwas in den Staub. Hohe Häuser.

»Es funktioniert nur manchmal. Sehr selten. Wenn man Glück hat«, sagte Berender, kramte in seiner Jackentasche nach der Packung Zigaretten, fand sie und zündete sich eine weitere mit einem Zündholz an.

»Sie waren dabei. In meinem Traum. Den mit den Glühbirnen.«

»Ich weiß«, sagte Berender. Heller Rauch kam wie ein Geist aus seinem Mund, mit jedem Wort.

»Ja?«

»Ja.« Beide nickten.

Tatsächlich hatte Berender es nur zwei Mal erlebt, dass es mit den Glühbirnen funktionierte. 1968 und 1970, danach hatte er die ganze Sache so gut wie vergessen. Glühbirnen konnten wie Polaroid-Kameras sein, oder jedenfalls dachte sich das Berender. Eine Tür, durch die man gehen konnte, sofern man diese Tür auch fand, was allerdings so gut wie unmöglich war.

»Sie haben Mathildas Glühbirne dabei, ist es nicht so?« hörte er Leibrand sagen. Er sah ihn an, diesen Jungen in kurzen Hosen und einem alten, blauen T-Shirt. Dunkelblonde Haare, helle Augen. Dieser Junge hätte alles sein können, dieser Junge konnte dem Wind entfliehen. Viele außergewöhnliche Kinder waren ihm begegnet, aber Leibrand war der König von ihnen. Keiner der üblichen Dummköpfe, die bereits wussten, wie die Welt lief. Der Junge hatte zwar keine Ahnung, wie die Welt lief, aber er wusste, wie sie sich drehte.

»Ja. Hier in meiner Tasche.«

Berender war am Morgen, als alle aus dem Haus waren und nach Mathilda suchten, in ihr Zimmer gegangen und hatte die Glühbirne aus ihrer Nachttischlampe genommen. Jetzt klopfte er sacht auf die Jackentasche.

Erst als Mathilda verschwunden war, wusste Berender, weshalb er eigentlich hier aus dem Bus gestiegen war. Aus dem Bus hatte steigen müssen. Natürlich auch wegen den Kinoleuten, sie waren wie die Pest. Aber helfen hatte er dem Mädchen nicht können, soviel stand fest. Jedenfalls nicht so, wie er es eigentlich hätte tun wollen.

Er war in Wirklichkeit hier wegen ihm. Wegen Leibrand.

»Stimmt es?« fragte Leibrand.

»Was?«

»Dass eine Glühbirne wie ein Projektor sein kann. Wie im Kino.«

»Manchmal. Ja, manchmal stimmt es.«

»Gut. Das ist gut. Ich weiß zwar nicht wer Sie sind, aber Sie sind echt in Ordnung«, sagte Leibrand und dann: »Wer sind Sie? Ich meine, wer sind Sie wirklich? So etwas wie ein Schutzengel?«

»Glaubst du, Schutzengel hätten Schmerzen beim Wasserlassen? Nein, kein Schutzengel. Ich glaube, ehrlich gesagt, nicht einmal an Gott oder an Heilige. Ich kann nur etwas, das andere nicht können, das ist alles.« Berender schnippte die Zigarette in Richtung Riesenrad.

Leibrand dachte nach.

»Ich kann gut malen.«

Berender sah den Jungen an.

»Wissen Sie, ich male Amerika. Amerika gefällt mir sehr. Es ist immer blau, wenn ich es male. Blau ist eine gute Farbe«, erzählte Leibrand und stand auf. Sein rechter Fuß tat immer noch sehr weh.

»Alles in Ordnung mit dir?«

»Ja, ich denke schon. Bin nur aus dem Fenster gefallen. Also, nicht gefallen. Auch nicht gesprungen.«

»Sondern nach Amerika gesucht, nicht wahr?« sagte Berender und Leibrand sah den alten Mann lange an.

»Ja, Sie können tatsächlich etwas, was andere nicht können.«

Beide lächelten. Die Vögel wachten auf.

5

Von Zeit zu Zeit begegnete Berender den Kinoleuten. Zum ersten Mal wohl in den 50ern, doch da wusste er längst noch nicht, dass sie eigentlich immerzu in seiner Nähe waren, auch wenn er sie nicht sehen konnte. Gespenster im üblichen Sinn waren diese Leute sicher nicht. Vielmehr wie Tagträume; dunkle zähe Alpträume ohne Mitternachtsgeschrei.

Beide, der Junge und der Mann, gingen zu Mathildas Haus. Einige dunkle Wolken zogen herbei, die Luft war heiß und feucht.

Leibrand kannte das Haus, war aber noch nie bei Mathilda gewesen. Er kannte sie aus der Schule, sie war ein nettes Mädchen. Wenn sie aufgeregt war, musste sie stottern. Leibrand hatte nie über sie gelacht, wie die anderen. Sie tat ihm leid, denn er mochte sie.

»Setz dich ruhig.» Berender zeigte auf einen der Stühle, die am Tisch standen.

»Willst du eine Limonade, ich hab welche hier.«

Beide saßen am Tisch und tranken kalte Zitronenlimonade. Das leise Donnergrollen eines vorbeiziehenden Gewitters in ihren Knochen spürend.

»Willst du die Geschichte der Kinoleute hören? Also, ich meine die Geschichte, die ich kenne. Es gibt wahrscheinlich Tausende von Geschichten über sie. Keine wie die andere. Sicher«, sagte Berender, zog den Aschenbecher zu sich und rauchte. Sein weißer Bart war an den Enden gelb wie Elfenbein. Die Hände ein wenig zitternd, seine Zähne schlecht, die Augen wach. Zum ersten Mal fiel Leibrand auf, dass die Hose, die er trug, zerschlissen war, das weiße Hemd an den Ärmeln abgestoßen. Er sah zu seinen Schuhen – im ganzen Leben hatte er noch nie solche Schuhe gesehen.

»Sind Raketenschuhe. Hab sie schon sehr lange Zeit, das kannst du mir glauben. Als Kind hatte ich auch Raketenschuhe. Damit kannst du schneller laufen als der Teufel, glaub's mir«, sagte Berender.

Er nahm die Glühbirne aus der Jackentasche und legte sie auf den Tisch.

»Wer sind die Kinoleute?« fragte Leibrand, trank einen Schluck. Weit weg hörte er einen Kuckuck.

»Ja, das ist eine gute Frage. Eine sehr gute Frage. Ehrlich gesagt: Ich bin mir nicht ganz sicher. Aber das ist auch nicht sehr wichtig, glaube ich. Es war …

… um 1950, so um die Zeit. Ich ging gerne zu Bahnhöfen, musst du wissen. Ich kannte sie alle, die kleinen und die großen. Setzte mich auf eine Bank und sah diesen Leuten zu. Beim Ankommen und beim Abreisen, beim Weinen und beim Lachen. Konnte ich stundenlang machen, ohne dabei müde zu werden. Trank einen Kaffee oder aß eine Stulle, fütterte die Tauben. Tauben lieben Bahnhöfe nämlich auch. Keine Ahnung, ob sie es für Venedig halten oder für den Times Square, jedenfalls sind sie auch dort.

Vor langer Zeit, du warst noch nicht auf der Welt, gab es eine Menge toter Haltestellen. Gerade nach dem Krieg war das so. Wer weiß, vielleicht hatten sie einige davon sogar vergessen. Ich glaube, es war in München, bin mir aber nicht mehr ganz sicher. Es könnte auch woanders gewesen sein, und im Grunde ist das auch egal. Ich denke, es gibt viele solcher Stellen, in jeder Stadt.

Wie Wespennester, kann man sagen. Man sollte ihnen nicht zu nahe kommen, denke ich. Jedenfalls nicht, wenn man noch ganz bei Trost ist.

Da gab es diese tote Haltestelle an diesem Bahnhof, es war eine U-Bahn-Haltestelle, man musste ein kleines Stück gehen. Damals interessierte es wirklich niemanden, wer dort herumlief.

Dort war es völlig leer, die letzten Züge waren vor Jahren dort ein- und ausgefahren. Zwischen den Gleisen wuchs Unkraut. Eine Menge Mäuse und Ratten waren auch dort.

Ich ging manchmal dort runter, einfach nur so. Während man über sich die Züge hörte.

Natürlich waren da auch eine Menge Leute, die keine Wohnung mehr hatten, und kein Geld. Obdachlose, die da unten wohnten. Es geht ihnen nicht sonderlich gut, kann man sagen.

Ich sah damals sofort die Tür, und ich denke heute, sie hat mich irgendwie angezogen, wie ein Magnet. Eine schwere Eisentür. Am hinteren Ende, nicht weit von dem schwarzen Tunnelmund.

Vielleicht, und das könnte tatsächlich sein, wollten sie auch, dass ich es sah. Das hier war ihre Welt, nicht die meine. Von einer Sekunde auf die andere sterben, das konnte man hier.

Ich bin mir nicht ganz sicher, wie sie es machen. Ich meine, wie sie die guten Gedanken bekommen. Vielleicht durch ihre Träume. Bei Erwachsenen funktioniert es so gut wie nie, denke ich. Erwachsene träumen anders, nicht mehr so verwinkelt und hell. Erwachsenenträume sind wie Filme. Kinderträume sind wie Bücher, das denke ich.

Ich hörte das Surren hinter der Tür, ein magisches unheimliches Surren. An der Tür klebten, und da musste ich nicht einmal näher rangehen, Todesanzeigen aus Zeitungen. Große und kleine, alte und neue. Einige davon überklebt und wellig.«

Berender trank einen Schluck Limonade, sah aus dem Fenster und drehte eine Zigarette zwischen den Fingern.

»Ich denke, es gibt einige Menschen, deren Träume anders sind. Damit meine ich nicht, was man sich wünscht. Ich meine damit, wohin man geht, verstehst du?

Hm, sie führen seltsame Filme vor, diese Leute, direkt hinter deinen Augen. Die guten Gedanken werden in ihren Händen schal und verdorben. So sind ihre Filme. Schale und verdorbene Träume der Kinder, das ist alles.

Kinder haben sehr oft Déjà-vus, ich denke, sie gehen oft an den gleichen Ort in ihren Träumen. Oder einen ähnlichen Ort.

Ich sah einen Mann, der über die schlafenden Obdachlosen stieg. Er war keiner von ihnen. Er sah mich nicht einmal an, es war ihm völlig egal, dass ich hier unten war, bei ihnen. In seinen Händen trug er ein Einmachglas.«

»Was war in dem Glas?« fragte Leibrand.

»Herzen, vier oder fünf davon. Rote kleine Herzen. Ich habe lange darüber nachgedacht, und ich denke, ich muss mich getäuscht haben. Es können keine Herzen sein, aber ich dachte es. Ich meine, ich habe sie tatsächlich gesehen, weißt du?«

Der Junge sah ihn an, und er war nicht sicher, ob er ihm glaubte. Gott, er war nicht einmal sicher, ob er es selbst glauben konnte. Er sah in den Aschenbecher, vier Zigaretten waren verbrannt.

»Werden es unsere Alpträume? Ich meine, die wirklich schlechten Träume, die man nie wieder vergisst?« fragte Leibrand.

Berender dachte lange nach.

Er nickte.

6

Die Glühbirne.

Mathildas Glühbirne.

Sie lag auf Leibrands Schreibtisch. Sechzig Watt, Osram.

Hier würden sie das Mädchen niemals finden. Denn sie war nicht hier. In keinem verlassenen Haus, in keiner Grube, zwischen keinen Bäumen. Die Ahnung war seicht und sehr unscharf hinterlassen.

Brooklyn, flüsterte eine Stimme, und das war alles.

Ich habe Leibrand an diesen Tagen kaum gesehen. Manchmal stand er an seinem Fenster und blickte über die Häuser. Bleich und müde. Von der Glühbirne wusste ich damals nichts, und vermutlich hätte ich es ihm auch nicht glauben können. Niemand hätte das. Es war schließlich nur die Glühbirne eines verschwunden Mädchens, von dem es drei Tage nach ihrem Verschwinden hieß, sie wäre vermutlich längst tot. Irgendein Spaziergänger oder Jäger würde es Monate später finden.

Abends, am dritten Tag nach ihrem Verschwinden, wusste Leibrand plötzlich, was er tun musste. Gerade so, als wäre ihm ein Wort eingefallen, über das er stundenlang nachgedacht hatte. Unten, in der Küche, hörte er seine Eltern, und obwohl das Streiten nicht aufgehört hatte, war es leiser geworden, die Stürme in ihren Stimmen zu heftigen Winden abgeklungen.

Auf dem Boden lagen verstreut Bilder, die Leibrand gemalt hatte. Kleine und große Amerika-Plakate, Löcher in eine andere Welt. Auf einigen hatte er die Namen einiger Städte geschrieben: *New York City, Nebraska, Philadelphia.*

Sein Malkasten von der Schule war völlig verschmiert, die Farbkartuschen wie blindgestoßene Augen, die zur Decke starrten.

Blau war die richtige Farbe, das wusste der Junge. Blau war immer die richtige Farbe, wenn es um alles ging. Blau war der Himmel und die Seele. Tauchte den Pinsel ein, tünchte die Glühbirne blau, tropfende Wasserflecken um ihn herum. Das Glas verschwand. Osram, sechzig Watt.

Suzannes Buch, sein Buch – ihr Buch, lag auf seinem Bett. Niemals im Leben würde er es verlieren, niemals im Leben würde er es vergessen. Er dachte an das Mädchen mit den feuerroten Haaren und den Locken, dachte an ihren Kuss, der nach Zuckerwatte schmeckte. Wo mochte es nur sein, jenes Mädchen, das er so gern mochte wie nie jemanden zuvor?

Rot, wie ihre Haare, tropfte auf das Blau, zog Schlieren. Leibrands Hände wurden zu den Händen eines Fremden; zittrig, fahrig. Schicht um Schicht benetzte er das Glas, die Augen fast geschlossen, weil er keine Augen brauchte, um alles zu sehen. Um, sozusagen, die wirklich wichtigen Dinge zu sehen.

Woody Guthrie spielt in einer alten Scheune seine Lieder von der großen Staubplage.

Der Himmel verschwunden.

Als Leibrand damit fertig war, dämmerte es bereits. Der Sommer summte durch das Fenster. Leibrands Hände waren blau von der Farbe, seine Augen taten ein wenig weh, wie sein Fuß nach dem Sturz.

Er wusste, dass es richtig war. Die Osram in seinen Händen; die Farbe beinahe getrocknet. Noch nie in seinem Leben war etwas so klar gewesen wie jetzt gerade. Leibrand war zu Leibrand geworden. Dem Allerheiligen-Jungen, der die Kerzen auf den Gräbern entzündete. Die Grillen im Unterholz zirpten; sie sangen ihm ein Lied.

Leibrand war nie ein Sommerkind gewesen. Der Herbst mit all seinen Regentagen war in seinem Bauch, denn der Herbst zeigte die Menschen mit ihren wahren Gesichtern. Keine Fußballspiele auf dem Asphalt, keine Grillabende mit schlechten Witzen. Er traute den Menschen nicht sonderlich, es waren Ungeheuer unter ihnen. An Herbsttagen saßen sie leblos und stumm in ihren Häusern und froren bis zum nächsten Sommer.

Natürlich wusste der Junge, was er zu tun hatte. Das Glücksrad stand auf Null, und er war der Gewinner.

Er schloss die Schranktüren hinter sich und war in der Dunkelheit. Roch den Stoff, wie er ihn immer roch, vertraut. Einige Papierblätter lagen am Boden, auf der Rückseite des Schrankes die hohen Kohlestift-Häuser. In seinen Fingern Mathildas Glühbirne, blau und rot. Ganz leise konnte man noch den Sommertag draußen hören, aber das war nicht mehr wichtig. Er schloss die Augen. Es dauerte nicht lange, bis er eingeschlafen war.

Berender erwartete ihn bereits, als er aufwachte.

»Kein Schrank«, sagte Berender.

»Nein, kein Schrank. Aber wo?« fragte Leibrand. Er sah sich um.

»Ein jeder Mensch, aber vor allem Kinder, denke ich, träumt von anderen Orten. Plätze, wo es sicher ist. Jedenfalls in den guten Träumen. Auch Orte, Städte, wer weiß. Meine Träume waren immer in Afrika, in einem kleinen Dorf, an einem Wasserplatz. Ich weiß nicht warum, aber es gefiel mir dort sehr. Kinder brauchen einen Ort, der ihr Ort ist, verstehst du? Vielleicht damit sie sich im Traum nicht verlaufen und verirren können.«

»Ist das hier mein Ort?«

Berender reckte die Hände himmelwärts und sagte:

»Brooklyn, mein Junge. Nicht irgendein Brooklyn. Es ist genau dein Brooklyn. Einige Leute erwarten dich, denke ich.«

»Ich träume erst seit … seit Suzanne von hier. Amerika.«

»Du hast es zuvor nur nicht erkannt, das ist alles. Suzanne hat es dir gezeigt, hat alle Schleier weggewischt. Das tun Menschen, die andere Menschen sehr gern haben. Du machst das ebenso mit deinen Geschichten.»

»Ist sie hier?«

»Nein, aber jemand anderes ist hier. Komm«, sagte Berender, legte die Hand auf Leibrands Schulter, und sie gingen los.

Ein Wechselspiel zwischen Helligkeit und Dunkelheit, Schatten so lang wie Hochhäuser. An jeder Straßenecke, eigentlich an jedem Rinnstein, etwas in den Asphalt gekritzelt. Es roch nach frisch geschnittenem Gras.

Ich lasse es hier.

Der schwarze Mann.

Wo ist meine Mutter?

Buchstaben, verwischt, und unlesbar, andere wiederum wie Notizen, die jemand gerade eben geschrieben hatte. Leibrand sah einige Leute, viele Kinder. Ein paar gefleckte Hunde, die über die Straßen liefen. Ein paar Autos, einige Leute auf Fahrrädern.

Jemand schrieb etwas auf ein vorbeifahrendes Auto, lief daneben her und malte Buchstaben darauf.

»Man gewöhnt sich daran, denke ich«, sagte Berender und rauchte eine Zigarette.

»Ist das echt hier?«

»Natürlich. Echt und falsch zur gleichen Zeit. Wer kann schon so ganz genau sagen, was immer echt ist.«

»Wo gehen wir hin?« fragte Leibrand.

»Midwood. Ich denke Midwood ist genau richtig dafür.«

»Für was?« fragte Leibrand. Ein Kind, nicht älter als er selbst, lief an ihm vorbei und streifte ihn.

»Für eine Lampe natürlich. Deshalb sind wir hier.«

Erst jetzt fiel Leibrand die Glühbirne ein, die er immer noch in der Hand hielt.

»Es gibt viele Irrwege, auch hier. Dunkle Straßen, natürlich. Sonst würde es wohl nicht funktionieren. Es muss immer dunkle Straßen geben, aber hier weiß man davon. Keine Überraschungen.« Berender strich mit einer Hand über die Stirn.

»Wir müssen hier rüber.« Der alte Mann zeigte nach rechts.

Die Straße war schmal und auf beiden Seiten gesäumt von kleinen Läden. Hier waren auch viel mehr Menschen, vor allem viel mehr Kinder. Leibrand sah einen Laden für Seifenblasen. Hunderte davon schwebten aus der offenen Tür. Ein ziemlich alter Mann piekste mit dem Finger danach. Gleich daneben ein Theater. Vor der Eingangstüre standen zwei kleine Elefanten, auf denen man reiten konnte, wenn man es wollte. Leibrand blieb stehen und blickte hinein. Jeder einzelne Stuhl war besetzt.

»Die Welt ist groß, sie kommen von überall her«, hörte er Berender sagen, aber er glaubte einfach nicht, was er da sah. Auf der Bühne spielten Stan Laurel und Oliver Hardy.

»Aber die sind schon tot, dachte ich«, sagte Leibrand.

»Das mit dem Totsein ist hier so eine Sache«, sagte Berender und zuckte die Achseln. »Wer weiß das schon, wie das mit dem Totsein überhaupt ist.«

Laurel und Hardy führten gerade den Klaviertransport-Sketch auf, ein Kind warf eine Papierblume auf die Bühne. Zwei Tauben saßen auf den Vorhängen.

»Sind sie immer hier? Hier in Brooklyn?«

»Nein, nur manchmal. Soviel ich weiß. Manchmal auch der Junge, der fliegen kann. Sie kommen und gehen, kommen und gehen«, sagte Berender und applaudierte.

»Woher wissen Sie das alles?« Leibrand sah zu ihm hoch. Eine Seifenblase schwebte an ihnen vorbei.

»Ich habe da unten ein Café, da erfährt man so einiges.«

7

Wunderläden und Wunderstraßen. An den Kreuzungen waren die Ampeln aus Pappmaché. Dennoch funktionierten sie, wenn man sie ansah; vermutlich funktionierte alles, wenn man es ansah.

Wunderläden und Wunderstraßen. So viel stand fest. Charlie Chaplin, der von einer Seite auf die andere schlenderte, einige Clowns und einige Indianerhäuptlinge mit bunten Federn, wie Sonnenstrahlen von ihren Köpfen.

Niemand kaufte sich hier etwas – was man brauchte, nahm man sich. An den meisten Ecken selbstgezimmerte Limonaden-Buden mit Zitronen- und Orangenlimonade.

Die Bäume waren so riesig, dass man nicht bis ans Ende sehen konnte. Einige Baumhäuser steckten dazwischen. Alte Lastwagenreifen an dicken Seilen, mit denen man von Ost nach West schaukeln konnte. Ein Junge, zehn-zwölf Jahre alt, krähte aus einem Baumhaus, ein Schrei, der über alle Flüsse ging.

Im Prospect Park, so hieß es jedenfalls, schneite es jeden Tag zwei Stunden lang. Einige kamen allein deshalb nach Brooklyn, wegen des Schnees.

»Wer von Schnee träumt, der kann sich keinen besseren Platz aussuchen. Vor allem von Schnee, der nicht schmilzt, solange man daran glaubt, du weißt«, sagte Berender.

»Mit Schlittenfahren und allem, was dazugehört?«

»Na klar. Man kann hier alles machen. Alles, was man möchte.«

»Auch fliegen?« fragte Leibrand.

»Ja, klar, auch fliegen. Aber du wirst es nicht glauben, niemand will hier fliegen. Weshalb auch?«

Jeden Tag gab es dreimal ein Feuerwerk. Die Lewis Avenue war eine ewig lange Murmelbahn.

Ein geheimnisvolles, magisches Amerika. Hier konnte man alles sein, was man wollte.

»Niemand träumt gern von zu Hause, wenn dort die Angst ist. Man tut das, was man immer tut – man geht weg. Kinder können nicht wirklich weggehen, das ist klar. Sie können weglaufen, aber irgendwann müssen sie alle wieder zurück nach Hause. Als du dich in dem Schrank versteckt hast, warst du oft hier. Ich habe dich gesehen, ein paarmal. Du kannst dich nicht daran erinnern, ich weiß. Und das ist auch gut so.«

»Manchmal erinnert man sich an einen Traum«, sagte Leibrand.

»Ja, das stimmt. Fetzen davon. Nicht viel, sie verblassen. Warum denkst du, kann man sich so schwer daran erinnern? Es ist wie eine Fahrt mit einem sehr schnellen Zug. Du wachst auf und alles ist vorbei. Komm, gehen wir in mein Café. Ich muss mich ein wenig ausruhen, denke ich.«

Sie gingen in das Café Birdland, das zwischen zwei Hutläden lag.

Ein kleines schmales Café mit Barhockern und schiefen Bistro-Tischen. Windlichter, die an der Decke hingen. An den Wänden unzählige Fotografien hinter Glas, einige Tauben flatterten von einer Ecke zur anderen.

»Hab es vor einigen Jahren aufgemacht, das Café.«

»Nicht mehr Afrika?«

»Nein, das hat als Kind funktioniert. Die Dinge ändern sich. Hier ändert sich ständig etwas. Die Hutläden sind neu. Schon in einer Stunde können es Buchläden sein. Oder Tabakläden, oder wer weiß.«

Berender nickte einem Mädchen zu, das hinter der Theke stand. Ihre Unterarme waren verletzt.

»Was ist mit ihr?« flüsterte Leibrand.

»Das ist Katharina. Sie liegt im Koma, so viel ich weiß. Wollte nicht mehr leben. War von einem Tag auf den anderen hier.«

»Oh.«

»Ja.«

»Warum Birdland? Wegen der Tauben?«

»Wegen Bird. Charlie Parker. Jazz. Er ist immer hier, geht nie weg. Ich mag seine Musik sehr, Saxophon. Spielt wie kein anderer«, sagte Berender, holte zwei Gläser kalter Coca-Cola und rauchte eine Camel im Stehen.

»Ist er tot?«

»Klar. Mit fünfunddreißig Jahren gestorben, Überdosis. Du weißt, Heroin und das Zeug. Ich versteh nicht viel davon. Er spielt jeden Samstag hier. Manchmal ist hier jeden Tag Samstag. Zeit ist was Verrücktes.«

»Aber es sind nur Träume, oder nicht?« erkundigte sich Leibrand.

»Ja, das Meiste sind Träume. Vielleicht sogar ein wenig vom Himmel, wer kann das schon sagen? Wir werden es erfahren, wenn wir tot sind, denke ich mal. Ich hoffe jedenfalls, dass wir es wiedersehen werden. Jedenfalls eine Zeitlang, verstehst du? Es wäre schön, finde ich, wenn nach dem Tod noch ein wenig Brooklyn sein würde.« Berender lächelte.

Eine der Tauben setzte sich auf die Theke und pickte Erdnussreste auf.

»Suzanne? Wie oft ist Suzanne in Brooklyn?«

»Suzanne? Sie ist sozusagen der Häuptling von Brooklyn. Ich denke nicht, dass sie es weiß, aber so ist es tatsächlich. Jeder kennt sie. Jeder liebt sie hier. Die Prinzessin der Nacht, die Königin mit dem Herz einer Löwin. Sie mag dich sehr, und ich denke, du magst sie auch sehr. Habe ich recht?«

Leibrand nickte. Ja, er mochte sie wirklich sehr gern.

»Außerdem hat sie die Bücher«, sagte Berender.

»Die Bücher?«

»Komm, ich zeig es dir. Trink aus.«

Und sie gingen los.

Kaum eine Straße glich der anderen, und wenn es auch nicht das wirkliche Brooklyn war, war es dem Amerika der Geister näher als alles andere auf der Welt.

Nicht weit vom East River kamen die beiden zur größten Bibliothek Brooklyns, ein riesiges Backsteingebäude mit Tausenden von Fenstern und Türen. Steinskulpturen auf dem Dach streckten sich in den Himmel.

»Ohne Bücher würde nichts funktionieren. Gar nichts. Die Leute glauben nicht allzu sehr an Bücher, ich weiß. Bücher sind Sternenstaub. Hätten wir keine Bücher, hätten wir auch kein Leben. Es sind die Geschichten, die uns über die Nächte bringen. Gehen wir rein.«

Die Luft war angenehm, kühl und warm zugleich. Oktobergeister an der hohen Decke, durch die wackelnde Regalwände stießen. Einige Jungs und Mädchen balancierten auf den Balken zwischen den Etagen.

»Seit Suzanne hier ist, gibt es jeden Tag Hunderte von neuen Büchern. Niemand weiß genau, woher sie kommen. Jeder Mensch kann etwas besonderes, das denke ich, und Suzanne kann das hier.«

»Was sind das für Bücher?« Ein Papierflieger schwebte von hoch oben herunter.

»Bücher, die noch nicht geschrieben worden sind. Einige davon werden erst in fünfzig, hundert Jahren geschrieben werden, so viel ich weiß. Unheimlich, nicht wahr?«

»Noch nicht geschrieben? Aber wie … wie kommen sie dann hierher?«

»Bin ich der liebe Gott? Ich weiß es nicht, und du kannst mich jetzt für verrückt halten, aber ich will es auch gar nicht wissen. Sie sind hier, das ist alles. Und sie verschwinden, sobald sie geschrieben werden. Einige von ihnen bleiben immer hier. Komm, ich zeig dir was.«

Hinter vierundzwanzig Regalen und unzähligen beladenen Teekisten, zwischen Bergen von alten, verbogenen Schreibmaschinen und mannshohen Schiefertafeln, auf denen Kreidegedichte geschrieben waren, zog Berender ein Buch aus einem Regal und gab es dem Jungen.

Timbuktu
von
Paul Auster

Der Einband war aus Leder, die Buchstaben darauf mit blauer Farbe geschrieben.

»Ein jeder Mensch hat einundvierzig Geschichten in sich, hab ich einmal gehört. Einundvierzig Kreuzungen, einundvierzig Schnitte.«

»Jeder Mensch? Auch ich?« Leibrand blätterte in dem Buch. Die Seiten dünn, beinahe durchsichtig. Handgeschrieben, Wort an Wort eng beieinander. Zimt und Curcuma stiegen ihm in die Nase, wohlriechend; die hauchdünnen Seiten voller Magie und Zauber.

»Schreiben hat etwas mit träumen zu tun. Jedenfalls diese Bücher hier. Es gibt einen Mann, so viel ich weiß wohnt er in

Maine, für den wurde sogar der Keller ausgebaut. Es gibt nichts Mächtigeres auf der Welt als Wörter. Buchstaben, einer nach dem anderen. Musik, ja Musik ist auch mächtig - aber auf eine andere Weise. Sie kommt von der Seele. Geschichten kommen aus dem Zwischenland von Herz und Seele, dieser dunkle nebelige Ort von Glück und Unglück. Wo alle Liebe begraben liegt, und auch jeder Hass. Du kannst mit einem Buch an richtigen Ort und zur rechten Zeit alles verändern.«

»Das Buch, das mir Suzanne gegeben hat. Kommt es von hier?«

»Natürlich. Ich weiß zwar nicht, wie sie es gemacht hat, aber sie hat es gemacht. Ich sagte schon, sie ist der Häuptling.«

Ein Mädchen mit langen braunen Haaren und einem roten Haarreif schaute durch eine Lücke im Buchregal. Leibrand sah sie an, es war als würde er zum Mond blicken.

Gib acht, gib acht. Hier gibt es Wunder, raunte jemand.

Allein die Visionen von Geschichten geben uns den Mut, Schritt für Schritt durch die Welt zu gelangen. Wenn wir alle wissen, wohin die Reise geht, sämtliche Klippen umschiffen.

Sieh her, sieh her!

Der Zirkus des Lebens.

Ray Bradburys Bücher flatterten wie Fledermäuse von den Balkonen, Schmetterlinge, umherziehend, mit jedem Flügelschlag immer mehr der Geruch von frischem Oktoberregen.

Harper Lee und ihre vierzig Bücher, die nicht geschrieben wurden. Truman Capotes Seiten küssten das Nachtfieber in jedem Wort.

Zwölf Seiten.

Albert Sterners Geschichten vom Tod. Die Mäuse schliefen an seinen Worten.

Jemand erzählte eine Gespenstergeschichte. Peter Straub träumte von ihr.

In hohen Sälen Bilder und Zeichnungen von Vampiren, Werwölfen und Sternenkindern. Sherlock Holmes löste weiter seine Fälle in London, im Untergrund.

Wenn man sehr leise war, konnte man sie allesamt reden hören. Flüsternd über die Liebe, flüsternd über den Tod.

Himmelfetzen,
glühend ein jedes Wort,
mit Kieselsteinen geritzt,
gemalt
und hinterlassen,
an jeder Ecke,
Kometenlicht.

Leibrand sah nach oben, streckte den Kopf in den Nacken. Ganz oben, wo alle Stränge zusammenlaufen, glaubte er sogar, einen Sternenhimmel zu sehen.

Runter nach Midwood. Von Straße zu Straße, von Weg zu Weg, von Haus zu Haus dämmerte es mehr. Gut so, meinte Berender. Denn sie hatten nicht mehr allzu viel Zeit.

Sie durchquerten eine Regenstraße, voll mit Leuten mit Regenschirmen.

»Die Allerheiligen-Straße«, sagte Berender. Auf jedem Fenstersims eine flackernde Kerze. Katzengeschrei unter den Wäscheleinen, an denen Hüte hingen.

»Wem gehören die Hüte?« fragte Leibrand.

»Den Toten, sie werden nachgeschickt. In einem Paket. Sie hängen alle hier.«

Sie durchquerten Geisterstätten und Göttermulden, hinterließen Fußspuren in Tau, Schnee und Sonnendürre.

Midwood, Brooklyn, war ein seltsamer Ort. Sehr hohe Häuser, Backsteinfassaden und Kalkwände. An den Straßenseiten abgestellte alte Autos, riesige Schlitten aus den frühen Zeiten. Einige Kinder saßen darin und spielten.

Was zuerst aussah wie ein Teppich auf der Straße, war ein unendliches Gemälde von Pollock. Alles Zimmer. Die Straße war eine Aneinanderreihung von Zimmern – Stühle, Tische, Regale, Betten. Getrennt allein durch Bäume und Sträucher, die aus dem Asphalt wuchsen. Leibrand sah einen Jungen, der in einem Bett lag und einen Drachen steigen ließ. Die Schnur straff gespannt, der bunte Papierdrachen beinahe in den Wolken.

»Wir sind hier.« Berender schlängelte sich zwischen zwei Stühlen durch, blickte umher und fand schließlich, was er suchte.

»Hier?«

»Ja, hier. Das ist sie.« Er zeigte auf eine Stehlampe ohne Schirm, ein altes Gestell mit verbogener Fassung.

»Sicher?«

»Natürlich.«

Leibrand zog die Glühbirne aus der Tasche seiner kurzen Hose. Die Farbe war so dick auf dem Glas aufgetragen, dass es unmöglich funktionieren konnte. Er hatte viel zu viel Farbe verwendet, es würde misslingen.

Als Berender die Glühbirne in die Fassung drehte, geschah nichts. Er blickte hinunter; das Kabel lag da wie eine tote Schlange. Der Papierdrachen glitt dem Jungen aus den Händen und verschwand in der Dämmerung. Von Sekunde zu Sekunde wurde es dunkler. Sie hatten nicht mehr sehr viel Zeit, dann würde alles vorbei sein.

»Es funktioniert nicht!« schrie Leibrand.

»Sag ihren Namen. Sag ihn!« fauchte Berender ihn an.

Leibrand sah Berender nicht mehr, er war in der Dunkelheit verschwunden.

»Gottverflucht, sag ihren Namen!«

Leibrand spürte die Dunkelheit auf seiner Haut, fühlte sie in ihn kriechen, als wollte sie ihn betäuben.

»Mathilda.« Ganz leise.

Als hätte jemand einen Lichtschalter gedrückt, als hätten sich tausend Augen geöffnet. Der Mond stand plötzlich voll und riesig am Firmament. So nahe, dass man ihn berühren konnte, wenn man nur ein Stückchen in die Höhe springen würde. Sternschnuppen und Kometen durchschnitten die Schwärze des Himmels.

»Das geheimnisvolle Amerika, wir sind da«, sagte Berender. Sie hörten Schritte. Aus einem der bunten Türen am Ende der Straße kam ein Mädchen. *Mathilda.*

8

Mathilda.

»Das ist mein Mond, ist er nicht wunderschön? Ich hab schon immer davon geträumt«, sagte das Mädchen und lachte.

»Du musst es ihm sagen«, flüsterte Berender.

»Was muss sie mir sagen?« fragte Leibrand. Eine Gänsehaut zog sich über seinen ganzen Körper. Er wurde müde, sehr müde.

»Ich bin wegen dir hier, Leibrand«, sagte Mathilda. Eine Sternschnuppe streifte ihre Haare und ließ sie glänzen.

»Wegen mir? Muss ich … sterben?«

Er sah Berender an. Berender blickte zu Boden.

Mathilda kam einige Schritte näher. Ihre Augen waren hell und wach. Sie nahm seine Hand.

»Nein, deshalb bist du nicht hier. Du bist hier wegen Suzanne. Ich kenne sie gut. Suzanne passt hier auf meinen Mond auf, weißt du. Die Kinoleute hätten sie beinahe erwischt. Nur beinahe. Hätten sie weggebracht, für immer. Es hätte kein Brooklyn mehr gegeben, verstehst du? Nie mehr wieder. Als sie dich geküsst hat, hat sie dir etwas gegeben. Ich meine etwas, was man nicht sehen kann.«

»Was? Was hat sie mir gegeben?«

»Einen Herzschlag und ihre Geschichten. Wir mussten dich nach Brooklyn bringen, damit du es glauben kannst.«

»Was muss ich machen?«

»Du musst dich entscheiden«, sagte Berender und legte seine Hand auf die Schulter des Jungen.

»Du musst dich entscheiden, ja. Du kannst alles hier lassen, all ihre Geschichten. Wir bringen sie in Sicherheit. Danach wäre es so, als hättest du Suzanne nie in deinem Leben gesehen. Alles wäre gut«, sagte Mathilda.

»Ich würde sie nicht mehr erkennen? Nie wieder?«

»Nein«, erwiderte Mathilda.

»Dann will ich sie nicht hergeben. Nein.«

»Überlege es dir gut, Leibrand. Überlege es dir gut!« sagte Berender.

Der Mond glomm und begann zu flackern. Der Himmel ringsherum tauchte in dunkles Blau.

»Denn wenn du alles das für dich behältst, wirst du nie mehr nach Brooklyn kommen können. Nicht so, wie die anderen. Du liebst Brooklyn, vergiss das nicht.« Mathilda war nur noch ein Umriss, ihre Stimme leise.

Das Letzte, was Leibrand sagte, war: »Ich möchte Suzanne wiedersehen.«

Dann wurde es stockdunkel.

9

Leibrand schreckte auf und stieß sich den Kopf an der Rückwand des Schrankes an. Schreckliche Schmerzen hinter seinen Augen, sein Mund trocken. Seine Hände waren blau gesprenkelt und kribbelten. Keine Glühbirne. Er suchte um sich herum, fand sie aber nicht mehr. Noch nie in seinem Leben hatte er einen solchen Traum gehabt. Leise hörte der Junge die Kirchturmuhr schlagen. Elf Uhr nachts, er hatte zwei, drei Stunden geschlafen, mehr nicht.

Niemals im Leben konnte er jemandem erzählen, wo er Mathilda getroffen hatte. Vermutlich würden sie das Mädchen nie mehr finden, ein Leben lang vermisst. Er musste unbedingt zu Berender, musste unbedingt mit ihm sprechen. Wer weiß, vielleicht konnte ihm der alte Mann mit den schlohweißen Haaren helfen. Leibrand hoffte es.

Im Haus war es still. Seine Eltern schliefen bereits. Vermutlich hatte seine Mutter noch nach ihm gesehen, ihn ihm Schrank gefunden und schlafen lassen. Leise würde er nach unten in die Toilette schleichen, pinkeln und sich waschen. Danach würde er noch einmal Suzannes Buch lesen, es unter sein Kopfkissen stecken und versuchen, zu schlafen.

Doch all das verschwand, als Leibrand aus dem Schrank kletterte. Das Licht des Vollmondes tauchte sein Zimmer in hellblaues Licht.

In Leibrands Bett lag Mathilda und schlief.

Sie war wieder zu Hause.

Kapitel 4

Zwei Leben

Eigentlich gab es zwei Leben für Leibrand. So erscheint es mir jedenfalls heute. Es regnet immer noch, die Regentonnen laufen über, kleine Bäche vor unserem Haus, die sich zur Straße hin malen. Dunkle Unwetterwolken, durch das Fensterglas der Küche wie gemalt.

Jene Dinge, die ich von Leibrand bekam und immer noch bekomme, sind verstreut in unserem Haus. Einige seiner Bilder hängen in meinem Arbeitszimmer. Ich mag sie sehr. Allesamt sind sie blau gehalten.

Leibrand war nach der Geschichte von Mathilda erwachsener geworden, und wenn es auch vermutlich niemandem auffiel, bemerkte ich es. Für mich war es damals, als würde er auf etwas warten wollen, vielleicht sogar auf etwas warten müssen. Ich glaube, man hat selten gute Freunde im Leben. Damit meine ich, Freunde, die einem so nahe sind wie der eigene Atemzug. Freunde, die wie Leibrand sind. Die meisten Dinge nehmen ihren Lauf, so viel steht fest. Menschen kommen und gehen, wie in einem riesigen Bahnhof. Man liebt zu wenig, und hasst zu viel, die übliche Misere.

Wenn ich an Leibrand denke, an Leibrand als Kind, so denke ich immer an den Jungen, von dem ich glaubte, er wisse von Geheimnissen, die in uns versteckt waren. Tief versteckt, so tief, dass wir es manchmal selbst nicht ahnten.

Damals in den späten Siebzigern verloren wir Mathilda, und Leibrand fand sie wieder. Das geheimnisvolle Amerika, auch das fand er.

Es kamen noch viele Jahrmärkte, aber keiner davon war je wieder so unglaublich wie in jenen Sommerferien. Die Kinoleute waren verschwunden, und auch wenn ich heute aus seinen Tagebüchern weiß, dass sie wohl immer in unserer Nähe sind, konnte ich sie nicht mehr sehen.

Am Tag, als Mathilda zurückgekehrt war, verschwand Berender so plötzlich, wie damals das Mädchen verschwunden war. Das Zimmer, das er bewohnt hatte, sah aus, als hätte nie jemand darin gelebt. Die Erinnerungen an ihn verblassten bei den Leuten in der Stadt, von Jahr zu Jahr mehr. Ich, Leibrand und Mathilda vergaßen ihn jedoch nie, diesen merkwürdigen alten Mann mit den schlohweißen Haaren.

Ich wohne immer noch hier, und immer wenn ich nach Berender frage, ist es so, als hätten ihn die Leute damals nicht gesehen. Wohin er gegangen ist, weiß ich nicht. Vielleicht ist er sogar noch am Leben, ich würde es ihm zutrauen.

Vielleicht, und das denke ich mir oft in schlaflosen Nächten, ist er sogar noch am Leben, wenn wir alle bereits gestorben sind.

Kapitel 5

Brenner und Leibrand (New York und die Engel)

Wasted and wounded ...
– Tom Waits

1

Leibrand war längst erwachsen geworden. Hatte dies gemacht oder jenes, hatte dort und da gewohnt. Seine Vorstellung vom Leben war nicht bündig mit der Vorstellung der meisten Menschen, aber das störte ihn nicht sonderlich.

Seine neue Wohnung war klein und schäbig, die Fenster undicht und ständig beschlagen. Von dem größten Fenster aus konnte Leibrand auf einen schmutzigen Hinterhof blicken, in dem Tauben und Kinder um ihre Welt stritten. In dem sich Regen sammelte, wie auch Schnee. Kaputte Gemüsekisten, die sich an den Wänden stapelten, und umgefallene Mülltonnen.

Leibrand war vor zwei Jahren in diese Wohnung gezogen. München, Giesing.

Sein Vater hatte vor vier Jahren einen Schlaganfall erlitten und starb, Leibrand besuchte sein Grab nie. Das Ungeheuer war endlich tief in die Erde gefahren. Leibrands Mutter war inzwischen weit über sechzig Jahre alt und sprach immer öfter mit sich selbst. Jeden zweiten Tag rief er sie von der Telefonzelle zwei Straßen weiter an und versuchte, in diesem Geist seine Mutter zu finden, aber es war eigentlich immer, als würde er einer fremden Frau am Telefon zuhören, immer leiser werdende Sprachfragmente.

Nach der Schule wurde das Leben eigenartig, die Wege und Winkel verlassen. Nichts mehr war so klar wie zu jener Zeit, als wir Kinder waren. Eines Tages wachten wir auf und stellten fest, dass die Schuhe, mit denen wir ein Leben lang gelaufen waren, nicht mehr passten. Die Kinder davongeflogen mit den Herbstdrachen, wiedergekommen als junge Männer.

Aus Leibrand war ein schmächtiger bleicher Mann geworden, der verloren wirkte in dieser Welt. Wie gemalt, ohne die richtigen Farben zu haben, fand ich ihn. Ende der Neunziger, wirkte er zudem krank und sehr zerbrechlich, und ich machte mir Sorgen um Leibrand. Hin und wieder besuchte ich ihn und zeigte ihm einige meiner neuen Comics, die ich für einen Verlag gezeichnet hatte. Immerzu saß er auf seinem Bett, trank Kaffee und rauchte. An jeder Ecke des Zimmers volle Aschenbecher, verstreute Bücher, Zeitungen und gemalte Bilder, seine Amerika-Plakate. Damals dachte ich mir, dass Leibrand eigentlich nie hätte erwachsen werden sollen, alle Kinder der Welt brauchten ihn. Seine Augen sahen mich wässrig und dunkel an.

»Immer noch Amerika?« fragte ich.

»Ja, immer und für immer«, sagte Leibrand und nickte.

Natürlich – Amerika. Sein Amerika, seine Straßen, seine Wege. Überall die Geschichten der Menschen, die er dort vermutete oder von ihnen träumte.

»Hast du dich schon eingelebt?«

»Ich habe Brenner gefunden«, erzählte Leibrand, als hätte er diesen Brenner lange schon gesucht.

2

Weiß Gott, wann es tatsächlich mit Brenner anfing. Brenner, der einen Vornamen besaß, den jeder aber vergessen hatte, auch er selbst, lebte zwischen den Straßen. Er trank Schnaps aus dreckigen Flaschen, rauchte schlechten Tabak und fror auch im Sommer. Im Winter waren seine Hände blau verfärbt, und wenn er ging, schien es, als würde er torkeln und taumeln.

An seinen Beinen befanden sich offene Geschwüre, eitrige Flecken und Wunden, die aufplatzten, sobald er zulange unterwegs war. Brenner war über sechzig Jahre alt, so ganz genau wusste es niemand mehr, am wenigsten er selbst. Hier feierte man keine Geburtstage, ausschließlich Todestage, von denen es viele gab.

Die Straßen waren voll mit ihnen. Sterbenden, die es noch nicht wussten oder ahnten, deren Seelen jedoch bereits mit dem Abendwind davonzogen.

Den ersten Engel bemerkte Brenner im Winter 1999.

In den Abflussmulden und Gehsteigecken sammelte er Zigarettenstummel. Eine Arbeit für einen ganzen Nachmittag. Anfang Dezember, der Schnee lag nicht sehr hoch. Die Tabakreste würde er trocknen müssen, was eine Ewigkeit dauerte.

Es schneite immer mal wieder; Brenner blickte nach oben. Es war sehr kalt geworden seit letzter Nacht. Erst wieder in einigen Wochen würde er ein wenig Geld bekommen, um sich ein frisches Päckchen Tabak kaufen zu können. Die Tage waren einsame Serien der Suche.

»Hier und hier und hier«, sagte jemand sehr leise, und drei halbgerauchte Zigaretten fielen in die alte Blechdose. Neben ihm eine Frau. Wunderschön. Lange, braune Haare, die über ihren Rücken fielen und nach den Schneeflocken schnappten wie Schlangenmünder. Sie summte ganz leise ein Lied, das Brenner sehr gut gefiel. Er kannte das Lied von irgendwo her, weit vergraben in seiner Kindheit. Ein wenig irische Melodien, aber auch ein wenig *Waltzing Mathilda*.

»Und da, und da, und da!« Sie lächelte, und als er ihre Augen sah, war Brenner verliebt, von einer Sekunde auf die andere. Er lächelte ein unbeholfenes Lächeln, nickte.

Er roch sie.
Zwischen Schnee und Tag,
roch sie,
nach Meer und Schlaf.

Sobald man nichts mehr zu verlieren hat, bleibt die Welt stehen. Er sah sie an, zog aus seiner Manteltasche eine getrocknete, selbstgedrehte Zigarette und zündete sie an. Von Ost nach West, vom Meer zum Ufer, drehte sich die junge Frau im Schneewirbel. Dunkelblau ihr Mantel, hohe, glatte Stiefel. Berührte ihn im Vorübergehen, streifte seine Hände und gab ihm Wärme für den ganzen Tag.

Es sind ihre Augen, ihre Augen und diese Haare, dachte sich Brenner und konnte nicht wegsehen.

Brenner glaubte nicht an Gott, auch an keinen Himmel. Brenner glaubte nicht einmal sonderlich an das Leben. Vor über zwanzig Jahren war alles passiert, alles geschehen. Seine Frau war schwanger, es sollte ein Mädchen werden. Im vierten Monat hatte sie es verloren, ebenso wie Brenner die Welt danach verlor. Damals hatte es angefangen mit dem Trinken am Vormittag, ein wenig später mit dem Trinken am frühen Morgen, gleich nach dem Aufstehen. Den ersten Schnaps, bevor er seine Hose anzog, den zweiten gleich danach. Manche Menschen können mit solchen Dingen umgehen, können Verluste ausgleichen mit den Tagen, die noch kommen sollten. Brenner konnte das nicht. Zuletzt trank er jeden Tag eine Flasche Schnaps auf den Abgrund und erwachte an einem Herbsttag zwischen zwei Mülltüten am Bahnhof. Hier gab es nur das Himmelreich der Letzten, der Verlorenen. Das Zwielicht war nichts für die Strebenden, das Scheitern war nur etwas für die Taumelnden. Er wurde zu einem Unsichtbaren dieser Welt, wartete auf die Nächte und deren Heilsamkeit. Wenn einmal die Seele gebrochen ist, und davon war Brenner überzeugt, konnte einem nichts mehr helfen.

Brenner war lange unterwegs gewesen, hatte vieles gesehen. Die Tage wie Monate, die Monate wie Jahre. So wurde man hundert Jahre alt, zwischen zwei Atemzügen.

Er sah sie beinahe tanzen im Schnee. Unglaublich und unglaublich schön.

Dachte an seine Tochter, die irgendwo sein mochte. Hoffte, dass er sie eines Tages wiedersehen würde.

3

Wohin Brenner auch kam, meist fand er Menschen, die anders waren als jene Leute, die durch ihn hindurch blickten. Leibrand war so einer. Ihre Wege kreuzten sich in jenem Winter sehr oft. Wintertage schienen dafür eine gute Zeit zu sein, denn die Sommerleute verkrochen sich in ihren Häusern.

Anfang Dezember fand Brenner den Engel, und beinahe gleichzeitig fand er Leibrand.

»Du suchst nach Zigaretten?« fragte Leibrand an einem Vormittag. Es schneite.

»Auch. Ja, auch nach Zigaretten«, sagte Brenner und sah den Mann an, der neben ihm stand. Alter, staubiger Mantel, schlechte Schuhe. Die Haare ungekämmt, unrasiert. Als wäre er gerade aufgestanden.

»Wonach suchst du noch?« Leibrand, der sich eine Zigarette anzündete, inhalierte und hustete: langes, scheußliches Bellen.

»Jeder sucht nach etwas, ist dir das noch nie aufgefallen? Manchmal weiß man nicht mal, wonach man sucht. Oder man hat es schon wieder vergessen. Wonach suchst du?« Brenner fand einen Zigarettenstummel.

»Ich?«

»Ja, du.«

»Ich suche nach Amerika.«

»Hier, in München? Nach Amerika?«

»Ja. Genau hier. Und nach einer Frau.« Leibrand versuchte, zu lächeln; es gelang ihm nur halbwegs.

»Suchst du schon lange?«

»Das ganze Leben schon«, sagte Leibrand. Zog an der Zigarette, hustete, ging fort.

Brenner sah ihm eine Weile nach. Der Mann ging langsam und bedächtig, blieb stehen und sah zum Himmel hinauf. Rauchte und rauchte; Dampfwolken neben seinem Kopf, als wollte er den Schnee herbeiwünschen.

4

Die Geister tanzten, und sie tanzten nicht nur zur Mitternachtsstunde. Ihre Regenträume, auch ihre Beerdigungsträume.

Leibrand ging die Straße hinunter zum Tabakladen, den er mochte, weil ihn dort alles an alte Filme im Fernsehen erinnerte. Der Laden war klein und schmal, und immerzu waren einige Leute dort, um sich zu unterhalten und zu rauchen. Drei, vier Aschenbecher standen herum, auf den Stühlen neben den Zeitungsständer saßen Männer und lasen Sportberichte, als säßen sie schon ein Leben lang dort.

Zwei-, drei Mal am Tag schaute Leibrand hier vorbei, kaufte sich eine Packung

Salem-Zigaretten, oder zehn von den billigen Virginia-Zigarillos. Meist blieb er noch eine Weile im Laden, rauchte vier, fünf Zigaretten. Tabakläden waren die besten Läden, die es gab, fand Leibrand. Im Hinterzimmer, so klein und eng wie eine Toilette, gab es schwarzen Kaffee und trockene Kekse, die niemand mochte, außer den Mäusen, die nachts aus den Ecken schlichen.

»Hier, zu Weihnachten. Ist zwar noch nicht soweit, aber bald«, sagte Leibrand und gab Frank, dem der Laden seit vierzig Jahren gehörte, eine bemalte Leinwand.

»Was ist das?« Frank drückte eine Camel im Blechaschenbecher aus.

»Brooklyn. Das ist Brooklyn.«

Die Männer auf den Stühlen am Zeitungsstand blickten kurz auf, nickten.

»Tatsächlich? Für mich?«

Frank streckte die Arme so weit es ging aus und betrachtete das blaue Bild. Er hatte keinen Schimmer von Kunst und all dem Kram, aber Brooklyn gefiel ihm wirklich sehr gut. Er nahm den alten Kalender von der Wand hinter ihm und hängte es auf.

»Bist du ein Maler?« Frank zündete sich eine neue Zigarette an, inhaliert und ließ den Rauch wieder aus seiner Nase kommen.

»Ab und zu, ja. Manchmal ein Maler«, sagte Leibrand, lächelte und fiel einfach um. Er hielt sich nirgendwo fest, keine Vorwarnung eines Sturmes. Als hätte ihn jemand umgestoßen, als wäre er nur ein kleiner Junge, als wäre er von einem Engel gestreift worden. Blau wurde seine Welt, blau wurde alles um ihn herum. Leise Musik aus der Ferne, ein Gedicht.

Als Leibrand die Augen wieder öffnete, blickten vier Männer auf ihn herunter.

Tabakrauch hing an der Decke, aus dem Radio, das immerwährend lief, hörte Leibrand ein altes Lied von Bette Midler.

Leibrand dachte an Suzanne.

Lächelte immer noch.

5

Manches Mal reicht schon eine kurze Zeit, um das Leben zu wenden, um das Leben zu verändern, für immer und ewig. Seit der Winter gekommen war, dachte Brenner immer öfter an den Tod. An das Sterben zwischen zwei Bäumen, an einem verschneiten Morgen. Seine Beine schmerzten wie nie zuvor, und an den wenigen Tagen, an denen er sich an den Waschbecken der öffentlichen Toiletten wusch, sah er die Geschwüre an den Unterschenkeln wachsen. Eitrige Flecken, an denen der Stoff seiner Hose klebte. Außerdem verfärbte sein Urin sich blutig. Rote Schlieren, die auf weißem Porzellan eine Botschaft hinterließen. Natürlich hätte Brenner zu einem Doktor gehen, und vielleicht hätte dieser ihm sogar helfen können. Aber in jedem Leben gibt es Dinge, die man niemals tut. So ging Brenner zu keinem Arzt, natürlich nicht, denn Brenner erwartete das Sterben, geradeso, wie andere ihren Geburtstag.

Zwei Wochen vor Weihnachten begann es, und Brenner dachte zurück an ein altes Leben. An die Vorahnung, dass es zwischen Tag und Nacht etwas geben musste, jenes Zwielicht, von dem man träumte. Dachte immer öfters auch an das Mädchen, das nie geboren worden war. Sein Mädchen. Wie es hätte werden können, die Sommer- und die Wintertage, die Tage voller Herbstlaub und Frühlingswinden. Jeder Mensch hat eine Schuld zu tragen, jeder Mensch erhofft eine Erlösung nach alledem. Auch Brenner.

Es hätten gute Tage sein können, er hätte Menschen wie Leibrand treffen können.

Leibrand, der mit den Hunden streunte, mochte er sehr gern.

Vielleicht konnte er sogar auch die Engel sehen, seine Engel, die ihn begleiteten durch diesen Winter.

Eine junge Frau mit kurzen, blonden Haaren, die sich zu ihm setzte, seine Hand nahm und summte.

Waltzing Mathilda, Waltzing Mathilda,
der schöne Tanz auf dem Asphalt des Lebens,
küss mich, damit ich
schlafen kann.
Träumen kann.

Brenner war nicht mehr allein, und das war wunderschön. Die Frauen brachten ihm an manchen Tagen Essen, brachten ihm etwas zu trinken. Machten Feuer in seinem Bauch, tief versteckt.

Als Kind hatte er am liebsten in der kleinen Waschküche hinter dem Haus gespielt. Der heiße Dampf der Wäsche, der Geruch von Seife und seine Mutter, die ihm etwas dabei vorsang. Irische Wortfetzen, die ihn an zu Hause denken ließen. Das alles erinnerte ihn an das Gefühl, Kind zu sein.

»Siehst du sie auch?« fragte er Leibrand, als sie wieder einmal auf der Parkbank saßen und rauchten. Leibrand hatte ihm eine fast volle Packung Zigaretten mitgebracht.

»Ich denke schon«, sagte Leibrand.

»Du weißt, wen ich meine, oder nicht?«

»Ich denke schon«, antwortete Leibrand und sah zum blauen Winterhimmel.

»Nicht Engel aus einem beschissenen Märchenbuch. Ich meine Frauen. Wunderschöne Frauen, an die man ein Leben lang denkt. Sie sehen nicht aus wie Engel, du weißt schon. Aber sie sind Engel.«

»Wie Suzanne«, sagte Leibrand.

»Suzanne? Wer ist Suzanne? Ein Engel?«

Leibrand dachte eine Weile nach.

»Nein, ich denke nicht. Kein Engel. Aber jemand, den man ein Leben lang nicht vergisst, das schon.«

»Oh«, sagte Brenner und schlug den Kragen seines alten Mantels hoch.

»Ich weiß nicht einmal, ob ich sie jemals wiedersehen werde. Ich hoffe.«

Einige Raben flogen über ihren Köpfen hinweg.

»Wo ist sie, diese Suzanne?« fragte Brenner, griff in seine Manteltasche, nahm eine Flasche Schnaps heraus und trank einen Schluck. Gab sie Leibrand, der auch einen Schluck trank.

»Sie ist hier.«

»Hier in München?«

»Ja. Und in Brooklyn.«

»Amerika?«

»Ja, Amerika. Also, irgendwie Amerika. Das Amerika, du weißt schon«, sagte Leibrand und legte seine Hand auf die Brust, auf sein Herz.

»Ja, ich weiß.« Brenner nickte, trank wieder einen Schluck. Zündete sich eine Zigarette an.

Die Raben stoben vom Schnee empor.

Brenner hatte die Augen geschlossen, dachte an den Schnee und den Schnee auf den Haaren der Engel. Er schmolz nicht, wie es schien, einfach nur, weil sie es nicht wollten. Dabei strahlten sie so viel Wärme aus, dass Brenner sogar das Glück spürte, welches sich über das Unglück erhob. Sein Leben war plötzlich wieder mehr geworden als nur das Warten auf die Nacht und dann das Warten auf den Morgen.

»Weißt du, Leibrand«, sagte Brenner, aber da war Leibrand schon von der Bank gefallen. Nach der linken Seite gekippt, ohne die Hände aus den Manteltaschen zu nehmen. Lag da, als hätte ihn der Tod geholt.

»Leibrand? Oh Gott, Leibrand!« Brenner stand hastig auf, der Stoff seiner Hose riss die Wunden an seinen Beinen auf, er spürte den warmen Eiter und das Blut an den Waden hinabsickern. Er konnte nicht sehen, ob Leibrand noch atmete, und er hatte Angst. Große Angst.

Ein Mann kam Brenner zur Hilfe. Unter seinen Armen die Weihnachtseinkäufe, die jetzt verstreut im Schnee lagen. Zusammen hoben sie Leibrand zurück auf die Parkbank, bürsteten den Schnee mit ihren Händen von seinem Mantel, aus seinen Haaren.

»Alles in Ordnung?« fragte der Fremde, der um die vierzig Jahre alt sein mochte.

»Sie haben mir einen Riesenschrecken eingejagt.«

»Das tut mir leid«, sagte Leibrand und streckte eine Hand aus. Brenner klopfte auf seine Schulter. Einen Augenblick hatte er tatsächlich gedacht, Leibrand wäre tot. Bleich und zitternd, das ja, aber noch am Leben, Gott sei Dank.

»Sie müssen aufpassen, ja? Versprechen sie mir das, ja?« fragte der Fremde.

»Natürlich«, sagte Leibrand und nickte. Brenner sammelte währenddessen die Pakete auf, die der Mann im Schnee verloren hatte. Das bunte Geschenkpapier war an manchen Stellen aufgeweicht. Er gab sie ihm zurück, und beide Männer sahen zu, wie er fortging. Doch er hielt inne, drehte sich um und kam zurück.

»Wollen Sie nicht zu uns kommen? Auf einen Kaffee oder Tee? Meine Frau und meine Tochter würden sich bestimmt freuen.«

Als sie gingen, fing es wieder an, zu schneien. Noch weit entfernt hörte man sie alle drei laut lachen.

Und so ging es weiter in jenem schneereichen Winter.

Leibrand tat dies und jenes, arbeitete dort und da, war Überall und Nirgendwo. Er hatte ja nichts gelernt nach der Schule, und so trug er für wenig Geld Briefe und Pakete aus, räumte für die Stadt Schnee oder half in Supermärkten, alles in Ordnung zu bringen. Von Zeit zu Zeit setzte er sich sogar in die Universität und tat eine Weile so, als wäre er einer von ihnen. Schrieb in Schulbücher, setzte sich zu den anderen vor den großen Brunnen. Es reichte gerade so, aber Leibrand wollte auch nicht mehr vom Leben als das.

Leinwände und Farben bekam er oft geschenkt, und selbst wenn er keine Leinwände mehr hatte, übermalte er Zeitungen und gesammelte alte Postkarten. Malte Wegbeschreibungen und Skizzen, Straßenkarten und Gebäude.

Fiel über Stühle, über Treppenstufen und von Parkbänken. Taumelte durch das Tägliche, verlor die Orientierung, strauchelte.

Ohne Suzanne war er so unendlich hilflos in diesem Leben. Jedes Gespenst sprang ihn an, jeder Schatten ängstigte ihn. Und dabei wusste er nicht einmal, wo sie gerade war, wusste nicht einmal ihren Nachnamen.

Die Leute in seiner Nähe halfen ihm, griffen unter seine Arme und begleiteten ihn ein Stück. Kümmerten sich um ihn, als wäre er kein Fremder mehr, und wer weiß, vielleicht war er es auch in diesen Momenten nicht mehr.

6

Wenn ich darüber nachdenke, glaube ich, er hat mit seinem Fallen viele Menschen verändert. Wie damals, als er aus dem Fenster gefallen war und das Leben seiner Eltern veränderte. Der Sterbende offenbart uns allen die eigene Endlichkeit, so viel steht fest. Der Fallende zeigt uns, wie nahe wir am Abgrund stehen, auch das. Ich habe noch nie von so einem Menschen gehört, das muss ich zugeben. Aber wie gesagt, Leibrand war auch kein Mensch wie all die anderen.

Damals glitt er mir aus den Händen. Unsere Leben hatten sich getrennt. Zwei, drei Mal im Jahr besuchte ich ihn in seiner kleinen Wohnung, und je mehr Zeit verstrich, desto weniger hatten wir uns zu erzählen. Mehr und mehr Amerika-Plakate bedeckten die Wände und den Boden, eine Straßenkarte hatte Leibrand sogar auf das Glas des Fensters zum Hinterhof hinaus gemalt. Ich glaube, er war nicht unglücklich in diesen Tagen, und auch wenn vor mir ein Mann saß, ausgezehrt und hustend, beneidete ich ihn für das, was er tat. Er war nicht so wie all die anderen, die ihr Leben verschenkten. Das Leben beinhaltet eine Menge Geheimnisse, und Leibrand war der erste Mensch, den ich traf, der sich auf die Suche danach machte.

Ich brachte ihm Kaffee und Zigaretten, auch mal neue Farben, da er immer wenig Geld hatte. Ohne Zweifel hätte Leibrand auch zu einem Obdachlosen werden können, aber da waren immer noch die Geheimnisse und die Suche danach.

Auch wenn wir nicht davon sprachen, spürte ich, dass er immer noch nach Suzanne suchte. Suzanne mit den feuerroten Haaren. Ich glaubte damals nicht, dass er sie jemals finden würde. Aber ich wünschte es ihm, und wenn ich ehrlich bin, wünschte ich es mir ebenso.

7

Die Engel waren nun fast immer bei Brenner. Saßen bei ihm, ihre Hände strichen zart über seinen Rücken. Tanzten mit ihm, ohne dass er sich bewegen musste.

Er würde sich umbringen. Ja, er würde es tun. Auch wenn er früher davon nicht allzu viel hielt, hatte er zahlreiche Menschen gesehen, die an Bäumen hingen. Selbst jene, die noch nicht einmal davon wussten. Die Schmerzen seiner Beine waren zu Orkanen geworden, die ihn nicht mehr richtig schlafen ließen. Aber am größten war der Schmerz in seinem Herzen, denn er konnte es nicht mehr erwarten, sein Mädchen zu sehen. Auch wenn Brenner nicht an den Himmel glaubte, glaubte er dennoch an die Liebe.

Zum ersten Mal versuchte es Brenner am zweiundzwanzigsten Dezember. Er wachte früh auf und sah die Schneewolken. Die Nacht war eisig gewesen, die Straßenlaternen des Parks noch nicht erloschen, und so lagen gespenstische Schatten auf dem Neuschnee. Brenner träumte ein wenig von seiner Frau, und ein wenig von sich selbst. Nie wieder hatte er etwas von ihr gehört, und auch wenn er manchmal nahe daran gewesen war, sie anzurufen, hatte er es nie getan.

Als er sich aufsetzte und ein Stück aus seinem alten Schlafsack schlüpfte, sah er die anderen, die wie er nahe der Brücke ihren Platz gefunden hatten, noch schlafend. Sie kamen und gingen, waren Fremde und Verlorene. Wie er selbst.

Heute würde sein letzter Tag sein. Er rauchte eine Zigarette im Sitzen und trank einen Schluck Schnaps. Seine Zähne taten weh. Er sah sich um; drei Parkbänke weiter saß sein Lieblingsengel mit den dunklen, langen Haaren und las in einem Buch. Als sie ihn bemerkte, hob sie die Hand und winkte. Brenner winkte zurück und lächelte. Natürlich hatte sie keine Flügel. Auch sonst nichts, was darauf hätte hindeuten können, dass sie ein Engel war. Außer ihren Augen, diese dunklen, braunen und zugleich wunderschönen Augen. Darin sah Brenner alles, die ganze Welt und sich. Sah sich mit einem Mädchen an der Hand, das sein Mädchen war. Ein Mädchen, das ihn, den alten Mann, herunterzog zu sich und auf die Wange küsste.

Brenner rauchte und sah den Engel an. Sie legte die Hände in das Buch und blickte zu dem Mann, der in seinem dreckigen Schlafsack saß. Seine Haare wie graue Schneeschlangen von seinem Kopf abstehend. Ein unregelmäßiger, fleckiger Bart, schmutzig an den Enden.

Leibrand würde er vermissen, natürlich. Aber Leibrand, und davon war Brenner überzeugt, würde auch ohne ihn zurechtkommen.

Als es wieder zu schneien anfing, winzige Schneeflocken, die durch den Morgen wirbelten, stand Brenner auf, rollte seinen Schlafsack zusammen, brachte ihn unter die Brücke, zu den anderen, und setzte sich in Bewegung. Es war nach acht Uhr, als er durch die Tür der Kneipe ging, in der er manchmal ein Bier trank, vorausgesetzt, er hatte genügend Geld. Einige Männer standen am Tresen; sie sahen ihn an, nickten kaum merklich. Alles sehr langsam, die Augen müde, die Bewegungen fahrig.

Brenner ging durch die Kneipe zur Toilette, denn er wusste, dass es eine alte, heruntergekommene Toilette war. Eine mit Wasserrohren über den Toilettenschüsseln. Die Schweißnähte tropfend. Es war gut, dass er nur noch um die fünfzig Kilogramm wog, denn die Rohre waren wirklich sehr alt.

Draußen hörte er jenseits der Tür einige Männer sprechen, Gläser klirrten. Nun war es soweit. Vorsichtig stieg Brenner auf die Toilettenschüssel und zog den Gürtel aus der Hose. Durch das kleine Fenster konnte er in einen Garten blicken. Zwei, drei Bäume, schneebedeckt. Eine Kinderschaukel, Spielzeug, das vom Schnee begraben worden war. Er roch den Rauch aus den Kaminen der Häuser. Er zog den Gürtel über eines der schmalen Wasserrohre, formte eine Schlinge und steckte den Kopf hindurch.

Als Kind hatte Brenner gern mit einem großen, alten Autoreifen geschaukelt, der in dem einzigen Baum in ihrem Garten hing. Sein Vater hatte ihn dort für ihn aufgehängt. Von dort aus hatte er als kleiner Junge zum Haus schauen können, auch zur Waschküche. Jetzt, in der Toilette, fiel es ihm wieder ein, dieses gute und reine Gefühl, er spürte es bis tief in die Knochen. Die Sommertage waren unendlich gewesen. Glühwürmchen, so viele, dass man sie mit der bloßen Hand fangen konnte, erquickten die Dämmerung. Es waren gute Tage gewesen.

Jetzt aber schmerzten seine Beine, als hätte ihm jemand die Haut abgezogen. Der Gürtel schnürte sich eng um seinen Hals, und einen Augenblick dachte er, er hätte eine Stimme gehört. Die Stimme eines kleinen Mädchens, das seinen Namen rief.

Hörte das Klirren von Flaschen aneinander,
die in den Bäumen hingen,
bunte schöne Flaschen,
in jeder Flasche
eine
Geschichte.

Kalter Schneewind, der vom kleinen Fenster aus in sein verweintes Gesicht wehte. Auch wenn er wirklich sterben wollte, hatte er Angst davor. Vor den Schmerzen und der Dunkelheit danach.

Seine Mutter hatte in den Sommermonaten bunte Flaschen in die Bäume gehängt, das fiel ihm wieder ein. Die Sonne spiegelte sich bis zur Dämmerung darin. Er hatte seiner Frau nie davon erzählt, ihr nie von den wundervollen bunten Flaschen und davon, wie er sich vorstellte, dass in jeder Flasche eine Geschichte sein würde. Eine Geschichte nur für ihn allein.

Brenner begann zu beten, leise flüsternd. Seine Beine würden nachgeben.

Aber da sah er Leibrand. Er saß auf der Schaukel dort drüben, im Garten. Saß nur da und blickte durch das kleine Fenster zu Brenner. Brenner fasste mit beiden Händen an das Wasserrohr über sich, damit er nicht abrutschte. Leibrand hingegen senkte den Kopf und fiel von der Schaukel in den Schnee.

Eine Amsel setzte sich fragend auf das Ende der Kinderschaukel, und Brenner machte sich daran, dem dürren, bleichen Mann wieder auf die Beine zu helfen.

Immer, wenn Brenner einen letzten Schnaps im Stehen trinken wollte, den Selbstmord als nächsten Atemzug geplant, war da auch Leibrand und fiel um. Am Stehimbiss, mitten auf der Straße, fiel er über Bordsteinkanten oder Fahrräder.

Das Treiben der Menschen, die niedergeschlagenen Blicke während der hastigen Schritte, wurde durchbrochen, als hätte es immer einen lauten Knall gegeben. Leibrand hielt die Zeit an. Im Weihnachtstrubel blieben sie stehen, stellten ihre Taschen ab, eilten zu dem liegenden Körper.

»Kann ich Ihnen helfen?«

»Haben Sie sich wehgetan?«

»Nehmen Sie meine Hand.«

Er rappelte sich auf, setzte sich, stand wieder unter ihnen. Brenner war oft dabei. Menschen, so war es jedenfalls in diesen Wochen, können sich verändern im Angesicht eines anderen Menschen. Und so wurde aus Brenner, dem Penner, ein warmherziger alter Mann, der er eigentlich schon immer gewesen war. Aber erst jetzt wurde es für alle offenbar.

Den Engeln gefiel das sehr. Immer mehr davon sah Brenner. Sie saßen auf den obersten Giebeln der Häuser, saßen auf den vorbeizischenden Trambahnen, winkten ihm zu. Ihre Haare, meistens flatternde Gebilde, rochen über alle Straßen und Schneeverwehungen hinweg. Dufteten nach Regen, nach frischem und warmem Sommerregen.

Leibrand fiel aus dem Fenster der Wärmestube im ersten Stock, als Brenner nach draußen gehen wollte, den Revolver geladen in der Manteltasche. Den Revolver mit drei Patronen in der Trommel hatte er vor so langer Zeit in einer Mülltonne gefunden, dass er sich nicht einmal mehr erinnern konnte, wann das genau gewesen war. Nie im Leben hatte er sich erschießen wollen, aber er hatte gelesen, dass es sehr sicher sein sollte. Jedenfalls, wenn man es richtig anstellte, und sich nicht nur ein Loch in den Kopf schoss. Er ging nach unten, Leibrand trank oben seinen achten Kaffee, aber kaum war er aus der Tür gekommen, hörte er auch schon Leibrand im Schnee aufschlagen. Da stand nun Brenner mit seinem alten Revolver in der rechten Hand und blickte auf Leibrand, der wie ein Schneeengel unter dem geöffneten Fenster lag.

»Warum machst du das, Leibrand. Warum?« Brenner weinte. Er schrie Leibrand an.

»Wir sehen das Leben erst, wenn wir sterben«, flüsterte Leibrand. Sein Atem, kleine Wolken über seinem Gesicht. Einige Köpfe wurden aus dem Fenster gestreckt, riefen etwas herunter.

»Wenn man fast stirbt, geht die Tür ein wenig auf. Nur ganz kurz, aber es reicht manchmal.«

»Für was?« Brenner steckte den Revolver zurück in die Tasche, wischte sich mit dem Handrücken über das Gesicht.

»Damit wir sehen können, was wir sonst nicht sehen.«

»Ich sehe sie nicht. Ich würde sie gern sehen, Leibrand, ich würde sie so gern sehen!« sagte Brenner, ging zu Leibrand, bückte sich hinunter und half dem Mann im Schnee auf die Beine. Der Sturz war jedoch von ziemlich hoch oben gewesen und Leibrand fiel sofort wieder um.

»Das wirst du, Brenner, ja – das wirst du«, murmelte Leibrand, als ihn Brenner emporhob, den Schnee abschüttelte und ihn über die Schulter legte.

Als die beiden Männer wieder oben in der Wärmestube ankamen, empfing man sie applaudierend. Nun, eigentlich empfing man Brenner so, könnte man sagen. Die ehrenamtlichen Helfer sowie die anderen Obdachlosen klopften ihm auf die Schulter, schüttelten seine Hand, gerade so, als würde es Glück bringen, ihn zu berühren. Einer von ihnen, die nichts mehr wert waren, die in Abflussrohren starben und Wasser aus Pfützen tranken, hatte etwas getan, worauf jeder stolz sein konnte.

Wer weiß, vielleicht war es wegen Weihnachten, aber auf jeden Fall geschah ein kleines Wunder an diesem fünfundzwanzigsten Dezember. Albert Sterner, der hier zum ersten Mal ehrenamtlich ausgeholfen hatte, schrieb Bücher und konnte davon ganz gut leben. Eigentlich hatte er vorgehabt, die fünfhundert Mark in seiner Jackentasche in das Spendenglas zu stecken, wenn er nach Hause ging. Aber da sah er diesen alten Obdachlosen, der einen Mann die Treppe herauftrug, ihn auf einen

Stuhl gleiten ließ und ihm den Mantel zurechtrückte, als wäre nichts selbstverständlicher als das. Der Mann war völlig außer Atem, und musste sich an einem der nächsten Stühle festhalten, damit er nicht selbst umfiel. Es war gut gewesen, und vor allem richtig, Brenner das Geld, fünf einzelne Hundertmarkscheine, in die Hand zu drücken.

Draußen, sie konnten es durch das immer noch geöffnete Fenster hören, sangen einige Kinder ein Weihnachtslied.

8

»Du könntest es versaufen«, sagte Leibrand am nächsten Tag, während sie zum Tabakladen gingen.

»Ja, das könnte ich.«

»Wirst du es?«

»Ich denke nicht. Es wäre irgendwie falsch – glaube ich.«

»Ja, gut möglich«, sagte Leibrand. Er holte sich eine frische Packung Salem-Zigaretten, und Brenner eine Packung Lucky Strike ohne Filter. Sein Brooklyn-Bild hing immer noch hinter der Ladentheke.

Die Weihnachtstage waren hinter ihnen geblieben, auf den Straßen, wie dürre Skelette; die ersten Weihnachtsbäume vor den Häusern.

»Früher«, sagte Brenner, »früher haben sie die Christbäume bis Februar in den Wohnzimmern gelassen. Manchmal sogar noch länger.« Er zupfte Lametta von einem Tannenast, spielte mit den Fingern damit.

Leibrand sah ihm dabei zu, nickte.

»Ich verstehe die Welt nicht mehr«, sagte Brenner leise.

»Wahrscheinlich verstehst du mehr davon, als wir alle«, antwortete Leibrand.

»Glaubst du, ich werde sie sehen?«

»Deine Tochter?«

»Ja, meine Tochter.«

Leibrand schwieg eine Weile.

»Ja, ich denke, das wirst du. Alle Sachen kommen irgendwann wieder in Ordnung.«

»Leibrand?«

»Ja?«

»Ich werde bald sterben.«

»Ich weiß, ich weiß«, sagte Leibrand, legte seinen Arm um Brenners Schulter und begleitete ihn die Straße hinauf, als wären sie schon ein Leben lang Freunde.

9

Am 31. Dezember passierten zweierlei Dinge.

Leibrand verbrachte den ganzen Tag zu Hause und bemalte über zweihundert Postkarten. Im Spätherbst hatte er einen ganzen Karton alter Karten geschenkt bekommen; Karten aus Spanien, Italien, und sogar einige aus Amerika. Allesamt blau eingetüncht, mit fahrigen, hohen Häusern. Manchmal Namen darauf gekritzelt: Manhattan, Nebraska – auf einigen sogar: Suzanne. Der gesamte Fußboden seiner Wohnung war bedeckt mit ihnen, die Wände gesprenkelt von hastigen Pinselstrichen.

Brenner kaufte sich am späten Nachmittag eine Flasche Strohrum und zwei Schachteln Zigaretten. Da er den schäbigen Anzug von damals nicht mehr besaß, kaufte er sich für hundertfünfzig Mark einen neuen. Auch eine Krawatte, und billige schwarze Schuhe dazu.

In der Nähe des Hauptbahnhofes fand er das Apollo-Hotel, blieb eine Weile davor stehen und ging schließlich hinein. Natürlich sah ihn die junge Frau hinter dem Schalter ein wenig skeptisch an, ein Obdachloser mit drei Einkaufstüten in den Händen, der nach einem Zimmer fragte. Da Brenner jedoch nicht betrunken war, ja nicht einmal angetrunken, und die zweihundert Mark in die Schale legte, gab sie ihm den Schlüssel für das größte Einzelzimmer, das sie hatten.

Brenner hatte nicht vor, sich zu betrinken. Stattdessen badete er zwei Stunden lang. Er konnte sich nicht mehr erinnern, wann er zum letzten Mal in seinem Leben gebadet hatte. Der Fernseher neben dem Bett lief. Ein Film von Billy Wilder, den er gesehen hatte, als alles noch in Ordnung gewesen war – *Das Appartement*. Es war schon merkwürdig, zwar konnte er sich nicht mehr erinnern, wann er zum letzten Mal in einer Badewanne gelegen hatte, aber er wusste dafür ganz genau, wie Shirley McLaine in diesem Film aussah. Er lag in der Wanne, die dürren Beine angewinkelt, rauchte und lachte. Auf dem Flur hörte Brenner einige Leute sprechen, hörte Türen und Schuhe klappern. Schöne Menschen in einem schönen Leben, dachte er.

Danach lief *Das Mädchen Irma La Douce,* den Brenner auch tausend Mal gesehen hatte. All das hatte er längst vergessen.

Es war kurz nach zehn Uhr abends, als Brenner vor dem Spiegel im Badezimmer stand und sich betrachtete. In dem Badezimmerregal fand er neben einem Stück Seife auch einen Einmalrasierer, mit dem er seinen Bart abrasierte. Jetzt stand da ein Mann, den er nicht kannte. Die Haare nach hinten gekämmt, noch ein wenig nass. Obwohl er Krawatten nie gemocht hatte und sie in einem früheren Leben nur bei Beerdigungen und Hochzeiten trug, gelang ihm ein recht anständiger Knoten. Er schlüpfte in das schwarze Jackett. Die Schuhe drückten ein wenig, aber das war nicht schlimm.

Hier steht nicht Brenner.
(Bunte Flaschen, in denen sich das Licht spiegelte)
Hier steht Martin Brenner.
(Bunte Flaschen, in denen er sich selbst sah)

Den Revolver hatte Brenner einen Tag zuvor in einem Park vergraben, eingewickelt in ein Taschentuch, verschlossen in einer Zigarrenschachtel, die er von Frank, dem Tabakhändler, geschenkt bekommen hatte.

Da er kein Glas fand, goss er sich Rum in einen Plastikbecher und prostete dem Fremden im Spiegel zu. Ein Mund mit schlechten Zähnen und Zahnlücken lächelte ihn an.

Die Hoffnung war es an jenem Tag. Die Hoffnung, die zu Brenner zurückkam. Das machte ihn glücklich. Betrunken davon, setzte er sich auf sein Bett, nippte am Rum, zündete sich eine Zigarette an und dachte an Leibrand.

Es lag zwar immer noch Schnee in dieser Silvesternacht, aber der Himmel war klar, überzogen von Sternen und einem zunehmenden Mond. Durch den Speicher, in dem Tauben schliefen und Wäschestücke vergessen an Leinen hingen, war Leibrand auf das Dach des Hauses gekommen. Fünf Stockwerke tiefer sah er Menschen auf den Straßen, hörte sie lachen und einige verfrühte Silvesterraketen zum Himmel jagen. Silvestertage hatte Leibrand schon immer gemocht. Der Himmel erhellte sich immer wieder einmal. Lautes Knallen durch die Straßen unter ihm. Auch er war, wie Brenner, glücklich.

Nur ein paar Minuten war Brenner eingedöst, die Zigarette im Aschenbecher ausgegangen. Als er die Augen wieder aufschlug, waren sie alle da. Der Engel, den er als erstes gesehen hatte, saß an dem kleinen Tisch. Abermals roch er ihre Haare. Regenduft.

»Wir haben wen mitgebracht«, sagte sie. Brenner spürte es, bevor er sie sah.

»Es wird Zeit, Papa«, sagte sie leise.

Brenner streckte die Hand aus.

Leibrand streckte seine Hand ebenfalls aus und warf die Postkarten herunter. Blaue Augen, die zur Erde flatterten.

Vielleicht, und das dachte sich Leibrand, würde eine davon sogar zu Suzanne fliegen.

10

Sie fanden Brenner am späten Vormittag des nächsten Tages. Ein Mann im Anzug, der auf dem Bett lag, als würde er nur kurz schlafen wollen. Aber der Mann schlief nicht, der Mann war auch nicht krank. Der Mann war tot.

An dem Badezimmerspiegel, und das sollten sie niemals vergessen, fanden sie eine Zeichnung, mit Kajal gemalt. Hohe Häuser, Straßen und ein Mann mit einem Kind an der Hand. Darunter geschrieben: *Brooklyn.*

Und wie sie alle sehen konnten, schneite es in Brooklyn.

Kapitel 6

Mathilda und die Friedhöfe (Die Glühbirnen glimmen)

Dead man walking ...
– Bruce Springsteen

1

Mathilda spürte, dass etwas geschehen würde. Spürte es tief in ihrem Bauch.

Berender hatte damals den Zauber in die Stadt gebracht. Jene Magie ihrer Kindheit, die Magie von Brooklyn und dem geheimnisvollen Amerika. Mit dem Erwachsenwerden war die Welt größer geworden, und Brooklyn so weit entfernt, dass sie es kaum noch erreichen konnte. Vermutlich, und daran dachte sie sehr oft, lag es allein an Leibrand, dass sie sich daran erinnerte. Leibrand, dieser merkwürdige Junge aus einer merkwürdigen Straße.

Vage die Bilder von damals, verschwommen in ihren Konturen. Aufgewacht in Leibrands Zimmer, in seinem Bett, mit dreckigen, nackten Füßen. Ihre Schuhe fand sie nie wieder. Ja, daran konnte sie sich noch gut erinnern, an das schmutzige Bettlaken, an den Jungen, der vor dem Schrank stand und sie anstarrte.

Danach war alles anders gewesen, kaum merklich anders, aber dennoch stark genug, dass man es spürte. Oft, sehr oft, hatte sie von Amerika geträumt. Von den Straßen und Wegen, den versteckten Plätzen. Natürlich auch von ihrem Mond dort drüben.

Suzanne, auch von ihr hatte sie geträumt. Wenngleich es schwer war, sich heute daran zu erinnern, glaubte Mathilda, dass sich damals das Mädchen verändert hatte. Es lag an den Geschichten, daran konnte sich Mathilda noch erinnern. Aber dann war alles dunkel.

Sie hatte keine Geschichten mehr.

Keine

Geschichten.

Dunkelheit.

Heute war es nur noch ein Aufflackern nach dem Aufwachen, wenn Mathilda glaubte, von Brooklyn geträumt zu haben – aber immer war es, als hätte sie nur von damals geträumt, und nicht tatsächlich von Brooklyn. Die Türen verschlossen, der Mond hinter hohen Häusern verschwunden.

Mathilda lebte seit 1995 in München, und arbeitete in einer kleinen Buchhandlung in Giesing. Zwei, drei Mal hatte sie einen Mann draußen auf der Straße gesehen, der Leibrand hätte sein können. Ein gebückter, etwas wankender Mann, der sich an Straßenlaternen festhielt, als wäre er betrunken. Sie war mit ihren Eltern aus der kleinen Stadt, aus ihrer Stadt, weggezogen, kaum ein halbes Jahr nach ihrem Verschwinden. Danach sah sie Leibrand nie wieder. Dennoch schlug ihr Herz schneller, als dieser Mann an dem Laden vorbeigegangen war. Hatte es gespürt, hatte ihn gespürt.

Manche Dinge, und das war so sicher wie das Amen in der Kirche, kamen gerade dann zurück, wenn man sie fast vergessen hatte. Und genauso war es, als sie ihn sah – wie ein Sturm waren alle Bilder jenes Sommers in ihrem Kopf, so klar, dass Mathilda beinahe umkippte. Kopfschmerzen, die an ihren Schläfen pochten. Der Wanderzirkus, die Ratten und der tote Mann im Sarg, fast vergessen im Leichenschauhaus.

Der Tanz begann.

2

Nach ihrem Verschwinden schnitt sie die Haare ab, und auch jetzt, zwanzig Jahre später, trug Mathilda sie immer noch kurz. Manchmal, wenn sie sehr aufgeregt war, fing sie, wie damals, an zu stottern – aber das passierte wirklich nur noch sehr selten.

Ja, sie war irgendwie glücklich hier, kann man sagen. Auch unglücklich, alles zur gleichen Zeit. Tage, an denen sie an ihrem Zimmerfenster saß und hinaus blickte, weit hinaus – gerade so, als würde sie über ein Meer blicken wollen. Glück und Unglück vermengten sich manchmal zu einer Sehnsucht.

Alles ist kaputt/alles ist zerbrochen.

Ihr Großvater starb, als sie sieben Jahre alt war, und ihr Großvater war ebenso voller Melancholie gewesen wie Mathilda selbst. Auf ihrem Schreibtisch stand seine alte Schreibmaschine mit den verbogenen Typen, das Einzige, das sie noch von ihm besaß, außer zwei, drei Fotografien, verloren in irgendeiner Schublade.

An manchen Tagen machte ihr diese große Stadt Angst, all die Menschen und all die Türen. Die großen Fenster, wie große hungrige Münder ... sie schnappten nach ihr wie verrückte Hunde. Ganz angekommen war Mathilda hier nie. Die kleine Wohnung spärlich eingerichtet, das Meiste immer noch in Schachteln verpackt und in den Zimmerecken verteilt. Der alte Fernseher, den sie in dem Gebrauchtwarenladen zwei Ecken weiter gekauft hatte, lief, wenn sie zu Hause war, den ganzen Tag. Doch nur selten sah sie wirklich hin. Meistens las sie Bücher, die im ganzen Haus verstreut lagen. Die höchsten Berge davon neben ihrem Bett. Drei, vier Mal hatte sie sich mit Männern getroffen und natürlich Sex gehabt, aber das alles war im Nachhinein merkwürdig entfärbt. Im Grunde dachte sie die meiste Zeit an Leibrand. Leibrand, der Suzanne liebte, und Mathilda, die Leibrand liebte. Damals hatte sie sich in den Jungen verliebt, auch wenn sie es zu der Zeit noch nicht wusste. Erst viel später, eigentlich erst hier in München, aufgewacht aus einem traumlosen Schlaf, hatte sie es verstanden. In Brooklyn waren alle Herzen verschmolzen, bevor sie entzwei brachen.

Vielleicht geschah es deshalb, weil Mathilda so Vieles vermisste. Leibrand und Brooklyn, ihr großer, voller Mond am Nachthimmel. Natürlich hätte sie Leibrand suchen und finden können, aber das wäre nicht richtig gewesen. Nicht für sie, nicht für ihr Leben. Natürlich hätte sie ihm nachlaufen können, als sie ihn dort draußen vermutete, über den Asphalt wankend, aber vermutlich wäre danach alles nur noch dunkler geworden. Leibrands Wege waren nicht wie die ihrigen; seine waren klar und geheimnisvoll zugleich. Es war gut, dass er hier war, in dieser Stadt, an diesem Ort. Mathilda konnte ihn spüren.

Wenn die Liebe größer ist als zwei unendliche Küsse, dann tut man für Menschen etwas, das sie nicht selbst tun können. Das jedenfalls dachte sich Mathilda und tat etwas für Leibrand, das er nicht selbst tun konnte.

Sie fing damit an, die Leute im Buchladen nach Leibrand zu fragen. Schon nach zwei Tagen wurde ihr jedoch klar, dass sie die ganze Sache unterschätzt hatte. Völlig unterschätzt, um es genau zu sagen.

»Wer in aller Welt ist dieser Leibrand?« Der Laden gehörte dem alten Steinmeister, der ihn wiederum von seinem Vater geerbt hatte. Einige der Bücher, irgendwo tief versteckt, waren weit über hundert Jahre alt. Sie rochen nach Staub und Zimt, wie der alte Steinmeister selbst auch. Ein großer, etwas gebückter alter Mann mit kaum noch Haaren, aber klaren, glänzenden Augen.

»Leibrand? Den kannte ich, als wir noch Kinder waren. Wir waren Freunde, irgendwie«, erklärte Mathilda dem alten Mann.

»Muss ja ein seltsamer Kauz sein, was ich so gehört habe. Was macht er? Er fällt ständig um, oder?« Steinmeister stopfte sich seine Pfeife, gemächlich, heller Virginia-Tabak bröselte auf den schmalen Kassentisch.

»Ja, scheinbar. Scheinbar fällt er ständig um.«

»Ist er krank?« Steinmeister hielt inne, um mit seinem Altmännerfinger an seine Altmännerstirn zu klopfen. »Hier oben, meine ich.«

Mathilda dachte nach. Eine junge Frau suchte zwischen den Regalen nach Paul Auster, sie summte dabei. Ganz leise konnte es Mathilda hören.

»Wer weiß das schon? Sind wir vermutlich alle, ein wenig krank da oben.«

»Auch wieder wahr.« Eine kleine Pause, das Streichholz angerissen; der trockene Tabak entflammte, zog eine Rauchwolke zur niedrigen Ladendecke. »In meiner Familie brachten sich alle um. Also, fast alle, viele. Lag bei uns in der Familie, wie schwere Knochen. Gab kein Jahr ohne Selbstmord. Waren ständig auf Beerdigungen.« Steinmeister hustete zähen Schleim herauf, was sich anhörte, als würde man ein altes Automobil vergeblich anzuwerfen versuchen.

»Heute schreiben sie keine Bücher mehr darüber. Alles nur noch Mist. Hab vor zwanzig Jahren damit aufgehört, sie zu lesen. Ich weiß nicht, wo die Geschichten geblieben sind. Heute schreiben sie über Befindlichkeiten, das ist schon alles. Herrgott, erbärmlich.«

»Sie sollten aufhören, zu rauchen.«

»Ich bin achtundsiebzig, was soll da noch groß passieren. Wie gesagt, ich war auf genügend Beerdigungen, ich weiß wie die Sache läuft.«

Sie sahen sich an, und dann mussten beide lachen.

3

Erst jetzt, so viele Jahre später, erinnerte sich Mathilda auch wieder an den Mann im Sarg, und was tatsächlich geschehen war.

Der Sarg war leer, als sie ihn nahe der Friedhofsmauer in die Grube ließen. Vermutlich nicht völlig leer – wer konnte schon wissen, was wirklich darin war? Ziegelsteine, vielleicht.

Zwei Tage nach ihrem Erwachen in Leibrands Bett sah Mathilda nämlich den toten Schausteller an der Straße stehen. Die beinahe schwarzen Haare kraus abstehend, die Augen müde. Die Arme, die wie tote Schlangen an seinem Körper herabhingen.

Er wartet auf die Geschichten, dachte sich Mathilda, als sie ihn da sah.

Die Sommersonne stand hoch, und Mathilda war auf dem Weg nach Hause gewesen. Heute lief ihr ein Schauer über den Rücken, aber damals als Kind hatte sie nicht sonderlich viel Angst vor diesem Mann gehabt. Dennoch wusste sie, dass ihn niemand sehen konnte. Niemand, außer ihr selbst.

Der Fremde sah sie an.
Es war, als suche er ein Herz.

4

Eigentlich hatte sich Mathilda gedacht, dass nur wenige Leute etwas über Leibrand erzählen würden. Stattdessen stellte sie fest, dass beinahe jeder, der in den Laden kam, etwas zu berichten wusste. Sie sprachen von ihm, als würden sie von einem Gewitterblitz sprechen, den sie eingefangen hatten. Ja, sie sprachen von ihm beinahe, als hätten sie ein Wunder erlebt.

Letztendlich, nachdem Mathilda zum ersten Mal nach Leibrand gefragt hatte, kamen so viele Leute in den Buchladen, dass sie, auch dies ein erstes Mal, manche Bücher nach Jahren verkaufen konnten, obwohl Steinmeister immer behauptet hatte, sie würden ihm ins Grab folgen.

»Das scheint ja ein wahrhaftiger Wunderknabe zu sein.« Steinmeister saß auf seinem Lieblingsstuhl zwischen zwei Buchregalen und sah dem Rauch zu, der von den Büchern eingesogen wurde, während er das sagte. Bedächtig wischte er sich mit seiner Altmännerhand den Tabak von der Cordhose.

»Ja, scheint so.« Mathilda lächelte. Sie trank einen Schluck Kaffee aus der kitschigen *Ich liebe Bücher*-Tasse.

»Was macht er denn sonst so? Ich meine, außer irgendwo runterfallen?«

»Ich weiß es nicht. Vielleicht ist das ja schon alles, was er macht.«

»Dafür mögen ihn aber erstaunlich viele Leute. Sachen gibt's.«

Steinmeister stopfte seine Pfeife nach, Mathilda roch den herben Vanille-Tabak, den er immer rauchte.

Die Tür des Ladens war angelehnt, die kalte Januarluft hob die losen Blätter an dem wackeligen Zeitungsständer, als würden sie sprechen wollen; und blähte die alten Plakate an den Kalkwänden auf; Steinbeck, Dürrenmatt und Earl Biggers.

»Ich habe da eine Idee«, sagte Mathilda.

»Ja? Ich hoffe, du willst nicht auch von Häusern fallen.« Wieder ein Husten, vermengt mit leisem Lachen.

Mathilda drehte sich zu Steinmeister, in einer Hand die Kaffeetasse. Sah ihn an, und war einen Augenblick erschrocken, wie alt dieser Mann dort auf dem Stuhl tatsächlich war.

»Nein, keine Angst. Das kann nur Leibrand, denke ich.«

»Was ist das für eine Idee?«

Mathilda erzählte sie ihm. Und Steinmeister gefiel sie.

Der Lagerraum hinter dem Buchladen war mit der Zeit zu einer Rumpelkammer verkommen. Vor zwölf Jahren, als Steinmeisters Frau Ella eines Morgens tot im Bett neben ihm lag (eine Lungenembolie, sagten die Ärzte), hatte er die meisten ihrer Sachen in den Lagerraum geschafft. Steinmeister konnte sich schlecht von etwas trennen, das sah man dem Raum an. Zwei Kleiderschränke, ein großer Standspiegel mit einem riesigen Sprung in der Mitte, zahlreiche Pappkartons mit Kleidungsstücken und Krimskrams. Zeitungsstapel, wie vom Wind gebogene Eiffeltürme, Mängelexemplare einstiger Bestseller daneben.

Gott sei Dank war der Lagerraum doch größer, als sie beide vermutet hatten. Steinmeister selbst konnte sich kaum noch daran erinnern, wann er hier zum letzten Mal aufgeräumt hatte.

»Mein Vater hatte da hinten ein kleines Büro.« Er schob zusammen mit Mathilda einige Kartons an die Seitenwand.

»Ja?«

»Ja. Als kleiner Junge habe ich es geliebt, den Rollladen vom Schreibtisch runterkrachen zu lassen. Er muss noch irgendwo hier rumstehen.«

»Dann werden wir ihn ja noch finden, denke ich.«

Zeitungen aus einer Zeit nach dem Zweiten Weltkrieg, Papierfetzen, einige Kronkorken. Staubige Erinnerungsfragmente, von Regen und Schnee verschont. Steinmeister atmete schwer; alle zehn, fünfzehn Minuten musste er sich ausruhen. Die Augen geschlossen, die Ellbogen auf den Oberschenkeln abgestützt. Dachte an seinen Vater, der Bücher über alles auf der Welt geliebt hatte.

»Wir hatten immer Bücher im Haus. Immer. Dreiunddreißig haben sie Bücher verbrannt, diese Ungeheuer. Mein Vater hat oft davon erzählt, die Flammen konnte man in der ganzen Stadt sehen. Man konnte es riechen, tagelang. Kannst du dir das vorstellen? Geschichten können mächtig sein, Geschichten können wirklich alles sein, was man noch hat. Hier oben drin.« Wieder sein Finger, der an die Stirn klopfte.

»Vielleicht mag ich deshalb diesen Leibrand so gern – er hat Geschichten. Und er bringt die Leute dazu, Geschichten zu erzählen.«

Steinmeister sah hoch zu Mathilda.

Mathilda schloss ihre Augen.

5

Einige Leute aus der Stadt kamen zu dem Begräbnis. Die Geschehnisse zogen damals so plötzlich wie ein Sommergewitter über die Menschen, sodass sie vergaßen, jemanden nach seinem Namen zu fragen. So begruben sie einen Unbekannten. Jedenfalls dachten sie sich das, aber wie gesagt, der Sarg war leer.

Mathilda, und sie war sich darüber inzwischen sicher, war die einzige, die ihn sehen konnte. Gerade so, wie das Nachglimmen einer Glühbirne, offenbarte er sich dem elfjährigen Mädchen.

Berender hätte es ihr bestimmt sagen können, aber er war nicht mehr hier. Eine kurze Zeit dachte sie darüber nach, es Leibrand zu erzählen, aber sie tat es letztendlich doch nicht. Viel zu groß war die Angst, ihn damit ihn Gefahr zu bringen. Denn eines war für das Mädchen klar: Der Tote, oder was er auch immer sein mochte, suchte auch nach ihm. Nach seinen Geschichten und den Träumen jener Geschichten. Jedoch aus Gründen, die Mathilda verschlossen blieben, konnte der Tote ihn nicht finden.

Und das war verdammt gut so.

6

Nach zwei Tagen fanden sie schließlich den Schreibtisch seines Vaters, vergraben unter Plakatrollen, nie geöffneten Büchersendungen, Zeitungsstapeln, alten Kleidungsstücken und Umzugskartons, am hinteren Ende des Lagerraumes. Staubschlieren auf dem alten knarrenden Holzboden, der an manchen Stellen weite Risse aufwies, durch die man in den Keller sehen konnte.

»Was ist da unten?« fragte Mathilda, in der Hocke, mit einem Finger über das grobe Holz streichend.

Steinmeister hatte sich auf den Schreibtisch gesetzt, wie er es schon als kleiner Junge getan hatte. Beide Hände neben sich aufgestützt. Er schwieg einen Moment.

»Nach dem Krieg hat mein Vater damit angefangen, Schnee zu sammeln.«

»Schnee?«

»Ja, Schnee. In Blechdosen, Schachteln, Flaschen. Jeden Winter hat er Schnee gesammelt.«

»Hat es funktioniert?« Mathilda musste sich auf den Boden setzen, da sie das Gefühl hatte, ihre Beine wären plötzlich mit Wasser gefüllte Schläuche. Jemand, und davon war sie überzeugt, hatte ihr schon einmal davon erzählt. Oder sie hatte davon geträumt, vor unendlich langer Zeit. Schnee, der nicht schmelzen kann.

»Manchmal. Ich hab es als Kind selbst gesehen. Der größte Teil davon schmolz natürlich, aber nicht alles. Ein wenig, und das bei Gott nicht jedes Jahr, sah tatsächlich so aus, als hätte es gerade geschneit. Ich habe keine Ahnung, warum das so ist. Ist wie ein Zaubertrick, den ich nicht verstehe. Aber das macht auch nichts. Mein Vater hat es verstanden. Für mich, und jetzt kannst du mich für verrückt halten, lebt er da unten weiter. Die Erinnerung ist manchmal das Einzige, was einem bleibt.«

Wieder Pfeifenrauch, der an die hohe Zimmerdecke stieg und verschwand.

»Ich bin mir fast sicher, du hast auch eine Menge Erinnerungen, die du für nichts auf der Welt eintauschen würdest.«

»Ja. Einige davon.«

Sie saßen da eine ganze Weile, an diesem Sonntag, der Laden geschlossen, die Wege draußen still. Ganz leise konnten sie beide das Trambahnzischen hören.

Nach einem Kaffee – Steinmeister konnte den besten Kaffee der Straße brühen, und das tatsächlich mit der ältesten Kaffeemaschine, die Mathilda jemals in ihrem Leben gesehen hatte –, schoben sie die beiden Kleiderschränke (beide verschlossen; die Schlüssel hatten sie nicht finden können) zur Mitte des Lagers und kippten sie um.

»Hast du es dir so vorgestellt?«

»Perfekt!« sagte Mathilda und klopfte sich den Staub von ihren Jeans.

»Wann willst du damit anfangen?«

»Morgen. Nach Ladenschluss, denke ich mal.«

»Gut. Dann wollen wir uns an die Arbeit machen. Komm!«

Steinmeister nahm Mathildas Hand. Sie spürte seine raue trockene Haut, und so fing damals alles an.

Am nächsten Tag, nach sechs Uhr abends, bildete sich sogar eine kleine Schlange vor dem Buchladen *»Steinmeisters Bücher«*. Regenschirme wurden aufgespannt; ein kalter Januarregen, der die übrigen Schneeschlieren auf den Straßen in die Rinnsteine wusch. Im Laden selbst war es angenehm warm, die Tür zum Lagerraum stand offen. Ein großer Ölofen bullerte an der Westseite des Hinterraumes. Mathilda hatte schon am frühen Nachmittag einige Kannen Kaffee gekocht, je eine davon stand einladend auf den Bistrotischen, die sie sich bei dem italienischen Restaurant drei Straßen weiter ausgeborgt hatten. Gestern hatten sie noch Einladungen in ganz Giesing verteilt. Vom Nachtregen gewellte Plakate, auf denen zu lesen stand:

Brooklyn und seine Geschichten
Jeden zweiten Montag im Monat

»Und du glaubst, das reicht?« hatte sie Steinmeister gefragt.

»Du wirst schon sehen. Lass dich überraschen.«

Es reichte tatsächlich aus, wie es sich herausstellte. Der Laden war viel zu klein, um alle Leute ohne Verzögerung in den Lagerraum zu schleusen. Einige unterhielten sich, einige lachten. Regenschirme wurden zugeklappt und in die Ecken gestellt. Jacken an den altmodischen Kleiderständer gehängt, einige Hüte lagen bereits auf dem Boden. Ein paar hatten sogar etwas mitgebracht. Leinwände in allen Größen, mit blauen Amerika-Plakaten darauf. Nach einiger Zeit lehnten an allen Wänden die Bilder, als wären sie schon immer dort gewesen.

Kinder rannten kreuz und quer umher, und wie Steinmeister mit einem Lächeln feststellte, hatten sie immer noch jene Augen, die er selbst auch als Kind gehabt hatte. Der Rollladen des Schreibtisches flog auf und zu, nachdem sie dieses magisches Instrument für sich entdeckt hatten. Ein herrliches Geräusch.

Seit langer Zeit fühlte sich Steinmeister dem Leben wieder näher als dem Tod.

Sein Herz schlug wild.

7

Der fremde Kino-Mann streunte umher. Kletterte auf Bäume, ganz hoch hinauf.

In diesen Tagen gab es einige kurze Stromausfälle, wie sie im späten Herbst und auch im Winter oft vorkamen. Die Überlandleitungen, gespenstische Zeichnungen am Himmel, rissen. Aber das war nicht das Übel in diesem Sommer. Er streunte umher wie ein kranker Hund umherstreunt, bevor er sich zum Sterben niederlegt.

Die Glühbirnen in den Häusern glommen, bevor sie ausbrannten, wenn der Fremde in ihrer Nähe war.

Im Nachhinein dachte sich Mathilda, war der Tote wie ein Nachbeben dieser merkwürdigen Zeit.

8

Über den umgekippten Kleiderschränken, die als Bühne herhalten mussten, hatte Mathilda zwei Glühbirnen angebracht. Nackte Lampen ohne Schirm, allein das Stromkabel die Ader zur Decke hin. In einer Pappschachtel hatte sie beim Aufräumen sowieso unzählige davon gefunden; sechzig Watt, Osram.

Der Raum war schon bald gefüllt, während an den kleinen Fenstern zu einer Nebenstraße hinaus der Januarregen leise klopfte. Sie tranken Kaffee aus eigens mitgebrachten Tassen. Zwei, drei Frauen hatten sogar Kuchen und Kekse gebacken. Teller wurden herumgereicht, Besteck klapperte. Jemand lachte, jemand nieste.

Mathilda stand zusammen mit Steinmeister neben dem Ölofen und betrachtete Leibrands Bilder. Allesamt blau, wie der Sommerhimmel. Hohe schiefe Häuser, Girlanden aus Wolkenfetzen. Als wäre er niemals weg gewesen, so kam es ihr jetzt vor. Als wären sie ein Leben lang zusammen gewesen.

Ein älterer Mann, sechzig, siebzig Jahre alt, machte den Anfang. Zu Beginn wirkte er ein wenig zittrig, und einen Augenblick fragte sich Mathilda sogar, ob er es überhaupt schaffen würde, auf die Bühne zu gelangen. Eine junge Frau half ihm dabei, und als er dann schließlich auf dem Stuhl Platz nahm, waren alle Zweifel verflogen. Er erzählte:

»Als ich das gelesen habe, Brooklyn und die Geschichten und so, fiel mir ein junger Mann ein. Scheinbar ist es einigen so gegangen wie mir. Hätte mich auch gewundert, wenn es anders gewesen wäre, ehrlich gesagt. Vorhin habe ich einige Male einen Namen gehört: Leibrand. Ich weiß nichts von diesem Mann, kenne nicht einmal seinen Namen. Ich wohne hier gleich um die Ecke, seit vierzig Jahren wohne ich hier in Giesing. Der Ort ist gut, ich mag diesen Ort. Wissen sie, es ist mir eigentlich nichts Großes passiert, denke ich. Trotzdem will ich es erzählen. Es wird nicht lange dauern, versprochen. Und vielleicht passt es nicht einmal hier her.«

Der alte Mann machte eine Pause, kramte aus seiner Jackentasche ein Taschentuch und schnäuzte sich.

»Entschuldigen Sie, ich sollte eigentlich im Bett bleiben, aber manchmal gibt es wirklich wichtigere Dinge, als im Bett zu bleiben, finde ich. Tja, wo fange ich am besten an? Ich denke, ich fange damit an, dass wir alle alt werden. Wir werden alt und der Tod kommt näher. Jeden Tag ein bisschen näher. Vor zwei Wochen ungefähr ging ich runter zum Briefkasten und fand eine Postkarte, die in einem Strauch hing. Sie war blau und darauf stand geschrieben: New York City.«

Die Geschichte des Mannes von New York City

Der Mann hieß Matthias Korner und war siebenundsechzig Jahre alt. Seit einigen Jahren war er in Pension, er lebte in Giesing, München. Als er die Postkarte zufällig fand, hatte er mit seinem Leben im Grunde schon abgeschlossen. Er hatte gerne bei der Stadtgärtnerei gearbeitet. Die Sommermonate waren die besten gewesen, so viel war sicher. Vor seinem eigenen Haus, in seiner Straße, gab es die besten Bäume, seine Lieblingsbäume. Matthias liebte die Ahornblätter und die vielen Farben, mit denen sie bemalt waren.

In andere Länder war er eigentlich nie gekommen, immer zu viel zu tun, wie es schien. Die Wintermonate, in denen er eigentlich Zeit gehabt hätte, machten ihn träge und still. Glück mit den Frauen hatte er nie gehabt. Einmal hätte er um ein Haar sogar geheiratet, aber er hatte es sich im letzten Moment anders überlegt, den Anzug wieder ausgezogen und einfach nicht am Standesamt erschienen. Stattdessen hatte er an jenem

Tag aus dem Fenster geschaut, und wer weiß, vielleicht hat es damals schon angefangen mit der Traurigkeit. Dabei war Matthias eigentlich nie recht traurig gewesen. Aber immer öfter, so wie damals an dem Tag seiner Hochzeit, musste er an die Kinder denken. Bis zu seiner Pension hatte er vier davon gesehen.

Die meiste Zeit arbeitete er auf der Straße, schnitt Bäume zurecht, kümmerte sich um die Sträucher an den Asphalträndern. Hin und wieder musste ein Baum gefällt werden, neue wurden gepflanzt. Da draußen war er gerne, ein Reisender zwischen den Straßen. Kannte jede Ecke, jeden verborgenen Winkel. Wenn die meisten Menschen in den großen Häusern zur Arbeit verschwunden waren, eröffnete sich eine andere Welt, wie er fand. Der Pulsschlag verlangsamte sich, der Wind brachte andere, viel geheimnisvollere Töne mit sich.

Hier draußen tanzten dann auch die Schatten mitten am helllichten Tage. Ein sonderbarer Tanz.

Vier Kinder hatte er hier draußen sterben sehen. Verkehrsunfälle. Zwei davon auf einem Fahrrad, ein Mädchen, das zu unachtsam über die Straße lief und ein Junge, der von einer Trambahn erfasst wurde. Nie war Matthias sonderlich nahe am Geschehen gewesen, aber doch nahe genug, dass er es nie mehr vergaß. Wenn Kinder dem Tod nahe kommen, ist es, als verspotte der Himmel die Alten. Wenngleich auch drei davon nicht sofort tot gewesen waren, spürte er, dass sie es nicht überlebt hatten. Immer noch hörte er ihre Schreie, ihr Weinen, danach oftmals die schreckliche unendliche Stille. Sah in seinen Wachträumen das Blaulicht an den Straßenecken flackern.

Jetzt aber war er alt geworden, und wenn auch die Erinnerungen nicht ausgebrannt waren, hatte er sie versteckt. Die eigene Dämmerung überschattete diese Ereignisse, die sein Leben beeinflusst hatten. Vielleicht, und darüber dachte er manchmal nach, funktionierte es auch deshalb nicht sehr gut mit Frauen.

Da draußen hätte es natürlich auch sein eigenes Kind sein können, das dort lag. Vermutlich war es die Angst, die ihn seinen Anzug damals ausziehen ließ. Bei der Vorstellung ein Kind zu verlieren, wurde ihm schwindelig. Gleichzeitig fragte er sich, wie man so etwas überhaupt überleben konnte. Zurückbleiben und in ein Grab blicken, das viel zu klein ist, um es verstehen zu können.

Er war danach oft an die Stellen zurückgekehrt, an denen es geschehen war. Abgewaschene, aber doch noch sichtbare Blutflecken auf dem Asphalt.

So ganz genau erinnern konnte sich Matthias nicht mehr, wann er damit angefangen hatte, Postkarten zu schreiben. Er gab den Kindern Namen, die er vielleicht seinen eigenen Kindern auch gegeben hätte. Namen, die ihm gefielen. Unregelmäßig kaufte er sich im Schreibwarengeschäft die Karten, die er selbst gerne bekommen hätte, aber nie bekam. Matthias bekam nie Postkarten geschickt, jedenfalls konnte er sich nicht daran erinnern.

Allesamt schickte er nach Amerika, weil es weit genug weg war, um alles dorthin zu schicken. Seine Traurigkeit auch. In seinem ganzen Leben war er natürlich nie in Amerika gewesen, weshalb auch?

In den Herbstmonaten gab er die meisten Postkarten auf. Drei, vier Jahre lang, danach hatte er das Gefühl, dass alles umsonst sei. Vergebens, die Erinnerungen verblassten.

Sie verblassten ebenso wie sein eigenes Leben. Sein Leben wurde zu einer Trambahnfahrt, langsam und bedächtig, immer von einem Ort zum anderen, keine Überraschungen mehr, höchstens Verspätungen. Nachdem er nicht mehr zu Arbeit gehen musste, nahmen die Tage und vor allem die Nächte eine eigenartige Färbung an, einen eigenartigen Geruch und Geschmack. Matthias vergaß, sich jeden Morgen zu rasieren, die dampfende Tasse Kaffee auf dem Badezimmerregal. Er vergaß so vieles, und er vergaß natürlich auch die Postkarten und die Kinder, die Blutflecken auf der Straße.

Jedenfalls bis er zu seinem Briefkasten ging, um die Werbung in den Mülleimer im Treppenhaus zu werfen.

Natürlich wusste Matthias, dass die Karte, diese sternennachtblaue Karte, nicht aus Amerika kam. Er war zwar alt und unrasiert, aber keinesfalls dement. Doch sie hätte aus Amerika kommen können, so viel stand fest. Vielleicht nicht gerade mit der Post, ausgetragen von diesem lahmen Idioten, der, wie es schien, nicht einmal die Zahlen auf den Briefkästen richtig lesen konnte. Denn, und das ist sicher, wenn nichts mehr übrig ist von der Hoffnung, kann sogar ein winziger Funken davon das Feuer erneut entfachen.

Wunderschön war die Karte, schon lange nicht mehr hatte er überhaupt so etwas Schönes gesehen. Die Schrift darauf fahrig, als hätte es jemand in Eile und nicht mit Bedacht geschrieben. New York City. Einige seiner eigenen Karten hatte er auch nach New York City geschrieben, soweit er sich erinnern konnte.

Ein Mädchen, das dort draußen auf der Straße gestorben war, hatte strohblondes Haar gehabt. Wundervolles strohblondes Haar. Warum in aller Welt war sie nur nicht in der Schule gewesen?

Seit langer Zeit dachte Matthias auch wieder an jene Frau, die auf ihn gewartet hatte, und er fragte sich, wo sie nun sein mochte.

In einer Hand die blau getünchte gepflückte Karte blickte er zu einem Baum empor. Und lächelte.

»Ich danke Ihnen, dass Sie mir zugehört haben. Wie gesagt, es ist keine sonderlich wichtige Geschichte, denke ich. Aber es ist schön, sie erzählen zu können. Heute habe ich wieder einige Karten nach Amerika geschrieben. Es fühlt sich gut an, es fühlt sich richtig an. Danke.«

Die Anwesenden klatschten, und als er von der Bühne kletterte, klopften ihm einige Männer auf die Schulter. Reichten ihm eine Tasse frischen Kaffee.

9

Wenn Mathilda nachts aus dem Fenster blickte, sah sie meist, wo der Mann ohne Namen, der Mann aus dem Sarg, gerade war. Das Licht in den Fenstern flackerte wie frisches Feuer. Die Oberlandleitungen surrten. Es roch nach Gewitter.

Manchmal donnerte es sogar leise, und einmal begleitete ihn ein Wetterleuchten.

Suzanne hatte ihr Herz getauscht, das ahnte Mathilda. Jedenfalls genug davon, damit niemand mehr ihren Herzschlag hören konnte, der sich vermengte und umarmte mit Leibrands Pochen.

Der Mond stand an jenen Tagen beinahe voll am Himmel. Nicht mehr lange, dann würde es ihr Mond sein – ihr ganz eigener Brooklyn-Mond.

Mathilda glaubte, dass der Tote nicht mehr allzu lange hier bleiben würde.

Sie sollte recht behalten.

10

Leibrand saß neben einer jungen Frau in diesem Straßencafé. Er roch ihr dezentes Parfüm. Ihre Haare waren rot und lang, aber bei weitem nicht so rot und lang wie die Haare von Suzanne gewesen waren. Sie trug ihre Haare offen, das Sonnenlicht malte kleine Schatten auf ihr Gesicht. Er hatte sich seinen vierten Kaffee bestellt und rauchte bereits an der zweiten Packung Zigaretten an diesem Tag. Manchmal sah sie auf und lächelte ein wenig.

»Paul Auster, nicht wahr?« sagte Leibrand und trank einen Schluck.

Sie drehte das Buch in den Händen herum, als wollte sie sich vergewissern, was sie gerade las, und nickte.

»Kennen Sie die Weihnachtsgeschichte von Paul Auster? Großartig!«

»Ein bisschen früh für Weihnachtsgeschichten.«

»Keinesfalls, keinesfalls.« Diesmal lächelte Leibrand.

Einen Tisch weiter saß ein junger Mann, der ebenfalls ein Buch las. Leibrand tippte ihm kurz danach auf die Schulter.

»Kennen sie die Weihnachtsgeschichte von Paul Auster? Ich sag es ihnen: Großartig! Ist nie zu früh für Weihnachtsgeschichten.«

Der junge Mann schüttelte verlegen den Kopf.

»Was lesen Sie?«

»Bradbury.«

»Ray?« Leibrand hatte den Kopf nach hinten gestreckt.

»Ja, Ray Bradbury. *Die Mars-Chroniken.*«

»Gutes Buch?«

»Ja, ziemlich«, sagte der junge Mann. Für einen Augenblick überlegte er, sich woanders hinzusetzen. Er konnte jedoch auch das Parfüm riechen, und sie roch wahrhaft unglaublich, und so blieb er sitzen. Er sah zu ihr hinüber; das Sonnenlicht umwebte ihr Gesicht. Sie trank Mokka-Kaffee und Wasser.

Leibrand zündete sich wieder einmal eine Zigarette an, blies den Rauch hoch über den Kopf zum Himmel. Zitternd seine

Finger, die Haare wirr. Schlampig das weiße Hemd geknöpft; der Kragen lugte schief über das Jackett hinaus.

Kaffeetassen klapperten wie falsche Zähne in einem unruhigen Wasserglas, Gesprächsfetzen über Glück und Unglück. Eine andere Frau einige Tische weiter bestellte, ein kleines Kind trabte zwischen den Stühlen hindurch.

Leibrand war gerne hier, auf einen Kaffee oder mehr, saß einfach da und schaute den Leuten und deren Leben zu. Malte mit einem Bleistift Skizzen in die Speisekarte, Straßenkarten und Wegbeschreibungen.

»Es gibt in Brooklyn vierundneunzig Hydranten, keinen mehr, keinen weniger«, sagte Leibrand, ohne jemanden anzusehen. Nickte dabei eifrig, als würde er es selbst nicht glauben können.

»In New York City sogar hundertvierundfünfzig, ob Sie es glauben oder nicht«, fügte er nach einer Weile hinzu.

In einer so großen Stadt traf man einige solcher Menschen, verwirrte Lebewesen, die von Gott und den Ungereimtheiten faselten und jedermanns Freund sein wollten. Die Meisten davon waren betrunken. Der Mann, der mit sich selbst sprach, schien jedoch nüchtern zu sein, höchstens betrunken vom Sommertag.

»Tatsächlich?« Der junge Mann sprach ganz leise, fast so, als hätte er es eigentlich gar nicht fragen wollen.

»Ja, ja. Hab sie eigenhändig nachgezählt. Einen nach dem anderen.«

»Sind Sie oft in Amerika?« Die junge Frau legte ihr Buch umgedreht auf den Oberschenkel. Zupfte an ihrem Kleid mit den kleinen Blumen darauf; einen Augenblick sah es aus, als wollte sie eine davon pflücken.

»In Amerika?«

»Ja.«

»Nein, ich bin nie in Amerika gewesen.«

Beide Gesichter wandten sich überrascht zu Leibrand, sahen sich in die Augen, und als das geschah, fiel Leibrand. Schwer zu sagen, ob er nun vom Stuhl rutschte oder tatsächlich fiel. Der Tisch wackelte, und die Kaffeetasse kippte zu Boden, zerbrach. Eine glimmende Zigarette verlosch in der winzigen hellbraunen Pfütze.

»Als ich das las, Brooklyn und die Geschichten, musste ich sofort an den Mann im Café denken, und wenn ich mich nicht täusche, sprechen wir alle von diesem Mann.«

Die junge Frau, Monika, trug auch an diesem Abend ein Kleid mit kleinen bunten Blumen, an denen sie zupfte.

»Er fiel einfach vom Stuhl, kann man sagen. Seine Augen waren immer offen, und er flüsterte etwas, aber das konnte ich nicht verstehen. Wir halfen ihm wieder auf die Beine und setzten ihn auf den Stuhl zurück. Er sah wirklich krank aus, Sie wissen schon. Kaum Farbe im Gesicht, zittrig. Wie ein alter Mann. Ich weiß noch, dass er schwer atmete, kaum Luft bekam. Rauchte ja auch wie ein Schlot, ständig eine Zigarette, eine nach der anderen.«

Monika hielt inne, blickte in ihren Schoß.

»Wissen sie, ich glaube, man wagt zuwenig. Ich weiß nicht warum, aber es ist so. Zwar macht man sich vor, dass man mutig ist, aber man ist es nicht. Nicht wirklich. Man wäre es gern, mutig. Aber wer ist das schon? Ich weiß zwar nicht, warum er es getan hat, ich meine dieser Leibrand, und am Ende ist es vermutlich auch egal. Eines weiß ich allerdings sicher: Ich hätte damals meinen Mokka ausgetrunken und hätte bezahlt, mehr nicht. Vielleicht wäre ich ihm noch einmal begegnet, diesem Mann, von dem ich erzählt habe. Wer weiß das schon? Aber wie vielen Leuten begegnet man und dann sieht man sie nie wieder – ich denke, das kennt jeder von uns. Natürlich, man denkt an sie, aber das reicht nicht. Sie sind für immer und ewig verschwunden.«

Steinmeister zündete sich seine Pfeife an.

»Ich war zu dieser Zeit sehr allein, und wie ich herausfand, war es der Mann auch. Leibrand? Ja, ich denke, er war auch allein, aber anders. Ich kann es nicht gut erklären, aber vielleicht verstehen Sie, was ich damit meine. Im Herzen war er nicht allein, das sicher nicht. Wie auch immer, Leibrand fiel vom Stuhl, wir halfen ihm auf die Beine, er rauchte eine Zigarette und bezahlte. Ich weiß noch, wie sehr er sich bei uns bedankte und uns alles Gute wünschte, als wären wir bereits zusammen. Als hätte er es gewusst, die ganze Zeit über. Es hörte sich richtig an, das klingt verrückt. Etwas zwischen uns war verschwunden, einfach weg. Das war vor einem halben Jahr, im Sommer, und sie werden es nicht glauben, noch am selben Tag habe ich den Mann im Café geküsst. Wir wollen nächsten Sommer heiraten.«

Monika lächelte, und sie sah wunderschön aus, wie sie da saß in ihrem Kleid auf dem niedrigen Holzstuhl auf zwei umgedrehten Kleiderschränken. Die Wangen errötet und die Haare offen. Das Licht der nackten Osrams malte unscharfe Schatten. Mathilda wünschte sich, Leibrand wäre jetzt bei ihnen.

11

Damals geschahen noch weitere merkwürdige Dinge in der Stadt der späten siebziger Jahre. Im Gantner-Haus, so hieß es jedenfalls, habe man zwar nicht die alte Hexe gesehen, dafür aber konnte man für einige Tage beobachten, dass es nach Mitternacht hell erleuchtet war. Immer nur für wenige Minuten, danach ein Flackern, das wieder verlosch.

Dinge verschwanden – Wäsche, Kinderschuhe und Bücher. Einiges davon fand man im Herbst in den Bäumen wieder.

Mathilda sah den Toten noch zwei Wochen lang, das letzte mal beim dem Riesenrad-Skelett. Danach war er verschwunden.

Im kommenden Herbst fielen die Dinge wie Laub von den Bäumen.

12

»Der Mann fiel vom Himmel herunter«, sagte das Mädchen mit den braunen Zöpfen. Mit ihren Händen malte sie Schattenfiguren auf den Schrankboden.

»Wie heißt du denn?« fragte Steinmeister, der seine dritte Pfeife gestopft hatte.

»Paula.«

»Erzählst du uns von dem Mann, der vom Baum heruntergefallen ist?«

Und Paula erzählte, während es aufhörte zu regnen.

Der Himmel ist blau

Der Sommer war fast vorbei, die letzten warmen Tage waren so kurz, dass sie beinahe unbemerkt verstrichen.

Paula war neun Jahre alt, und sie spielte nirgendwo lieber als im Garten hinter dem Haus. Dort waren die Erinnerungen an ihre Mutter am stärksten, die Farben nicht ausgeblichen, die Gerüche an jedem Grashalm.

Vor einem Jahr fuhr Paulas Mama zum Einkaufen, aber sie kam nie zurück. Natürlich wusste Paula, was ein Unfall war, aber so ganz genau konnte sie es sich trotzdem nicht vorstellen. Vom Garten aus sah sie nämlich auch ganz gut auf die Straße. Vor einem Jahr hatte sie am Zaun gewartet. Aber statt ihrer Mutter kam ihr Vater nach Hause. Schon da wusste sie, dass etwas nicht stimmte.

Ihre Mama war die beste Mama der Welt gewesen. Sie konnte die besten Pfannkuchen machen, und immer, wenn Paula nicht schlafen konnte, erzählte ihr Mama eine von ihren schönen Geschichten.

Natürlich liebte sie ihren Vater, aber ihr Vater war nicht ihre Mama. Er wusste nur zwei Geschichten, die sie in der Zwischenzeit auswendig kannte. Seine Pfannkuchen wurden immer zu braun an den Ecken. Er musste noch ziemlich viel lernen.

Das mit dem Friedhof hat Paula nie ganz verstanden. Beim besten Willen konnte sie sich nicht vorstellen, dass da Leute unter der Erde waren. Auch wenn sie wusste, dass man einen Schatz am besten eingräbt, um ihn wieder zu finden. Wie Piraten. Ihr Vater aber erklärte ihr, dass man auf einem Friedhof nie wieder etwas ausgräbt. Wozu denn etwas eingraben, wenn man es dann doch vergessen will? Darauf hatte ihr Vater keine Antwort, genauso wenig wie Paula selbst.

Deshalb mochte Paula den Friedhof überhaupt nicht gern. Natürlich ging sie mit ihrem Vater dorthin, weil ihr Vater das so wollte. Aber eigentlich konnte ihr der Friedhof gestohlen bleiben. Diese schweren Grabsteine machten ihr Angst. Hunderte von Namen, da konnte einem wirklich schwindlig werden.

Ihrem Vater erzählte Paula selbstverständlich nicht, dass sie immer noch auf Mama am Zaun wartete. Paula konnte schon sehr gut schreiben, und auf den Einkaufszettel hatte sie extra

Erdbeermarmelade geschrieben, denn wer aß schon Pfannkuchen ohne Erdbeermarmelade? Papa kaufte immer die mit den zu großen Stücken, die dann wie Berge auf dem Pfannkuchen aussahen.

Wenn ihr Vater bei der Arbeit war, und Paula schon von der Schule zu Hause, dann passte Frau Kaffee auf sie auf, die nebenan wohnte. Ihren wirklichen Namen konnte sich Paula nicht merken, so sehr sie sich auch anstrengte. Aber ihre Nachbarin trank eigentlich immer Kaffee aus ganz großen Tassen, deshalb nannte Paula sie einfach Frau Kaffee. Was ganz in Ordnung war, aber natürlich war Frau Kaffee nicht wie ihre Mama. Paula war sicher, dass Frau Kaffee pupste, wenn niemand in der Nähe war, und das fand sie wirklich widerlich.

In ihrem Garten stand ein alter großer Baum. So hoch, dass man den Kopf ganz fest in den Nacken strecken musste, damit man ihn in seiner Gänze sah. Was für ein Baum das war, wusste Paula nicht, und ehrlich gesagt, war es ihr auch ziemlich egal. Er hatte Blätter, das schon, also nicht wie der Weihnachtsbaum. Für einen Weihnachtsbaum wäre er auch viel zu groß gewesen.

So groß, dass er die Wolken berührte.

Und die Wolken hingen ja bekanntermaßen am Himmel.

»Mama?« Paula stand unter dem Baum, sah hinauf. Ein paar schneeweiße Wolken am hellblauen Himmel.

Aus dem Nachbarhaus hörte sie Frau Kaffee telefonieren, da die Tür offen stand. Hin und wieder blickte sie durch das Küchenfenster heraus, aber wenn sie telefonierte, vergaß sie das auch schon mal. Die meiste Zeit stand Paula sowieso nur am Gartenzaun.

Noch einmal flüsterte sie: »Mama? Bist du da oben?«

Denn eines war klar, ihre Mutter musste ja irgendwo sein. Vom Himmel hatten sie ihr oft erzählt. Dass sie jetzt da oben war und auf sie hinunter blickte, so eine Art Engel, der auf sie aufpasste.

Vielleicht war sie einfach zu weit weg, der Himmel war ja schon sehr weit oben. Der erste Ast war dick, und wenn sie ein wenig sprang, erreichte sie ihn leicht. Von Ast zu Ast, immer höher und höher, bis man mit den Fingerspitzen die Zuckerwatte der Wolken anfassen konnte. Das könnte funktionieren. Unsicher schaute sie zum Küchenfenster der Frau Kaffee, aber noch bevor sie richtig überlegen konnte, hüpfte sie schon.

Und wirklich, sie erreichte fast mühelos den ersten Ast, die Rinde grob und trocken.

Plötzlich jedoch, als Paula da hing, mit den Beinen strampelte und Halt am Stamm suchte, fiel Leibrand vom Baum, als hätte sie ihn wie einen Apfel herunter geschüttelt. Vor lauter Schreck ließ Paula los und landete neben ihm im Gras.

Ein wenig benommen rappelte sich der fremde Mann auf und sah das Mädchen an. Er lächelte.

»Hallo«, sagte er.

Paula starrte ihn eine Weile ziemlich verdutzt an.

»Bist du der liebe Gott?«

»Nein, um Gottes Willen. Ich klettere nur gern auf Bäume, das ist alles.«

»Auf jeden Baum?«

»Nur auf die Himmelsbäume.«

»Himmelsbäume?«

»Die zum Himmel reichen, und noch weiter. Das sind die schönsten Bäume.«

»Warst du schon mal ganz oben?«

»Natürlich.«

»Wirklich? Ganz, ganz wirklich?«

»Die meisten Leute fahren da oben Fahrrad, hast du das gewusst?«

»Nee.«

»Wenn zu viele Leute Fahrrad fahren, dann regnet es.« Leibrand nickte, als er das sagte.

»Und wenn es schneit?«

»Das wirst du mir nicht glauben.«

»Doch, ehrlich. Ganz ehrlich.«

»Wenn es schneit bei uns, also hier unten, dann malen sie Bilder.«

»Aus Schnee?«

»Aus Schnee, der da oben nie schmilzt.«

Paula stupste Leibrand mit dem Zeigefinger an. Er war tatsächlich echt.

»Meine Mama ist auch da oben, ich wollte gerade mal nachsehen, ob alles in Ordnung ist.«

»Ich weiß. Aber Kinder sollten nicht so weit hinaufklettern. Da kann man runterfallen, wie du gesehen hast.«

»Hm.«

»Hast du meine Mama gesehen?«

»Ich soll dich grüßen. Und dir sagen, dass man Erdbeermarmelade auch mit großen Stücken essen kann.«

»Woher weißt du das?«

»Na, deine Mama hat das gesagt.«

»Sieht sie mich?«

»Klar.«

»Aber ich sehe sie nicht. Das ist schlimm.«

»Du siehst sie doch jede Nacht in deinen Träumen, oder nicht?«

Paula sah ihn mit großen Augen an. Eine Träne kullerte über ihre Wange.

Das Mädchen stupste an die Glühbirne über ihr, sie wackelte hin und her und machte Schatten an die Wände des Lagerraumes. Ihr Vater hob sie von den Kleiderschränken und küsste sie auf die Nase.

13

Leibrand taumelte durch die Leben, taumelte durch die Stadt. Wo immer er sich bemerkbar machte, hinterließ er merkwürdige Spuren.

Immer wieder erzählten die Leute von diesem Mann, der scheinbar stets nur kurz in ihr Leben kam, manches Mal auch nur für Augenblicke, es aber doch für immer veränderte. Gerade so, wie ein gutes, ein helles Gespenst, das endlich alles erfüllt, was vom Wege abgeglitten war.

Mathilda ahnte nicht, wie außerordentlich Leibrand die Wege neu bemalt hatte. Der Lagerraum hinter der Buchhandlung wurde immer mehr zu Leibrands Zimmer. Amerika-Plakate wohin man auch sah.

Aber auch die Erzählungen über ihn machten die Menschen froh und glücklich. Erst dadurch gewann das Menschsein eine Bedeutung, die viele von ihnen längst vergessen hatten.

Bis zum Sommer hin trafen sich immer wieder Leute, um vom ihm zu erzählen. Leibrand selbst war nie erschienen.

Nach jeder Lesung, kurz nach dem Aufräumen, wechselte Mathilda die Glühbirnen und steckte jeweils die zwei gebrauchten Osrams in eine Schachtel. Ob es jemals funktionieren würde, wusste Mathilda nicht, und die Ahnung war so vage, dass sie die meiste Zeit befürchtete, es wäre umsonst. Dennoch musste sie es tun, denn es fühlte sich richtig an – richtig und gut.

Sie hatten viele Geschichten gehört. Geschichten von Lebenden, Liebenden und sogar von jemand, der eine Woche später starb. Giesing wurde zu einem kleinen Viertel, wo sich plötzlich jeder kannte, und alle kannten die Geschichten von Leibrand.

Mathilda wünschte sich, auch Suzanne hätte das alles gehört und gespürt, aber ebenso wenig wie Leibrand hatte sie jemals den Menschen, um den sich letztendlich alles drehte, gefunden.

Im späten Sommer ging Mathilda fast jeden Abend spazieren. In ihrer Jackentasche immer zwei von den Glühbirnen. Fragte sich, was wohl aus ihrer Glühbirne in Brooklyn geworden sein mochte, und wer konnte es schon wissen, vielleicht erhellte sie immer noch ein wenig ihren Mond dort drüben. Ohne großen Plan durchquerte sie die Stadt, ohne Ausschau zu halten, aber dennoch mit der Gewissheit, dass Leibrand auch ihr selbst das Leben gerettet hatte. Nicht nur damals. Ohne ihn tatsächlich getroffen zu haben, hat er die Gewitter in ihrem Bauch fortgenommen.

Insgesamt hatte Mathilda über hundert Glühbirnen gesammelt. Keine einzige davon war kaputt gegangen.

Die meisten Glühbirnen hinterließ sie auf Friedhöfen, allein auf dem Ostfriedhof steckte sie mehr als dreißig in Gräber, die scheinbar niemanden mehr gehörten. So tief hinein, dass man nur noch ein wenig vom Glas sehen konnte. Natürlich wusste sie, dass man einige davon verwundert finden würde, aber das war halb so schlimm.

Ein paar versteckte sie verstreut, in Parkanlagen, auf Telefonzellen, unter Brücken. Zwei Stück schenkte Mathilda sogar einem Obdachlosen, der sie lange ansah, die Blicke von den Glühbirnen zu der jungen Frau schweifend, und dann leise sagte: »Verstehe.«

Die Tage wurden länger, der Herbst kam mit den Nächten. Die Gewitter überzogen die Stadt wie eine Gespenstergeschichte.

Mathilda spürte, dass etwas geschehen würde.

Kapitel 7

Leibrand und der Revolver (Ein Schuss in Brooklyn)

The man who comes around –
– Johnny Cash

1

Letztendlich weiß ich bis heute nicht, was ich davon halten soll. Sie wissen schon – man betrachtet einen Gegenstand, immer und immer wieder, aber man wird nicht sonderlich schlau daraus. Es ist das einzige Paket, dessen Inhalt ich nicht meiner Frau gezeigt habe. Ich weiß immer noch nicht, was ich damit anfangen soll, und vermutlich werde ich es auch niemals wissen.

Es ist der erste Revolver, den ich je in Händen hielt. Ein altes, teilweise verrostetes, Ding. Schwer in der Hand liegend, fremd und kalt.

Erst nach einer Weile konnte ich die Trommel herausfallen lassen und war erleichtert, dass jede Kammer darin leer war. Kleine schwarze Augen, in die ich hineinblickte, die in mich hineinblickten.

Auch wenn ich tatsächlich nicht den blassesten Schimmer hatte, glaubte ich doch zu sehen, dass es eine kleinkalibrige Waffe war. Wahrscheinlich gut genug, um Tauben zu erschrecken – aber vermutlich auch gut genug, um ein scheußliches

Loch in einem Körper zu hinterlassen. Im Fernsehen sehen die Dinger immer größer aus. Meine Frau hätte diesen Totmacher sicher aus dem Haus haben wollen, aber ich bin noch nicht so weit. Vielleicht in ein paar Wochen oder in ein paar Monaten. Dann werde ich den Revolver hinter dem Haus tief vergraben, obwohl ich glaube, dass man einige Dinge im Leben zwar vergraben, aber nicht vergessen kann.

Aber jetzt, gerade in dieser Nacht, meine Frau schläft schon längst, ist es irgendwie richtig, ihn in der Hand zu halten, und an alle zu denken.

Es ist schon merkwürdig, welchen Verlauf die Geschichte genommen hat. In dem Paket, das vor einigen Wochen hier angekommen ist (ohne Briefmarken, die Ecken abgestoßen, umbunden mit einer dicken Schnur), fand ich neben dem Revolver in der alten Zigarrenkiste (Virginia-Zigarren) auch noch ein schmales Moleskine-Notizbuch, das an den Ecken durch Regen und Schmutz gewellt war. Zahlreiche Seiten fehlten. Leibrands Schrift, ungenau und fahrig, die Tinte an den meisten Stellen verwischt. Beschreibungen der Orte, an denen er nach dem Revolver gesucht hatte; Skizzen und Straßenkarten.

Aufflammend in einzelnen Wörtern das Erscheinen von neuen Schrankgeschichten. Leibrand hatte Angst. Vielleicht sogar mehr, als damals vor seinem Vater.

Ich hätte ihn nicht retten können, aber diese Einsicht hilft einem sehr wenig, wenn die Nacht schlaflos bleibt. Natürlich hätte ich es versuchen können, aber die Verbindung zwischen uns war irgendwie abgerissen. Als hätte er gewusst, wie alles kommen sollte. Natürlich hatte es Leibrand nicht wissen können, das jedenfalls denke ich an hellen Tagen, wenn die Sonne durch das Fenster scheint und jeder Gedanke an Gespenster kindisch wird. Doch in den Nächten, jenen Nächten mit langen gierigen Schatten an der Zimmerdecke, bin ich mir sicher, dass er alles gewusst hatte. Immer schon.

Zwei Tage nach dem Paket, in dem der Revolver war, kamen vier Amerika-Plakate hier an. Große Leinwände, unbedacht und schlampig in grobes Papier gewickelt. Ja, er sah ihn kommen.

Ein Mann, der aus dem Fenster des höchsten Hauses blickt. Eine dunkle, verschwommene Gestalt. In einem Bild fand ich sogar ein Loch.

Sie lehnen umgedreht an der Wand meines Arbeitszimmers. Ich möchte nicht, dass mich der Mann beobachtet.

Ich habe nämlich Angst vor ihm.

2

Es begann im frühen Herbst. Die Tage waren nicht mehr so lang wie noch vor wenigen Wochen, die Abende kühl und immer öfter verregnet. Bis vor einigen Tagen hatte Leibrand für ein wenig Geld die Hinterhöfe gekehrt, Keller aufgeräumt und sogar einige Malerarbeiten übernommen. Die Miete für die alte Wohnung war nicht sonderlich hoch, und die Leute in dem Haus mochten Leibrand gern. Wenn er nach Hause kam, standen dampfende Töpfe und Schüsseln vor seiner Tür, weil sie Angst hatten, er würde schlichtweg verhungern. Hin und wieder fand Leibrand in seinem Briefkasten auch Geld, lose hineingeworfen oder in Kuverts gepackt. Brenner hatte er einiges davon in den Mantel gesteckt, und jetzt, wo Brenner nicht mehr hier war, verteilte Leibrand das Geld, das übrig blieb, an die Verlorenen.

So oft es ging besuchte er Brenner auf dem Ostfriedhof, das Armengrab schmal und nur mit einem Kreuz versehen, das in der Zwischenzeit vom Wind schief gedrückt worden war. Er legte immer einige Blumen auf die grobe Erde, denn obwohl Brenner nie über Blumen gesprochen hatte, wusste Leibrand, dass Brenner Blumen immer schon gemocht hatte. Brenner fehlte ihm sehr.

Auch Leibrand spürte, genau wie Mathilda, dass etwas geschehen würde. Die Angst saß tief in seinem Bauch, kroch hinauf in Herz und Seele, vermengte sich mit seinen Träumen zu etwas, dass man Vorahnung nennen konnte. Suzanne. Fast ein Dreivierteljahr war verstrichen, seitdem Leibrand seine Postkarten auf die Reise schickte, aber nichts hatte er von ihr gehört. Manchmal wachte er auf und roch ihre Haut, roch ihre Haare. Zuckerwatte und gebrannte Mandeln, träumte davon, sie eine Ewigkeit lang zu berühren. Der Duft auf seinem Kissenbezug von ihren offenen Haaren, die unter ihrem Kopf ausgebreitet einen Fluss malten.

Träumte seine Amerika-Plakate-Träume, träumte von ihr und ihm in einer kleinen Wohnung in NYC, hoch oben bei den Tauben, hoch oben bei dem Schnee. Sie würde aussehen, und da war er sicher, wie Bette Midler in diesem Film, den er so mochte. Während Schneeflocken an den Fensterscheiben herunter rinnen, während unten auf den Straßen Weihnachtsmänner leise Lieder singen. Der tuckernde Gasofen, die Kerzen auf den Fensterbänken, die Amerika-Plakate an den abgeblätterten Wänden: Pennsylvania und Manhattan. Der Geruch von Zimt. Der Geruch ihrer frisch gewaschenen Haare.

Wie es wohl sein mochte, sie abermals zu küssen? Die Erinnerung daran tief vergraben und beschützt. Ihren Kopf dabei zu halten mit beiden Händen, während sich ihre Arme um ihn legen würden, für alle Zeit?

Suzanne.
Er hörte ihr Herz schlagen.
Er hörte ihren Atem.

Immer öfter wachte Leibrand in seinem schmalen Bett auf, nachdem er geträumt hatte, dass sie neben ihm lag. Das leise Atmen, die kleinen Bewegungen hinter ihren Augen.

Aber nichts von alledem war Wirklichkeit, und jeder Tag, wie es schien, wurde schwerer und träger. So gehofft und gebetet hatte Leibrand, dass er etwas von Suzanne hören würde. Dass sein Plan der reisenden Postkarten hätte funktionieren können.

Erst viel zu spät verstand Leibrand, dass ein Gewitter aufzog. Denn plötzlich tauchte da ein Fremder auf seinen Bildern auf. Kaum mehr als ein Punkt zu Anfang, aber immer größer werdend, bis er sie erkennen konnte: Eine dunkle Gestalt, die aus den Fenstern seiner hohen Häuser blickte, um sie alle finden zu können. Weiß Gott weshalb das alles geschah, aber Leibrand ahnte, dass es seine Postkarten gewesen waren, mit denen es begonnen hatte.

3

Damals aus dem Sarg gestiegen, über alle Wälder, durch alle Menschen hindurch, wieder auf der Suche. Auf dem Jahrmarkt hatte er versucht, ihr Herz zu zerschneiden, aber es gelang nicht. Jetzt war sie erwachsen, aber Zeit nicht sonderlich wichtig, wenn es um Herzschläge ging.

Er kam wie ein Mann daher, der weiß, was er sucht, und auch weiß, was er finden wird. Ein sehr alter Mann mit kaum noch Haaren auf dem Kopf, gebückt und doch sehr stark, wenn er es sein wollte. Um die Ecke konnte er sehen, und rückwärts sprechen. Er trug weder einen Teufelsschwanz noch Flügel. Dennoch sah jeder, der ihn ansah, dass er dunkel war. Dunkel im Sinne von böse.

Sein Name war Johnny, und Johnny war schon sehr lange auf der Reise. Jedenfalls fühlte es sich so an. Hundert Jahre, zweihundert Jahre, weiß Gott. Einen Schritt vor den anderen. Immer und immer wieder. Seinen Namen wiederholend, ein heiseres, krächzendes Mantra.

Das Ziel war nahe. Er fühlte es. Die Reise würde bald zu Ende gehen. Endlich würde er erlöst sein, endlich würde er finden, was er am sehnlichsten suchte. Ein Herz. Ein starkes Herz, das sein Herz sein konnte. Die sieben fremden Männer, Kinoleute, hatten es ihm gestohlen. Hatten es berührt, umschlossen und mitgenommen. Johnny zurückgelassen mit der Kälte des Herbsttages.

Der alte Johnny setzte sich auf eine Parkbank und streckte die Füße von sich. Kramte in seinem Mantel herum, fand ein altes Päckchen Virginia-Tabak und ein vergilbtes Röllchen Papier. Er hatte schon lange nichts mehr gegessen, aber das war nicht so wichtig. Zitternd versuchte er, eine Zigarette zu drehen, doch erst nach zehn Minuten geriet sie so annehmbar, dass man sie auch rauchen konnte. Der Tod, und das wusste er, war so nahe, dass er ihn spüren konnte. Dabei war er es selbst, der den Tod brachte.

Die Erinnerungen verblassten, selbst jene, die kaum verstrichen waren.

Er konnte sich nicht einmal mehr an den Namen des Jungen erinnern, den er vor fünfunddreißig Stunden getötet hatte.

Ein netter Junge, hübsch. Schwarze Locken. Irgendwo vor der Stadt hatte er ihn gefunden. Er hatte ihn sofort erkannt. Ohne Herz konnte man diejenigen besser erkennen, deren Herz sehr stark ist. Ohne Zweifel, es war der richtige Junge gewesen. Elf Jahre alt.

Der alte Mann fasste nach seiner Ledertasche, gerade so, als wollte er nachsehen, ob sie noch da war. Sie war da, wie immer. Voll mit eigenartigen Dingen. Natürlich hatte er auch etwas von dem Jungen. Johnny lächelte. Der Junge war so flink wie eine Schlange gewesen, und wie immer er es auch angestellt hatte, um ein Haar hätte er ihm fast mit einer Gabel das rechte Auge ausgestochen.

»Ich muss nach Hause«, hatte der Junge gesagt.

»Ich weiß.«

»Ich muss wirklich nach Hause.«

»Ich bringe dich nach Hause, mein Junge.«

Und dann hielt der Junge plötzlich diese verfluchte Gabel in der Hand, aber Johnny stand schon hinter ihm. Mit dem heißen Atem im Genick und den Worten »13 ist eintätowiert auf meinem Nacken« in den Ohren, brach sein Genick wie ein dünnes Stück Holz. Verschlungen ihre beiden Körper, als würden sie einen letzten Tanz wagen. Das Stück Metall fiel zu Boden. Natürlich würde es so aussehen, als wäre es ein Unfall. Johnny hatte keine Ahnung, wie sie es machten. Selbst wenn er dem Jungen den Hals aufgeschnitten hätte (das hatte er allerdings nur ein einziges Mal tun müssen), hätten es all die anderen nicht gesehen.

Natürlich. Der Junge war schon einmal tot gewesen. Mit dreizehn Monaten, an einem Samstag, kurz vor vier Uhr morgens, hörte er einfach auf zu atmen. Seine Eltern schliefen, die Drehlampe mit den bunten Blumen malte ovale Schatten auf die Schlafzimmerwand. Es regnete ein bisschen. Ein Atemzug, ein kurzes Schnappen nach Luft, und Stillstand. Die Augen geschlossen. Seine Mutter hätte ihn als erste gefunden, kurz nach sieben, und sie wäre verrückt geworden bei dem Versuch, das Leben in den kalten kleinen Körper zurückzutreiben.

Aber nichts von alledem geschah. Es war ihr Geschäft. So, wie dicke Damen frischen Blaubeerkuchen riechen, so rochen die Grillenfänger den Tod, insbesondere bei Kindern. Sie kamen nicht zu spät. Taten das, was sie immer taten, wenn das Leben verschwunden war. Ein paar Handgriffe, kleine und große Gesten. Eine Hand, die im Brustkorb des kleinen Jungen verschwand. Daumen und Zeigefinger auf dem Herzen, sanft bewegend, als würden sie Rahm von frischer Milch abschöpfen. Der zweite Grillenfänger an der Seite wachte über das Geschehen. Brachte das Leben zurück, als wäre nichts einfacher, nahm ein kleines Stück Traum mit. Er hatte gehört, dass sie aus einer Stadt kamen, die sie Brooklyn nannten. Oder New York, oder wie auch immer.

Johnny hatte nicht den leisesten Schimmer, weshalb gerade diese Kinder meistens einen Talisman mit sich trugen. Seine ganze Tasche war voll davon. Ungläubig hob er sie an und ließ sie klimpernd auf die Bank zurückfallen. Schüttelte den Kopf. Keine Ahnung. Allerlei war darin zu finden. Murmeln, Holzstücke, Steine, Anhänger, Schnüre und noch viel anderer nutzloser Krempel. Auch die Gabel war jetzt dort. Dabei konnte sich Johnny nicht einmal mehr erinnern, dass er sie vom Boden aufgelesen und in die Tasche gepackt hatte.

Sie sterben, weil sie tot sind, sagte sich Johnny immer wieder. Es fiel ihm nicht sonderlich schwer.

Zitternd zündete er sich die Zigarette an, und vergeudete mehr Zeit damit, die Glut anzustarren, als die Zigarette zu rauchen. Asche fiel auf seine Hose, doch er machte sich nicht die Mühe, sie abzuwischen. Blickte in die Ferne, eine Straße entlang und hoffte, dass seine Reise keine Ewigkeit mehr dauern würde.

Eine Ewigkeit würde er nicht überleben. Johnny würde sterben müssen, und sie würden nichts anderes tun, als sein Herz zu essen.

4

Zweierlei: Die Sehnsucht nach Suzanne wurde so stark, wie kaum zuvor, und mit der Sehnsucht aber auch die Angst um sie. Die Winde der Stadt hatten einen anderen Geruch angenommen. Sie schmeckten nach Verderben.

Leibrands Wohnung, im Grunde kaum mehr als ein großes verwinkeltes Zimmer, verengte sich. Schmutzige Wäsche lag herum, die Aschenbecher übervoll, Zeitungen und Bücher, die er entweder gefunden oder geschenkt bekommen hatte. Wenige Bücher hatte sich Leibrand ganz zu Anfang seiner Zeit hier in München sogar gekauft. John Steinbecks *Von Mäusen und Menschen*, J. D. Salingers *Der Fänger im Roggen*, Friedrich Anis »Tabor Süden«-Romane vom Verschwinden. Geschichten von Schattengestalten und Verlorenen, von Suchenden und Niemehrgefundenen. Randnotizen an alle Ecken und Kanten gekritzelt.

Überall Farbstreifen, stumpf gewordene Pinsel. Amerika-Plakate wie Traum-Episoden. Großstadtblues und weites Land vermengt, Sternennächte und Wintertage. Leibrand malte sehr gerne Schnee, der aus großen Wolken rieselte.

Die meiste Zeit fühlte sich Leibrand wohl, wenn er alleine war. Wenn er still sein konnte. Die Blicke an einen festen Punkt, ohne Zerstreuung, alles auf einem Weg.

Die Fenster in seinen Häusern der Bilder waren immer leer, manches Mal dunkel, manches Mal hell erleuchtet. Es fiel Leibrand kaum auf, dass sich dies veränderte. Erst, als es fast zu spät war, sah er es.

Der fremde Mann. Stand da einfach.

Blickte heraus.

Leibrand lief ein Schauer über den Rücken. Obwohl er seinen Namen nicht kannte, kannte er dennoch diesen Mann. Damals lag er tot mitten auf dem Jahrmarktsplatz. Die Augen offen, die Arme von sich gestreckt. Sie hatten ihn begraben, und er war auferstanden.

Plötzlich drehte sich die ganze Welt. Jeder Atemzug gefüllt mit Glut. Denn obwohl Leibrand fest davon überzeugt war, dass Suzanne keine seiner Karten erhalten hatte, hatte sich der fremde Mann auf den Weg zu ihr gemacht. Wenngleich Suzanne ihre Geschichten mit einem Kuss tief in Leibrand versteckt hatte, war sie immer noch der Häuptling des verlorenen Brooklyns. Natürlich. Sie würde es vermutlich bis zu ihrem Tod sein, auch wenn sie es kaum noch spürte. Leibrand selbst vermisste diese Stadt. Vermisste die engen Straßen und die weiten Wege, vermisste jede Serie von Träumen davon.

Scheinbar, und das wurde mit jeder neuen Leinwand klarer, hatte Suzanne doch eine seiner Postkarten erhalten, getragen vom Wind und dem späten Schnee. Vielleicht, und darüber dachte Leibrand lange nach, hatte sich Suzanne einfach nicht an ihn erinnern können, nicht einmal, als sie die Karte gefunden hatte. Wer konnte das schon wissen?

In den Träumen aber war alles anders, alles hatte seine Richtigkeit. Ihr Herz war in Gefahr, und mit ihrem Herz natürlich auch ihr Brooklyn. Leibrand erinnerte sich an Berender und an das, was er über die Herzen erzählt hatte. Ein gutes, helles Brooklyn konnte sicherlich sehr schnell zu einem dunklen schrecklichen Ort werden. Dort, wo alle Seelen gefressen werden.

Obwohl Leibrand nicht wusste, was aus Suzanne geworden sein mochte, wo sie lebte, was sie tat, wen sie liebte, wusste er dennoch, dass er sie retten musste. An manchen Tagen glaubte er zu spüren, dass sie hier war, hier in dieser Stadt. Asphaltflecken, die sie berührt, Bäume, die sie gesehen, Himmelsfetzen, zu denen sie aufgesehen hatte, genau wie er selbst. Aber dann auch Tage, an denen Leibrand einen Geist suchte, der mit allen Winden verstreut in jedem Mauseloch der Welt verschwand.

Doch wie immer sie auch sein mochte, eines wusste Leibrand ganz genau. Einzig Brenners Revolver konnte sie noch retten.

5

Suzanne war fünf Jahre alt, als damals ihr Leben ein Ende fand. Sie rannte zwischen Kinderzimmer und Wohnzimmer hin und her. Es war kurz nach Mittag, ihr Vater noch bei der Arbeit, ihre Mutter lag mit einer Grippe im Bett. Manchmal hörte sie ihre Mutter niesen und husten. Die meiste Zeit schlief sie, von Zeit zu Zeit stand sie auf und quälte sich auf den Flur, um nach Suzanne zu sehen. Gott sei Dank war sie ein braves Mädchen. Die Wohnung war unaufgeräumt, an sämtlichen Ecken standen kleine Schüsseln, Essensreste, Flaschen. Berge von Geschirr auf der Spüle, die bei jedem Vorbeitrampeln von Ost nach West wackelten. Der Fernsehapparat im kleinen Wohnzimmer lief ohne Ton, ein »Jerry Lewis«-Film in der Wiederholung auf ORF1.

Bei ihren Expeditionen nach Afrika machte Suzanne immer wieder einen Abstecher zu ihrer Mama, küsste sie auf die Stirn, strich ihr das ungewaschene Haar aus der Stirn. Auf dem

Nachtkästchen stand eine Schüssel trockener Cornflakes; sie aß davon.

Verwaschen waren die Erinnerungen daran, das sicherlich. Als würde man später einen alten Film anschauen, von dem man glaubt, ihn schon einmal gesehen zu haben – aber ganz sicher ist man doch nicht. An ihre Mutter, im Bett liegend, konnte sich Suzanne gut erinnern. Was jedoch dann geschah, versteckte sich hinter Milchglas. Vermutlich lag es am eigenen Fieber, dass es ihre Mutter nicht bemerken konnte. Als ihr Vater vor sechs Uhr morgens zur Arbeit gefahren war, hatten zudem beide noch geschlafen. Also hatte auch ihr Vater das Fieber bei Suzanne nicht bemerkt. Nach Mittag stieg Suzannes Fieber jedoch auf über vierzig Grad. Ab und zu musste das kleine Mädchen niesen, aber das war auch schon alles. Längst war sie in Afrika, suchte in den Steppen nach Wasser. Löwen und Tiger kreisten das Mädchen ein.

Ihre Mutter hatte einige Medikamente eingenommen, sie schlief tief und traumlos, als Suzanne kurz nach oben blickte, als würde sie mitten in den Himmel sehen können, die Augen verdrehte, einen kurzen, tiefen Brummlaut ausstieß, zu Boden fiel und einen Fieberkrampf erlitt. Die Bewegungen hastig und unkontrolliert; ihr Kopf schlug mehrmals auf den Parkettboden, klopfte. Der kleine Mund einen Spalt weit offen, Speichelfäden an ihren Wangen, auf ihrem Hals. Arme und Beine zappelten unkontrolliert; sie nässte ein. Alles glühte an dem Mädchen mit den feuerroten Haaren, und letztendlich verbrannte sie. Die Extremitäten schlaff, der Mund offen, ebenso wie die Augen, stieß sie den letzten Atemzug aus.

Die Löwen und Tiger in Afrika waren verschwunden. Die Sonne stand gleißend am strahlend blauen Himmel.

Es waren keine Engel, jedenfalls sahen sie keineswegs so aus. Dünne, bleiche Mädchen, die die Köpfe hoben, über ihre Lippen strichen mit zitternden Fingern.

»Sie hat alle Bücher in sich«, flüsterte eines davon.

»Ja«, sagte das andere Mädchen, das ihr Herz zurückbrachte.

»Sie wird bald in Brooklyn sein können.«

»Sie ist Brooklyn.«

»Ja.«

»Sie *ist* Amerika.«

Suzanne träumte nicht mehr von Afrika. Ihre Schritte pochten leise auf den Straßen von Brooklyn, einen Katzensprung entfernt von New York City. Sie sah wundervolle und prächtige Vögel am Himmel. Menschen, denen sie begegnete, grüßten sie liebevoll. Berührten sie.

Sie spürte in sich eine erwachsene Frau, spürte ihre Haare im warmen Wind flattern wie kleine Gebetsfahnen. Als hätte sie sich nur umdrehen müssen, um alles sehen zu können, was schon immer da gewesen war. Jazz-Musik aus den Bars ohne Türen, alte Männer, die Münzen in einen Abfluss warfen und dabei kicherten.

»Suzanne? Suzie?« Da war plötzlich ihre Mutter, die auf sie hinunterblickte. Sie trug ihren Lieblingsbademantel, ein altes, rosafarbiges Ding. Ihre Augen weit aufgerissen und ängstlich gefärbt. Für den Bruchteil einer Sekunde hatte sie gedacht, ihr kleines Mädchen wäre tot. Hilflos lag sie dort auf dem Boden, aus ihrem Mundwinkel lief Spucke. Unter ihr ein dunkler Fleck Urin, das meiste hatte die Hose aufgesogen. Bleich. Sie musste sich getäuscht haben, aber kurz glaubte sie, nichts mehr an Leben bei dem Mädchen gesehen zu haben. Gebete schossen durch ihren fiebrigen Leib.

Aber das Mädchen fing an zu schluchzen, hustete und erbrach sich, nachdem sie sich zur Seite gedreht hatte.

Brooklyn – aber das wusste natürlich zu dieser Zeit niemand – hatte seine Königin gefunden.

6

Johnny hatte natürlich von den Glühbirnen gehört. Vielleicht hatte er auch nur von ihnen geträumt. Traum und Wirklichkeit waren in seinem Leben von einem Mangler zu etwas gemacht worden, das sich nicht mehr unterscheiden ließ. Scheiß drauf, er wusste ja oft mal nicht einmal, wer er selbst war, und zu was er geworden war. Nur so viel glaubte Johnny zu wissen: Es gab dieses Licht, und es gab jenes Licht. Verfluchte Scheiße, er war schließlich kein Nobelpreisträger. *Dieses Licht, jenes Licht.* Wenn man den Lichtschalter anknipste, gab es Licht – das war jedenfalls seine Meinung. Aber in seinen Träumen war alles anders. In seinen Träumen waren ja auch diese verdammten Grillen, überall auf seinem Körper. Bösartige kleine Biester, die sich in seine Haut fraßen. Mit sieben Jahren hatte er in Onkel Martins Garten (einem Urwald von einem Garten, mit einem tiefen Teich und seltsamen Gräsern, an denen man sich schneiden konnte, wenn man sich ein bisschen dumm anstellte) einen Apfel von einem Baum gepflückt und an seiner kurzen Hose abgewischt, wie es ihm sein Onkel gezeigt hatte, um den Apfel zum Glänzen zu bringen. Es mussten vier, fünf Wespen gewesen sein, die in die Hand des Jungen stachen. Es fühlte sich aber an, als wären es fünfhundert. Ein unglaubliches Brennen jagte durch seinen Arm, durch seinen ganzen Körper. Der Junge glaubte, diese Schmerzen wären wirklich schlimm gewesen. Doch die Grillen fühlten sich nicht an wie Wespen, sie fühlten sich an wie tollwütige Hunde. Er konnte hören, wie sie Stücke seiner Haut abzogen, wie sie sich in sein Fleisch bohrten und in ihm verschwanden. Ihr Schmatzen klang wie ein langer, feuchter Kuss.

In diesen Träumen war das Licht eigenartig. Ein dunkles Licht, so verrückt es auch klingen mochte. Schmerzvoll, wenn man es lange ansah, und bei zugedrückten Augen grässliche Visionen beherbergend. Schwanger von Alpträumen. Niemals gebärend, höchstens erbrechend – eine Vorahnung von dem, was wirklich hinter dem Licht in einer unendlich tiefen Gruft begraben liegt. Lebendig begraben, und verflucht hungrig. Die Stimmen in seinen Träumen flüsterten von dem Licht, fluchten manches Mal auch lauthals. Er selbst hilflos und starr von den Grillen begraben, Gesprächsfetzen um ihn herum, die das Schmatzen durchdrangen. Oftmals fremde, eigenartige Sprachen, vor denen er sich fürchtete, weil er sie noch nie in seinem Leben gehört hatte.

Das Licht des Todes.

Alptraum-Licht.

Kinderalptraum-Licht.

Leichenhallen-Licht.

Kinderleichenhallen-Licht.

Glüh

birnen aus den

Kühlregalen, Gefrier...

Kühl.

Glühbirnen aus den Leichenhallen, Kinderleichen auf den alten Holztischen.

Sie drehen die Glühbirnen aus den Fassungen. Die Gesichter, die um Mitternacht durch das Fenster starren, schneeweiß, rote Augen – der Mund so weit offen, dass man den Nachthimmel darin sehen könnte, wenn nicht alles voll wäre mit den Glasscherben, und wenn die Glasscherben nicht voll mit Blut und Hautfetzen wären. O Gott, er musste sein Herz wieder finden. Johnny. Er musste es haben. Verloren war er. Verloren für immer und ewig. Er würde seine Tasche mit den Glücksbringern einfach gegen sein Herz tauschen, und er würde es fühlen, und vielleicht würde er nur noch einige Momente leben - aber er würde leben. Er hatte den Tod gebracht, weil er geglaubt hatte, dass alles besser werden würde. Nichts war besser geworden, sondern alles nur viel schlimmer und scheußlicher.

Weiß Gott ,wie sie es machten. Als wären die Glühbirnen eine Polaroidkamera der Seele. Als würden sich sämtliche Schmerzen des Augenblicks darin verfangen wie dumme kleine Insekten.

Johnny legte sich zur Seite. Er hatte kaum geschlafen.

7

Leibrand hatte ein, zwei Mal Brenners Revolver gesehen. Die meiste Zeit trug er ihn ungeladen in einer Jackentasche, die Patronen klackernd in der anderen. Benutzt hatte er ihn wohl nie; Brenner war niemand, der etwas davon hielt. Soweit sich Leibrand erinnern konnte, hatte Brenner den Revolver vor langer Zeit gefunden, irgendwo versteckt zwischen Mülltonnen und Abfallkartons.

Bevor er starb, und daran erinnerte sich Leibrand noch gut, hatte ihn Brenner in München vergraben. Nie hatte er ihn danach gefragt, denn Leibrand war erleichtert, dass dieses Ding endlich verschwunden war. Jetzt aber, als sich alle Dinge geändert hatten, spürte er, dass er ihn brauchen würde, unbedingt.

Doch die Stadt war groß, unendlich, und Brenners Wege verworren. Und so wurde diese Zeit zu Leibrands letztem Herbst, die Tage trüb und verhangen. Nach Allerheiligen würde alles verloren sein, die Gespenster aus den Gräbern kommen. Ihn suchen und finden, sicherlich.

So kam es, dass Leibrand umherirrte, auf der Suche nach Brenners Vermächtnis. Unendlich groß war die Angst um Suzanne, sodass er Rasenstücke umgrub und in Bachläufen suchte. Mit den Fröschen sprach und den Raben zuhörte, die vielerlei zu berichten wussten. Den Mondschlieren folgte, dem Sternenstaub folgte; so arbeitete Leibrand Tag und Nacht. Grub mit einer geliehenen Schaufel oder mit seinen Händen, grub sich fast bis zur Mitte der Welt.

Leibrand grub in Vorgärten und in den Ausläufern der Stadt, fand Knochen der Vergangenheit, tief vergraben bunte Flaschen, in denen Geschichten verborgen schliefen. Es ist wohl so, dass man manches Mal im Leben tatsächlich graben muss, um sich wieder an Dinge erinnern zu können.

Nach und nach fand er Albert Sterners Flaschen an vielen Orten in München, die meisten in jenem Park, der Brenners Park gewesen war. Wirklich gut hatte er Sterner nicht gekannt, dennoch hatte Leibrand eine Geschichte über ihn geschrieben. Vage die Erinnerung, dass er sie bereits als Kind in seinem Schrank erzählt hatte, leise und beschwörend, als könne man mit einer Geschichte die Welt umweben, um sie besser zu machen.

Saß inmitten der Nacht neben frisch aufgeworfenen Erdhügeln und drückte die Flaschen an sein Ohr. Hörte eine alte Stimme, die davon sprach, dass alles, wirklich alles, wie zerbrochenes Glas sein konnte. Kurze Fragmente, manches Mal auch nur Gedichtfetzen, die Leibrand durch die Stadt führten.

Von einem Ort zum anderen, und mit jedem Ort mehr spürte Leibrand, dass es die Liebe noch geben konnte. Inmitten verzweifelter und einsamer Menschen, die hilflos aus den Fenstern schauten und warteten.

So fand Leibrand sie alle wieder in jenem Herbst, der kalt und regnerisch mit den Nächten gekommen war. Alle, von denen er erzählt und geträumt hatte. Aber auch jene, von denen er noch erzählen und träumen sollte.

Dennoch waren es nur die Schatten, das wusste Leibrand. Suzanne war irgendwo, Brenner bei den Engeln.

Und der Revolver?

Versteckt bei den Gespenstern.

8

Die ersten Kerzen glimmten in den Vorgärten, warmes Licht flackerte aus den Fenstern auf die Straße.

Leibrand hatte an den meisten Stellen der Stadt nach dem Revolver gesucht, ihn aber nicht gefunden. Der Fremde kam immer näher, bald schon würde es zu spät sein.

Noch einmal ging Leibrand in jenen Park, in dem Brenner gelebt hatte. In dem er geschlafen und geträumt und auch seine Engel gesehen hatte.

Lieber Gott, lass Suzanne nichts geschehen – seine Gedanken wurden zu Wörtern, die leise aus seinem Mund in die Dunkelheit drangen. Dort und da glänzten im Mondlicht die ausgegrabenen Flaschen. Buntes Glas, leise Stimmen, die mit dem Herbstwind summten. Leibrand hörte sie, doch er verstand sie nicht, zu leise ihre Geschichten.

Es begann abermals zu regnen, und Leibrand dachte an seinen Großvater, weil er ein Wetterleuchten am Horizont sah.

Als sein Großvater starb, war Leibrand fast sieben Jahre alt. Er hatte sein Krebsgeschwür damals in ein leeres Schneckenhaus gelegt und geahnt, dass sein Großvater sterben würde, wenn das Gehäuse zu klein werden würde dafür. Jedenfalls träumte er davon und hielt es für wahr. Dieser Umstand ist wie die Hoffnung – süß und bitter zugleich, wie ein kühler Herbstwind, der alles verspricht, und zweierlei geben kann: den Altweibersommer oder den frühen Wintereinbruch.

Als sie ihn begruben, fand er die Vorstellung, ihn in einem Grab verschwinden zu sehen, ziemlich schrecklich und war froh darüber, alleine zu Hause bleiben zu dürfen. Die Traurigkeit, fand Leibrand, war oft eine sehr eigenwillige Sache. Als sein Hase starb, war er sehr traurig gewesen, und alle hatten ihn getröstet. Seine Mutter weinte sogar ein wenig, aber nur, weil Leibrand weinte. Nach einigen Tagen brachten sie den Hasenstall und das Futter weg, als Leibrand noch schlief. Kein Mensch war mehr traurig, außer Leibrand. Alle taten wieder, was sie immer taten, niemand sprach mehr davon. Er vermutete, dass manchmal die Traurigkeit nur einige Tage anhält und dann weggeht wie Kopfschmerzen. Vielleicht wollte er auch deshalb nicht sehen, wie sein Großvater in dem Sarg verschwand, und mit ihm auch seine Traurigkeit, für alle Zeit.

Sein Großvater hatte in dem Schuppen, in dem er manches Mal Dinge reparierte, einen neuen Hasenstall gebaut.

»Ist kein Hase drin«, stellte Leibrand fest.

»Nein, kein Hase.«

»Hm.«

»Aber vielleicht kommt dein Hase manchmal zu Besuch«, sagte sein Großvater, ohne von der Arbeit aufzusehen. Er sah auch nicht auf, als er ihn extra lange anstarrte.

»Zu Besuch? Er ist tot! Er ist im Himmel.«

»Und?«

»Wir haben ihn begraben, Opa!«

»Und?«

Draußen, und das sollte er im Leben niemals mehr vergessen, pochte ein Specht im nahen Waldstück, und der sich schon zum Ende neigende Sommer war so voller Licht, dass man den Staub in der Luft sehen konnte, wenn man die Augen ein wenig zusammenkniff.

»Ja, vielleicht kommt er manchmal zu Besuch«, flüsterte Leibrand und nickte. Wer konnte das schon so genau wissen?

»Dann müssen wir ihm aber auch was zum Essen geben, oder?« schlug der Junge vor.

»Natürlich.«

»Soll ich Löwenzahn holen?«

»Versuch's mal, vielleicht findest du noch welchen.« Aber Leibrand war schon weg, um nach Löwenzahnblättern zu suchen. Und war sehr glücklich dabei.

Der Großvater hatte ihm die Traurigkeit genommen und sie repariert. Jene Episode des toten Hasen war in seinem Kopf so stark, dass er immer, wenn er traurig war, an die Löwenzahnblätter denken musste, die sie am Abend zusammen in den leeren Stall legten und sich am nächsten Morgen gemeinsam darüber wunderten, dass sie allesamt verschwunden waren. Es war stark, mächtiger als alles andere, was er jemals erlebt hatte, jedenfalls bis Suzanne erschien. Die dunklen Abende, kurz vor dem Schlafengehen, der Geruch von Milchwurz und Heu an seinen Händen. Natürlich hatte der alte Mann sie weggenommen, das hatte Leibrand damals geahnt, wenn auch nicht gewusst, aber schließlich hatte er ihm auch als einziger Mensch den Schmerz genommen. Es gibt Dinge, die man niemals vergisst.

Die Löwenzahnblätter, ich hab sie geholt.

Legen wir sie hinein?

Ja?

Wir werden morgen wieder danach sehen, ja?

Ja.

Leises Donnergrollen. Blitze, die vor dem Mond zuckten. Leibrand fühlte sich müde und schwach. Kalter Wind ließ ihn frieren.

Als ein greller Blitz ganz nahe in die Erde fuhr, fiel Leibrand in die Nacht. Fiel einfach um.

Träumte, während der Regen sich in seinen Handflächen sammelte, während Blitze rings um ihn herum einschlugen und das Donnergrollen seinen Atem überdeckte, kurze und harte Episoden, als wäre er im Fieberwahn.

Träumte von dem dunklen Untergrund, weit entfernt von den Straßen Brooklyns. Dort, wo alles mit Blut an den Wänden geschrieben steht.

Fahrige Zeichnungen von Schmerzen und Leid, von Hoffnungslosigkeit und Trauer. Sein Vater, der aus den Schatten heraus seinen Namen ruft.

»Du wirst wie ich. Du bist ein schlechter Sohn.« Seine Stimme blechern.

»Ich hab dich nie geliebt, ich hab dich immer gehasst.«

»Ich hätte dich ertränken sollen.«

»Ich hätte euch beide ertränken sollen!«

Träumte von der Boogie Street, die es in jeder Stadt und jedem Traum gab. Verworren die Abzweigungen, Sackgassen wohin man auch sah. Nackte, scheußliche Leiber, tote Kinder in Rinnsteinen, die ihn anstarrten.

»Sie ist es nicht wert, hast du das nicht gewusst? Sie hat dich vergessen«, raunte eines der toten Kinder. Aus seinem Mund sah er tote Fliegen fallen. Die anderen toten Kinder echoten:

»Sie ist keine Königin, sie ist eine Schlampe!«

»Amerika brennt bereits, es ist verloren. Sie ist schuld daran. Erlöse sie, erlöse sie, erlöse sie!«

Weit weg das Lachen seines Vaters.

Donnerschall.

Geister, die durch Bäume gingen. Auf den Bäumen saßen und warteten, geflüsterte Worte, die zu Windhauch wurden. Ein Mann, den Leibrand nicht kannte.

»Sie darf nicht sterben.« Seine Stimme klang leise und ernst.

Große Rabenvögel schwärzten den Himmel ein.

Leibrand nickte.

»Versprich mir, dass du alles tun wirst, um sie zu beschützen!«

»Ich liebe sie.«

»Ja.«

»Liebt sie mich?«

»Das wirst du herausfinden.«

Der Fremde war groß und dürr, sein Gesicht weich und hart zugleich. Leibrand versprach es, während die Geister seiner Träume über seine Haut strichen und ihn ängstigten. Umfasste die Hand des Fremden, spürte einen Gegenstand den Besitzer wechseln, gerade so wie damals ein Herz das andere, und gefangen in seinen dunklen, fast schon schwarzen Augen, sah Leibrand seinen eigenen Tod.

Er wachte auf. Sah den pechschwarzen Gewitterhimmel und den von Wolken bedeckten Mond. Noch nie in seinem Leben hatte er derart gefroren, für einige Zeit konnte er sich kaum bewegen. Das Gewitter war erneut zu einem Wetterleuchten geworden.

Neben sich fand Leibrand Hunderte von großen und kleinen Schneckenhäusern wie jene, die er damals für seinen Großvater gesucht hatte. Einige davon sehr alt und gebrochen. Er öffnete seine Hand und sah eine zerkratzte und verbeulte Patronenhülse. Ein Talisman, dachte sich Leibrand. Brenner hatte davon erzählt, von jener Zeit, als er noch mit Bette Midler tanzte, auf der Suche nach seinem Mädchen. Und geradeso als hätte Brenner Leibrands Gedanken gehört, spürte er ihn ganz in der Nähe.

Leibrand wusste plötzlich, dass er den Revolver gefunden hatte.

9

Wenige Halloween-Kürbisse standen auf den Veranden, in den Fenstern oder an den Straßenecken. Einige Grablichter, rot geränderte Lichtstreifen, bemalten den Herbstabend, als Johnny in die Stadt kam. Ende Oktober, morgen der stille Allerheiligen-Tag mit den Toten und den Vergessenen auf den Friedhöfen.

Fledermäuse durchstoben die Dämmerung, er konnte sie alle spüren. Die Wolfsmenschen und Vampire, die Wiedergänger und Geister hockten auf den Ästen der größten Bäume und warteten. Johnny hatte einige von ihnen gesehen. In ihren Augen jenes dunkle Licht, von dem er geträumt hatte; Leichenhallenlicht.

Flackernd die Straßenlaternen, an denen Johnny vorüber zog. Niemand würde sich an ihn erinnern können, das wusste er. Nur ein Schatten, von dem man sprach, wenn die Nacht kam.

Endlich würde er ihr Herz finden, endlich damit alles wenden können. Fasste in seine Jackentasche und fand die sternenblaue Postkarte. Damals war sie ihnen entwischt, sogar für lange Zeit. Dieses Mädchen, das so viel von Geschichten wusste. Dieses Mädchen mit den feuerroten Haaren und dem Mut einer Löwin. Verschwunden war sie zwischen den Ritzen des Lebens. Weiß Gott, wie sie es gemacht hatte, aber jetzt – jetzt konnte er sie beinahe riechen.

Ihre Träume hatten sich verändert, ihre Träume waren wie Honig geworden, an denen er sich laben konnte. Einige Ratten überquerten nach Johnny die Straße, tunkten die Schnauzen in schmutzige Pfützen. Er wusste viel von ihr, hatte in den letzten Tagen tief in ihre Seele geblickt. Von einem Mann träumte sie, von einem Mann, den sie eigentlich nicht kannte. Aber dennoch besser kannte als jeden anderen Menschen auf der Welt. Verworrene, verwinkelte Träume von einer verlorenen Zeit. So recht wusste sie nicht, was das alles zu bedeuten hatte.

Einige Glühbirnen brannten aus, als Johnny die Straßen wechselte. Dunkle Fenster. Er zerknüllte die Postkarte in seiner groben Hand. Auf dem Weg zur Arbeit hatte sie eine davon gefunden, Johnny konnte sich noch genau daran erinnern. Als wäre er neben ihr gestanden, ganz nahe. Sie hatte sich gebückt und die Karte zu sich genommen.

Brooklyn, stand darauf geschrieben. Einen Augenblick wurde ihr schwindlig, und als sie die Augen schloss, war ihr, als könnte sie etwas sehen. Zum Greifen nahe, all die Bilder und die Erinnerungen; aber sie blieben dennoch nur verblassende, unscharfe Konturen, die sie wieder verließen. Das Papier in ihren Händen fühlte sich gut an, sehr gut sogar. Es fühlte sich richtig an. Dunkelblau, ein Wort darauf geschrieben, das sich so selbstverständlich anhörte wie ihr eigener Name, als sie es bedächtig aussprach: Brooklyn. In ihrem ganzen Leben war sie noch nie in Brooklyn gewesen, aber manches Mal stellte sie sich vor, dort zu leben. Eine kleine verwinkelte Wohnung mit Krimskrams auf der Fensterbank. Eine Art Sehnsucht, die Suzanne jedoch nicht näher beschreiben konnte. Sie steckte die geheimnisvolle Karte ein, um sie zu Hause an den Kühlschrank zu kleben. Ein blaues Fenster in eine blaue Sternenwelt, ja, das gefiel ihr sehr gut.

Leibrands Karte war immer noch das Fenster, durch das Suzanne gerne sah, auch in diesem Herbst, vor allem, wenn sie traurig war. Wenn die Tage lang, beinahe unendlich waren. Auch wenn sie sich nicht mehr daran erinnern konnte, träumte sie seitdem von Leibrand, starke Serien von vermissten Tagen. Der Jahrmarkt, die Musik vom Autoscooter und der erste Kuss. Johnny wusste davon, Johnny konnte sie alle sehen, wenn er die Augen schloss. Jede Erinnerung brachte ihn näher an sie heran. Ihr Herz pochte. Er würde es ihr nehmen, damit verschwinden. Johnny wusste, dass es den Teufel gab. Natürlich gab es ihn, so, wie es ihn selbst auch gab.

Er blickte auf die schief grinsenden Halloween-Kürbisse; es war beinahe Mitternacht. Kerzen flackerten wie Totenlichter auf den Friedhöfen, das war gut. Er spürte diese Frau, spürte sie in jedem einzelnen Knochen. Spürte ihren Schlaf, der gerade kam, und mit dem Schlaf die Bilder. Die Träume.

In Brooklyn
(Suzannes Träume von Leibrand)

Ihre langen, feuerroten Haare offen, über ihren Rücken fallend. Ja, sie trug ihre Haare gern offen. So, wie sie es als Kind getan hatte. An ihrer Seite Leibrand, der manches Mal, bei manchem Schritt, ihre Hand streifte, unabsichtlich wie es schien. Sie umfasste, festhielt. Nichts hätte richtiger sein können, als diesen Mann an ihrer Seite zu haben, zu spüren. Er roch ihre Haut, ihr Parfüm, das er so liebte.

Die Straßen waren eng und schmal. Hier waren sie zu Hause. Keine andere Stadt hätte es sein können. Die Wohnung klein und verwinkelt. Überall Amerika-Plakate, überall Postkarten von Menschen, die sie liebten. Das Leben unendlich, und die Gespenster zugewandt und gütig. Das Leben war hier einfach und großzügig. An den Sommertagen saßen sie auf dem kleinen Balkon zur Straße hinaus und warteten auf die Abende voller Grillenmusik, warteten auf die Sternschnuppen und Kometenstreifen. Fremde, die an ihre Tür klopften, alleine nur, um Geschichten zu erzählen. Geschichten, die noch nicht geschrieben worden waren. Sie alle kamen – Paul Auster hatte seine Schreibmaschine in das Wohnzimmer gestellt, und schrieb dort für die nächsten Jahre seine Geschichten. Friedrich Ani erzählte von Tabor Süden und trank Rotwein im Stehen, er lachte viel, während sie selbst in der Küche kochte und Leibrand neckte. Ludwig Hirsch kam vorbei und traf sich mit Bob Dylan, sie schrieben Gedichte auf Zeitungspapier. Gespenster und Geister, Suchende und Verlorene. Manuskriptseiten auf dem Boden, Wünsche an die Zimmerdecke gemalt.

Blickten nach draußen, Sonnenstrahlen und Schneeverwehungen, alles zusammen. Leibrand, der sie küsste, unendlich lang. Leibrand, der sie ansah, als würde er sie ein Leben lang ansehen wollen. Brooklyn-Blues und Brooklyn-Jazz, alles das war möglich, weil sie sich liebten. Und diese Liebe klarer war als alles andere im Leben.

Suzanne lächelte im Schlaf.

Johnny sah es.

Er war unbemerkt durch die Schatten der Nacht in ihre Wohnung geschlüpft, das Flurlicht flammte auf und brannte schließlich durch. Das bleiche Mondlicht durch das Schlafzimmerfenster bemalte ihr Gesicht. Johnny hatte selten eine so schöne Frau gesehen. Ihre Haare Feuerschlangen, die nach ihm gierten. Ein Leichtes wäre es gewesen, sie zu töten, wie all die anderen. Sie lag auf dem Rücken, die Arme ausgestreckt neben sich. Alles, was sie trug, war ein altes T-Shirt und ein schwarzer Slip. Draußen konnte man das späte Trambahnzischen von München hören. Der Herbstwind klopfte kaum hörbar an die Fensterscheiben.

Johnny bückte sich schließlich nieder, um sie zu küssen.

10

Leibrand malte wie von Sinnen. Seine Hände waren ohne jede Kontrolle, grobe Farbstriche auf blauen Untergrund, einige Pinsel brachen entzwei. Aus seinem Großvater wurde Berender, aus Berender der sterbende Brenner, aus Brenner er selbst. Übertünchte Gesichter hinter Fenstern. Hell aufflammend alle Glühbirnen in seiner Wohnung, elektrisches Summen.

Die Mitternachtsglocken färbten die Allerheiligen-Nacht. Die Glühbirnen in der Kochnische explodierten, winzige Glassplitter verteilten sich auf dem Fußboden.

Zitternd übermalte er sich selbst mit einem groben Strich und gebar Suzanne, die erwachsene Suzanne. Feuerrote Haare, Schlangen in die Nacht hinein.

Sie schlief.

(Versprich es mir!)

Da war jemand.

(Du wirst sie beschützen!)

Neben ihr ein Ungeheuer, das nach ihr gierte. Dunkle Wassertropfen benetzten das Parkett. Leibrand weinte. Sie würde sterben müssen, das spürte er. Ihr Tod war nahe. Leibrand schrie ihren Namen.

11

Johnny berührte sie mit seinen trockenen Lippen, roch ihren Atem. Roch Zuckerwatte und gebrannte Mandeln, roch ihre Haut, ihren Schlaf. Sah einen winzigen Augenblick das wahre Brooklyn und spürte all die Geschichten wie helle Flügelschläge hinter seinen Augen. Erkannte den Mann, den sie liebte, und doch vergessen hatte. Beinahe hätte er seinen Namen geflüstert, stattdessen verschluckte er ihn lächelnd.

Doch ehe er Suzannes Mund mit den Lippen verschließen konnte, spürte er einen grellen Schmerz, noch bevor er den Knall hörte. Eine blau bemalte Kugel durchschlug sein rechtes Auge.

12

Leibrand stand zitternd und weinend vor der Leinwand. In seiner rechten Hand hielt er Brenners Revolver. Ein wenig Rauch stieg aus dem Lauf empor. Ein großes Loch klaffte inmitten des Bildes.

Das Ungeheuer war verschwunden.

13

Suzanne wachte auf, da sie glaubte, etwas gehört zu haben. Einen kurzen Moment glaubte sie sogar, etwas riechen zu können, aber da war es auch schon wieder verschwunden. Sie blickte um sich, sah auf die Uhr und zum Fenster. Der Herbstwind hatte es ein wenig aufgedrückt, einige Regentropfen benässten das Fensterbrett. Der Traum verblich, je wacher sie wurde. Sie setzte sich im Bett auf, zog die Knie an und blickte in die angrenzende Küche. Das Geschirr vom Abendessen stand noch auf dem Tisch. Halb ausgetrunken die Weinflasche. Die blaue Postkarte, die sie vor einiger Zeit gefunden hatte, hing nach wie vor am Kühlschrank.

Sie lächelte, verkroch sich wieder unter der Decke, schlief kaum eine Minute später wieder ein und träumte von Brooklyn.

Kapitel 8

Leibrand und die verschlossenen Türen (Boogie Street, New York City, blau)

Werewolfs of London
– Warron Zevon

1

Mitte November, der Herbst trübe und verhangen, der Himmel da draußen ein unscharfes Gebilde voller schlafender Gesichter in den Wolken. Leibrand stand inmitten des breiten Flures, in dem es nach Bohnerwachs, Urin und Medikamenten roch. Wenn er lange genug zu Boden sah, konnte er sich selbst im hellgrünen Linoleum sehen - einen Mann, wackelig, bekleidet mit Schlafanzug und gestreiftem Morgenmantel – sie hatten ihm die Kleidungsstücke auf das Bett gelegt, jetzt hingen sie an ihm, viel zu groß. Seit zwei Tagen stand er hier auf dem Flur, ein Schritt zurück, ein Schritt nach vorne, manchmal auch zur Seite.

Er war wieder von Stühlen gefallen, in einem kleinen Straßen-Café, der Revolver aus seiner Jackentasche gerutscht. Eigentlich wollte er an diesem Tag noch zum Ostfriedhof gehen, um den Revolver bei Brenner zu vergraben. Die Patronenhülse, blau gefärbt mit Wasserfarben, war verschwunden, das Loch im Bild wie eine Narbe verblieben.

Obwohl er sie so sehr gebeten hatte, ihn nach Hause gehen zu lassen, brachten sie ihn hierher. Schoben ihn durch das große schreckliche Maul, dieses Maul ohne Zähne, hinein in die älteste Psychiatrie, die es in München gab. Graue, hohe Wände mit aufgemalten Fenstern. Überall fingerdicke Eisenstäbe, damit ja nur keiner davonfliegen konnte. Zimmer, groß wie Bahnhöfe, in denen sie alle warteten, ohne jemals ein Billet kaufen zu können. Wie es aussah, warteten einige von ihnen schon sehr, sehr lange Zeit, die Schritte winzig geworden, kaum noch Augenniederschläge.

Im ganzen Leben war Leibrand noch nie in einem Krankenhaus gewesen, und schon gar nicht in einer Nervenheilanstalt. Immer schon hatte er ziemliche Angst vor diesen Häusern gehabt, schlafende Stein-Ungeheuer mit großen Augen, in ihren Adern Formaldehyd.

»Mit meinen Nerven ist aber alles in Ordnung«, sagte Leibrand gleich, als sie ihn nach seinem Namen und seiner Adresse fragten, die Hände in den Jackentaschen, zitternd die Zigarettenschachtel und die Streichhölzer umfassend.

»Ja, das hören wir immer. Wir sind alle völlig normal, wussten sie das nicht?« sagten zwei Krankenschwestern gleichzeitig und lachten. Dann wurde ihre Stimme streng im kalten Licht der Neonröhren über ihren Köpfen.

Ein Mann, der nicht unweit von ihnen an der Wand lehnte mit wächsernem Gesicht, lachte leise mit. Dann weinte er wieder ein wenig.

2

Leibrand begegnete Harvey bereits in der ersten Nacht. Plötzlich stand er in seinem Zimmer, kurz vor elf Uhr, während ein Herbststurm die Kastanienbäume im Innenhof schüttelte. Laub flog durch die Nacht wie tote Schmetterlinge.

»Oh«, sagte er. Blickte um sich. Unter seinem Bademantel trug er einen schlecht sitzenden und abgetragenen Anzug. Mit einem Paar abgenutzter Lackschuhe in der rechten Hand sah er aus, als wäre er einfach nur zu spät nach Hause gekommen, ganz behutsam, damit er keinen wecken würde. Seine grauen Haare hatte er mit Pomade nach hinten gekämmt. Seine falschen Zähne saßen schlecht und klapperten beim Reden.

»Kann ich helfen?« Leibrand hatte schon ein wenig gedöst, setzte sich jetzt aber an den Bettrand. So richtig schlafen konnte er hier sowieso nicht. Beide hörten die alte Uhr ticken, die im Flur wie ein großes, scheußliches Auge über alle wachte.

»Frenny ist nicht hier, nicht hier, nicht hier, oder?« Seine Stimme war leise, seine Augen unruhige braune Punkte.

Leibrand sah sich um, sagte dann: »Nein, hab sie nicht gesehen.«

»Oh.«

»Sollte sie hier sein?«

»Sie wird sich verspätet haben. Ja. Vielleicht den Zug versäumt. Ja.«

»Ja, das kann sein. Kann passieren.«

»Vielleicht hat sie auch den Zug versäumt. Ja.«

Leibrand nickte.

»Sie ist nicht hier?«

»Nein, nicht hier. Nur ich.«

»Sie hat sich auch nicht versteckt, oder?«

»Nein, nicht versteckt.«

»Sicher?«

»Sicher.«

»Dann wird sie wahrscheinlich den Zug versäumt haben. Ja.«

Leibrand nickte. Harvey nickte, zwinkerte, schob sein Gebiss im Mund hin und her und verschwand nach draußen.

Das war die Station – jedenfalls stand das an der großen Doppeltür – für »Depressive Störungen«. Eine offene Station, die man auch verlassen konnte, ohne gleich im ganzen Haus gesucht zu werden. Sogar in den Garten durfte man gehen, natürlich nur tagsüber. Das Schreckgespenst für jeden hier war aber die Station Vier, an deren solider Glastür zu lesen stand:

Geschlossene Station, Männer und Frauen.

Dazwischen eine Schleuse, in der die Leute aussahen wie Insekten in einem Einmachglas. Klopften und gestikulierten, wenn doch mal einer durch die erste Tür schlüpfte. Dort waren die hoffnungslosen Fälle, wie Leibrand hörte. Benimm dich anständig, sonst kommst du auf die Vier, hieß es. Da fressen sie einem die Seele, hieß es. Mit Elektroschocks und Spritzen, alles gleichzeitig. Schneiden dein Gehirn heraus, damit du besser schlafen kannst.

Harvey war schon einige Male auf die geschlossene Station gekommen. Insgesamt hatte er an die zwei Jahre dort verbracht. Sieben Selbstmordversuche standen mit krakeliger Schrift in seinen Akten verzeichnet. Immer wieder hatte er versucht, sich umzubringen, ein paar Mal mit seinem Bademantelgürtel, einige Male mit einer Plastiktüte, die er über das Gesicht zog, weil er Frenny einfach nicht finden konnte. Aber auf der Geschlossenen gab es kein Sterben. Ihre Augen waren überall, die Schritte niemals still stehend. Wachzimmer an jeder Ecke, Wachzimmer aus Glas. Die Toiletten ohne Schlüssel, immer einen Spalt weit geöffnet. Es gab Leute, die sogar versucht hatten, sich in der Toilettenschüssel zu ertränken.

Bereits wenige Stunden, nachdem Leibrand eingeliefert worden war, hatte ihn ein Arzt untersucht. Seinen Kopf hin und her gedreht, in seine Pupillen geleuchtet mit einer kleinen Taschenlampe.

»Sie wollen sich umbringen, nicht wahr?« Seine Stimme klang mild und müde.

»Nein, ich hänge sehr am Leben.«

»So, so. Und das …« Der Arzt, vielleicht vierzig Jahre alt, suchte in seinen Unterlagen. Um seinen Hals hing ein schwarzes Stethoskop, die Taschen seines weißen Mantels beulten sich unglaublich aus.

»Und das Herunterfallen? Sie fallen oft irgendwo herunter, nicht wahr? Das sagen jedenfalls einige Leute.«

»Kann man sterben, wenn man von einem Stuhl fällt? Ich weiß nicht.«

»Warum fallen Sie von Stühlen?«

»Ich weiß nicht. Es passiert einfach.«

»Sie wissen es nicht?«

»Nein.«

»Und ist es nicht so, dass Sie sich erschießen wollten? Sie hatten einen Revolver bei sich, als Sie zu uns kamen.«

»Er war nicht geladen.«

»Wollten Sie jemanden anderen erschießen?«

»Wen sollte ich denn erschießen? Ich habe Angst vor Waffen, wissen Sie.«

»Was wollten Sie dann mit dem Revolver?«

»Ich wollte ihn zurückbringen.«

»Wohin?«

»Zum Ostfriedhof.«

»Zum Ostfriedhof?«

»Ja, natürlich.«

»Ah, ja, natürlich«, murmelte der Arzt und lächelte freundlich. Ganz schnell kritzelte er etwas in seine Unterlagen.

Danach musste Leibrand zweimal am Tag einige Medikamente schlucken. Eines davon, Cipramil oder so, machte ihn ziemlich fahrig, und das andere, Tavor, machte ihn ziemlich benommen. Geradeso als, würde er schlafwandelnd über den Boden gleiten, sämtliche Stimmen dumpf und von weit weg hören. Er lehnte an den Wänden und nickte kurz ein, träumte merkwürdige Träume ohne Farbe, ohne Ton. Sah verzerrte Grimassen, weit aufgerissene Augen, Münder, die sich nur öffneten, aber nicht sprachen. Meterlange Zungen, die über den Boden glitten, Augäpfel, die aus den Höhlen fielen und zerplatzten. Überall Pfützen. An Suzanne zu denken, wurde schwer, kaum noch möglich; seine Gedanken waren unstetig und auf der Flucht.

Soviel stand fest: Er musste so schnell wie möglich von hier verschwinden, bevor er verrückt wurde.

Der erste Schnee kam noch vor Mitternacht.

3

Die Nachtschwester döste die meiste Zeit in ihrem kleinen Zimmer am Ende des Flures. Von Zeit zu Zeit schaute sie durch die Räume, der weiße Kittel an ihren Oberschenkeln reibend. Im Gegensatz zu den Leuten, die hier eingewiesen worden waren, sprach sie die meiste Zeit mit sich selbst.

»Sie hat ’ne Meise, ist aber harmlos«, flüsterte jemand Leibrand zu.

Tatsächlich waren alle hier viel zu antriebsschwach, um Ärger zu machen. Ganz im Gegensatz zu den Patienten der Geschlossenen, beinahe jede Nacht konnte Leibrand die Alarmglocke durch die Wände hören. Dann war es wieder Zeit für die Valium-Spritze, hatte er von Benedikt, dem traurigsten Mann unter ihnen, erzählt bekommen. Benedikt war so bleich wie der Mond und er musste unentwegt weinen. Wenn der Alarm losging, dann kamen sie mit dem Notfallbett und der großen Spritze, und sie schnallten einen fest bis in alle Ewigkeit. Das ist kein sonderlicher Spaß, meinte Benedikt und weinte.

Außer der Nachtschwester, Leibrand war nicht sicher, ob sie nun Ruth oder Ute hieß, schlief hier nachts so gut wie niemand. Wegen der eingeflössten Psychopharmaka, war Schlaf lediglich ein längerer Lidschlag, mehr nicht.

Benedikt suchte Taschentücher, der alte hinkende Josef suchte Teebeutel, Marie suchte ihre Tochter (sie hatte nie eine Tochter gehabt, deshalb suchte sie eine), Harvey suchte Frenny. Dazwischen Männer und Frauen, die nur nach ihrem Leben suchten und es nicht finden konnten.

Zwischen den Zimmern, an den Ecken verbeulte und angekettete Aschenbecher aus Blech, um sie herum zu jeder Tageszeit Rauchende mit gelben Fingern. Es gab wohl keinen Ort, an dem mehr geraucht wurde als in einer Psychiatrie, kalter Rauch durchzog alle Hallen. Die Zeit bemessen in Zigarettenlängen, die Dauer des Aufenthaltes erkennbar durch minutenlange Hustenanfälle; so zählten alle hier die Tage, die Wochen, die Monate. Verschwommen allerdings die Vorstellung, wie das Leben draußen sein könnte und würde, ängstlich verstimmt von den Monstern, die jenseits der Anstalt auf sie warten würden. Leibrand bekam viele Zigaretten geschenkt, denn niemand brachte ihm welche von draußen herein, und sein Kleingeld für die Automaten war längst aufgebraucht. Die Rauchergeschichten waren immer schon andere Geschichten gewesen als die Nichtrauchergeschichten. Fragment-Anrisse aus Krankheitsgeschichten und Gerüchten, was sich in dem Elektroschock-Zimmer tatsächlich abspielte. Oft genug hörten sie das kurze und prägnante Schreien aus dem Raum 103, das nur solange andauerte, bis der Körper zu krampfen begann.

Aber das Schreien kam natürlich nicht nur aus Raum 103, es gab Tage, da kam das Schreien aus jedem Zimmer, aus jedem Winkel. Auch Leibrand hörte es. Vom Wind innerhalb der Psychiatrie davongetragen, in die offenen Münder der Zuhörenden geweht, auch in seinen.

Jede Station, erfuhr Leibrand bei einem Rauchergespräch mitten in der Nacht, hat seine eigenen Regeln und vor allem die eigenen Geheimnisse. Die meisten, die hier arbeiteten, hatten wohl einen Dachschaden – davon jedenfalls waren so gut wie alle felsenfest überzeugt.

»Stell dir vor, du musst hier arbeiten, bei den ganzen Verrückten. Das färbt ab, glaub es mir. Der einzige Unterschied ist nur, dass sie einen Schlüssel haben, das ist alles. Schau dir nur mal sie an«. Der Mann, der neben Leibrand saß und furchtbar billige Zigarren rauchte, die entsetzlich stanken, verriet keinen Menschen seinen Namen. In der einen Hand eine Flasche Bier, zeigte er mit seiner Zigarrenhand zum Schwesternzimmer.

»Ruth. Schwester Ruth. Sie ist hier seit zwanzig Jahren! Keiner weiß, was sie hier eigentlich macht. Ja, sie schaut in die Zimmer – aber ich meine, was macht sie wirklich? Sie schluckt mehr Tabletten als ich und du zusammen. Lebt hier, kann man sagen. Ist ein armes Schwein, wirklich. Könnte eine von uns sein, schwer depressiv. Ich sehe so was auf den ersten Blick. Anpassungsstörung, das auch. Von denen gibt es viele hier, aber die gehen alle wieder nach Hause, du verstehst?«

Er zog an seiner Zigarre, nickte, trank einen Schluck.

Hinter jeder Tür die schlechten Träume der Menschen. Stockwerk für Stockwerk aufgeteilt. Eines für die Abhängigen, eines für die Traurigen, eines für die Manischen, eines sogar für die Kindermörder. Unregelmäßig schlagend das Herz einer jeden Psychiatrie, die geschlossenen Räume mit den klinischen

Visiten und den Hoffnungslosen. Einmal in der Woche brachte sich mindestens einer um, manchmal konnten es auch mehr werden. Über die Treppenhäuser Vogelnetze gespannt, weil zu viele schon am ersten Tag gesprungen waren.

Den Entrückten gab man die Welt, die sie suchten. Festgelegte Wege, ohne Bahnübergänge. Montags Kegeln im Keller, Dienstags Tischtennis im Garten, Donnerstags wieder Kegeln und Freitags Kegeln oder Tischtennis. Dazwischen Gespräche und Therapien, große und kleine Tabletten, große und kleine Spritzen. An den Wochenenden Freigänge für die Stabilen. Die Patienten nannten die Freigänge auch Kirchengänge, weil man sie gut dafür nutzen konnte, sich vor einen Zug zu werfen.

Von Brooklyn hatte das alles nichts hier. Ein Ort, der nicht unheimlicher hätte sein können.

4

Harvey.

Natürlich hieß er nicht wirklich so. An seinen Namen konnte sich Harvey nur erinnern, wenn er ganz fest schlief, aber er schlief seit langer Zeit schon nicht mehr fest. Traumwandelszenarien, alle gefärbt in Blau. Jeder nannte ihn Harvey, sogar die Ärzte. Frenny hatte ihn auch immer so genannt, an Sommertagen, auch in Herbstnächten.

Harvey und Frenny

Frenny wohnte im ersten Stock. Schon von ganz unten konnte er sie riechen, ihre Haare, ihren Duft und ihren Kaffee. Eigentlich roch Harvey sie schon die ganze Straße lang. Harvey hatte immer einige Briefe für sie dabei. Seit über zehn Jahren trug er hier die Post aus, in dem kleinen Stadtteil von München. Nicht weit von hier wohnte er in Untermiete, zu Hause sah er die meiste Zeit aus dem kleinen Fenster zur Straße hin und wartete auf den nächsten Tag.

Die meisten Menschen waren ihm unheimlich; er sprach nicht gern mit ihnen, und wenn doch, klang seine Stimme immer leise und zittrig. Früher einmal hatte Harvey bei seinem Vater in einer Hinterhof-Werkstatt gearbeitet, aber sein Vater war längst gestorben, die Werkstatt verkauft, seine Träume mit dem Herbstlaub im Innenhof weggekehrt worden. Bei seinem Vater war er immer in Sicherheit gewesen, nie hatte er Angst haben müssen. Warm die Erinnerungen an die staubige Werkstatt, an die Kaffeetassen, an seine Mutter, die an das Fenster klopfte und Kuchen brachte. Lange Zeit waren sie glücklich gewesen in diesem Hinterhof. Harveys Mutter verschlief in einem Altersheim ihre letzten Tage, er hatte es längst aufgegeben, sie zu besuchen. Ihre Augen blind geworden, ihre Stimme wie die eines bösen Geistes aus den Wäldern.

Schon damals schlief Harvey sehr schlecht, die meisten Nächte saß er in seinem Lieblingssessel und blickte auf die Straße hinaus, suchte nach den Sternenlichtern und den Mondzeichnungen.

Noch ganz genau konnte sich Harvey an das erste Mal erinnern. Die alte Holztreppe, knarrend jeder Schritt, zur Mitte hin abgetreten. Das kalte Eisen des Geländers. Erst nach dem zweiten Klingeln öffnete Frenny die Tür, und da stand sie, diese unglaubliche Frau. Er selbst, beinahe fünfzig Jahre alt, konnte ihr Alter zuerst nicht erraten. Das Vormittagslicht fiel durch das schmutzige Flurfenster auf ihr Gesicht, und sie war zwanzig Jahre alt, und von unglaublicher Schönheit. In Wirklichkeit war Frenny nicht sonderlich hübsch und sie war weit über vierzig Jahre alt. Aber das alles sah Harvey nicht, er sah ihre

Augen und ihren Mund, die nachgezogenen Augenbrauen, das hochgesteckte blonde Haar. Es war ein Einschreiben gewesen, das sollte Harvey sein Leben lang nicht vergessen.

Ihre Wohnung unaufgeräumt, ein Radiogerät lief. Eine Katze strich um ihre Beine, er hörte von weit hinten eine Kaffeemaschine glucksen. Zitternd überreichte Harvey das Einschreiben, und sie lächelte. Ein Lächeln, das ihn hundert Jahre lang verfolgen sollte. Ihre Stimme so leise, dass er sie nicht verstand, aber nie im Leben hätte er ihr das gesagt. Ihre Bewegungen, ihre Atemzüge, als sie unterschrieb. Harvey hatte sich Hals über Kopf verliebt.

Das Leben nahm mit jenem Augenblick eine völlig andere Färbung an, und wenn er jetzt aus dem Fenster blickte, suchte er nicht mehr die Sterne, sondern vielmehr den Sternenstaub, den er an ihr zu sehen glaubte. Sobald Harvey seine Augen schloss, war sie bei ihm, ganz nahe. Kümmerte sich um ihn, hielt ihn fest, so fest, dass er sicher war, ihm würde nie mehr etwas zustoßen können.

Doch Briefe für Frenny blieben aus. Eine Unsichtbare, die in diesem Haus mit den dünnen Wänden im ersten Stock wohnte. Jeden Morgen aufs Neue durchsuchte Harvey seine Tasche nach Briefen oder Postkarten für sie, aber über drei Monate lang sah er sie nicht mehr wieder. Wartete vor ihrem Haus, vergaß die anderen Briefe. Diese Arbeit hatte er nie sonderlich gut leiden können, aber jetzt, im Angesicht dieser Schönheit, wollte er sie am liebsten aufgeben.

Zum ersten Mal in seinem Leben hatte er keine Angst mehr vor dem Wolfsmann. Zum ersten Mal kreuzten sich ihre Wege, da war Harvey ein Junge von sieben, acht Jahren. Die Schultage verwirrende Zeiträume, die dem Jungen Leid zufügten,

Leid und Unbehagen. Dabei hatte er sich eigentlich sehr auf die Schule gefreut, aber dann kam doch alles anders. Tief wie die Hölle, aus jedem Winkel Feuer und Pech aufsteigend. Nie gehörte Harvey zu den anderen Kindern, die fröhlich umherliefen und scheinbar alle Antworten schon kannten. Harvey wusste gut Bescheid, wenn es um Holz ging, er kannte alle Schrauben und Nägel in der Werkstatt seines Vaters. Aber das alles (und darüber war der Junge sehr erschrocken) bedeutete in der Schule nichts. Sie lachten ihn aus, zeigten auf ihn, als hätte er Pocken im Gesicht. Immerzu musste er allein nach Hause gehen, während die anderen wie singende Kreisel vor ihm tanzten.

Eines Tages im Spätsommer stand am Straßenrand der Wolfsmann und wartete auf ihn. Seine Augen gelb, schmale Schlitze, in seinem Mund Hunderte von spitzen schiefen Zähnen.

»Du bist nur anders, sie verstehen es nicht«, sagte er ganz leise. Und auch noch: »Wir können es ihnen heimzahlen.«

O ja, Harvey hatte oft davon geträumt; der Wolfsmann schenkte ihm unzählige Träume. *Dummkopf* und *Idiot, Blödmann* und *Bettnässer* riefen sie dem Jungen hinterher, aber nicht in seinen Träumen. In seinen Träumen musste er sie nur berühren, um sie sterben zu lassen. Der Wolfsmann konnte sie alle sterben lassen, egal, ob es Tag oder Nacht war. Er heulte zum Mond, der tief im Bauch versteckt aufging.

Doch Harvey hatte Angst vor dem Wolfsmann, viel mehr Angst noch als vor den anderen Kindern.

»Dich gibt es nicht, dich gibt es nicht!« murmelte Harvey immer dann, wenn er besonders große Angst hatte.

»Aber hier bin ich doch. Hier, genau hier. Schau mich an!«

»Dich gibt es nicht, dich gibt es nicht.« Meistens funktionierte das auch, der Wolfsmann verschwand wieder hinter den Büschen und Bäumen der Welt, wenngleich Harvey auch spürte, dass er nie wieder ganz und gar verschwinden würde. Sein Kopf spielte verrückt, das wusste Harvey; in seinem Kopf war irgend etwas nicht in Ordnung.

Immer wieder kam der Wolfsmann zurück, besonders in Harveys Träumen. Auch noch als alter Mann, der Briefe austrug, sah er ihn an den Straßenecken stehen. Spürte seine Augen, spürte seinen Atem.

Doch mit Frenny wurde seine Angst vor ihm viel kleiner. Vielleicht hätte er ihr sogar von ihm erzählt, wäre nicht alles so gekommen. Ja, natürlich hätte er ihr von ihm erzählt, und alles wäre gut geworden.

Doch da stand Harvey, und seine Tasche war voll mit Briefen und Einschreiben und Postkarten, aber nichts für Frenny dabei. Nach so langem Warten und Hoffen wachte er eines Nachts auf und wusste plötzlich, was er tun konnte.

Den ersten Brief an sie schrieb er noch in der gleichen Nacht, er schrieb über seinen Vater und die Werkstatt, über die Schrauben und Nägel, über den Staub und das Vormittagslicht. Malte eine Briefmarke auf den Umschlag so gut er konnte, und war sehr aufgeregt, sie wiederzusehen. Alles konnte gut werden.

Fortan schrieb Harvey jede Nacht einen Brief, manchmal auch Postkarten. Immer mit verschiedenen Absenderadressen, ließ er die Mitteilungen aus der ganzen Welt kommen. Einige davon aus Amerika, weil ihm der Name so gut gefiel.

Erinnerungen, Geschichten, manchmal Bilder, die er in einer Zeitung fand. Gedichtfetzen, eingefangene Sonnenstrahlen und umschriebene Regentage. Alles das schickte er auf die Reise, jeden Tag aufs Neue ging er langsam die Treppe hoch in den ersten Stock.

»Harvey«, sagte sie immer dann ganz leise und lächelte.

»Frenny«, sagte er dann immer ganz leise und lächelte.

Manchmal, wenn sie sich ganz angezogen hatte, stand ihre Tür offen, wenn er die letzte Stufe überwunden hatte, und er trat ein und setzte sich auf einen Kaffee an den Tisch. Nie sprachen sie viel miteinander, aber das war auch nicht besonders wichtig. Ab und zu überreichte ihm Frenny auch einen Brief oder eine Postkarte. Wertvolle Schätze, die er immer und immer wieder in seinem Zimmer las, glattstrich und zurücklegte in die alte Holzkiste, die seinem Vater gehört hatte. Von Träumen und Straßen erzählte sie, von Bäumen und Geheimnissen.

An manchen Tagen vergaß er dabei völlig seine Arbeit, und wenn er ihre Wohnung verließ, stand da immer noch seine schwere Posttasche, übervoll mit Sendungen, Brief für Brief. Zu Hause stapelten sich inzwischen ganze Berge davon zwischen Bett und Tisch. Schneeweiße Hügellandschaften mit Tintenstreifen. Sie einfach wegzuwerfen, das brachte Harvey nie übers Herz; eines Tages, davon war er überzeugt, würde er sie zustellen. Natürlich hatte er Angst, jemand würde sie finden, vielleicht seine Vermieterin, die manchmal sein Zimmer in Ordnung brachte. Vielleicht auch der Wolfsmann, der über alles Bescheid wusste, sogar über Dinge, die Harvey noch nicht einmal ahnte. Deshalb schien es ihm vermutlich auch am besten, alle vergessenen Briefe und Postkarten zu verstecken. In den verschieden Stadtteilen fand Harvey immer wieder gute Orte für sein Vorhaben. Vom Blitz ausgehöhlte Baumstämme, Hinterhofecken; sogar auf einigen Friedhöfen vergrub er sie, bei den vergessenen Gräbern, mit Plastikfolie umwickelt, die Grüße und Erinnerungen, die Mitteilungen und Nachrichten.

Harvey schrieb fast fünf Jahre lang täglich jener Frau aus dem ersten Stock, von der er nicht mehr wusste, als das, was er sah und von ihr las. Erdbeerkuchen im Sommer liebte sie, gebratene Äpfel im Winter; einige Monate lang schrieb sie ihm täglich Rezepte auf. Manchmal fand er einen Kuss mit rotem Lippenstift unter ihren Zeilen, aber Harvey selbst küsste sie nie. Er war ihr nie böse deswegen, denn in seinen Träumen küsste sie ihn dafür unendliche Male. Wundervolle Träume.

Fünf Jahre lang schrieb Harvey Briefe und Karten, trank Kaffee oder Tee, half ihr an Weihnachten, den Baum zu schmücken, hinterließ kleine Geschenke. Doch dann, kurz vor November, fand er einen Zettel an ihrer Tür.

Komme gleich wieder.

Zittrig die Buchstaben gemalt, die Tinte verwischt. Doch Frenny kam nicht wieder. Aus Angst, er könnte etwas Schlimmes erfahren, tat Harvey nichts, außer zu warten. Erfuhr nichts von ihrem ersten Schlaganfall, und dem zweiten drei Wochen später, der sie in einem Krankenhaus sterben ließ. Immer und immer wieder kehrte Harvey zurück, hoch in den ersten Stock, klopfend und wartend. Nachrichten unter die Tür schiebend. Selbst als eine andere Familie dort einzogen war, die nichts von Frenny und ihren Briefen wusste, kam er immer wieder dort hin. Fragte nach ihr, ging in die Wohnung, suchte sie. Eines Tages warteten dort auf ihn ein Arzt und zwei Sanitäter. Versprachen ihm, sie würden ihn jetzt zu Frenny bringen, aber das war natürlich gelogen. Schon im Krankenwagen spritzten sie ihm so viel Valium, dass er einen Tag lang schlief, und als er aufwachte, hatte sich alles so schwarz gefärbt wie das Fell des Wolfsmannes.

5

Vermutlich konnte man hier völlig verrückt werden, mit all den Schattengestalten an den Wänden, mit all dem Tavor, dem Valium, den Flaschengeistern und den Tropfengespenstern, die in die Leute einfuhren und ihre Augen trübten. Verschlossen und versteckt vor den Verrückten auf den Straßen.

Leibrand wurde beinahe jeden Tag von einem anderen Arzt gefragt, was ihm denn fehle.

»Mir fehlt nur Suzanne, das ist alles.«

»Eine Anpassungsstörung. Gibt es diese Suzanne denn auch wirklich?«

Aber als Leibrand dann versuchte, alles zu erklären, wurde es nur noch schlimmer. Letztendlich hielten sie ihn zwar nicht für gefährlich, aber dennoch für ziemlich verrückt, der Wirklichkeit entrückt. Kurze Zeit überlegten einige Ärzte sogar, Leibrand mit einer Elektroschocktherapie zu helfen, damit er alles klarer sehen konnte, aber Leibrand hielt nichts davon. Sie holten ihn oft für die großen klinischen Visiten der Studenten in den alten Hörsaal mit den tausend Klappstühlen und den unheimlichen Lampen, die wie Fischmäuler von den Decken hingen. Da saß er dann auf einem uralten Holzstuhl, betrachtet von weißgekleideten Männern und Frauen, die immer, wenn er etwas sagte, etwas in ihre Notizbücher schrieben, gerade so, als würde er vom Ende der Welt berichten.

Immer wieder:

»Sind sie müde? Suizidale Gedanken?«

»Ja, ich bin sehr müde. Ich glaube es kommt von den Tabletten.«

»Selbstmordgedanken?«

»Keineswegs.«

»Selbstmordversuche?«

Aber da geschah es abermals, Leibrand fiel vom Stuhl. Und weiß Gott weshalb, war danach nichts mehr so wie vorher.

Zwei Studenten halfen ihm auf die Beine, griffen unter seine Arme und hoben ihn zurück auf den Stuhl, während er durch die großen vergitterten Fenster den Winterschnee fallen sah.

»Das ist sehr nett von Ihnen. Es schneit, das ist schön. Ich mag Schnee sehr gern. Mein Freund mochte den Schnee auch sehr gern, er hieß Brenner. Ist schon gestorben, wissen Sie. Ihm gehörte übrigens der Revolver, aber er braucht ihn nicht mehr. Er liebt seine Tochter, und ich hoffe, er ist jetzt bei ihr. Sie gehören zusammen, und was zusammengehört soll auch zusammen sein, nicht wahr? Haben Sie eine Frau?«

Einer der Studenten nickte zaghaft, wollte etwas sagen, ließ es jedoch bleiben. Die sanfte Stimme des Mannes im Bademantel umhüllte und wärmte ihn auf eine sehr sonderbare Weise.

»Das ist wundervoll. Wer will schon gern alleine sein? Ich hoffe, Sie haben schon ein passendes Weihnachtsgeschenk. Wenn nicht, dann schenken Sie ihr ein Buch. Vielleicht von Paul Auster, der schreibt wundervolle Geschichten. Bücher kann man nämlich nie genug haben, finde ich jedenfalls. Da soll es sogar Leute geben, die schenken sich zu Weihnachten nichts mehr, kann man das glauben? Also, ich kann so etwas nicht glauben. Es ist Weihnachten, und was kann schöner sein, als etwas zu schenken, nicht wahr.«

Im Hörsaal war es still. Noch immer sahen sie Leibrand an, aber ihre Blicke waren anders geworden. Heller.

»Wenn wir schon von Brenner reden – mein Gott, ich vermisse ihn wirklich. Sehen Sie, er hat mir wirklich oft geholfen, und dabei kannte er mich nicht einmal sonderlich gut. Ich glaube, das ist das Geheimnis der Menschen, dass sie so etwas können. Es ist nicht einmal sonderlich schwer, eigentlich ist es sehr einfach. Brenner konnte das gut. Hat die Leute einfach gefragt, was sie tun, wie es ihnen geht. Steht das in Ihren Büchern?«

Leibrand zog aus seinem Bademantel eine Zigarette und zündete sie an. Niemals vorher war hier geraucht worden, aber niemand störte sich daran. Jemand aus den obersten Reihen zündete sich ein paar Augenblicke später ebenfalls eine Zigarette an.

»Jeder Mensch sucht nach etwas oder nach jemandem. Nach dem eigenen Leben, nach den Träumen, nach anderen Leben. Immerzu. Sie doch auch, oder etwa nicht?«

Leibrand zeigte mit dem Finger auf eine junge Frau; sie erschrak.

»Wenn wir nichts mehr suchen, sterben wir. Das ist ganz einfach. Aber ich will noch einmal auf Brenner zurück kommen, jedenfalls wenn Sie nichts dagegen haben. Ich habe noch ein bisschen Zeit. Es gibt immer einen Brenner, in jedem Leben, denken Sie mal nach. Vielleicht sind Sie es sogar selbst, das wäre doch schön. Das Leben hat es nicht sehr gut mit ihm gemeint, aber trotzdem hat er mir geholfen. Ist das nicht ein Wunder? Ich weiß, in Ihren Büchern steht sicher, dass es keine Engel gibt, aber Brenner hat welche gesehen – und jetzt frage ich Sie: Haben Sie etwas dagegen? Also ich habe nichts dagegen, muss ich zugeben.«

Leibrand aschte in die Hand, staubte es dann auf den Boden.

»Wir verlieren unsere Schutzengel, und ach Gott, wer findet sie jemals wieder? Deshalb brauchen wir Leute wie Brenner. Sie lassen uns glauben, dass wir nicht allein sind. Das ist doch schön, oder etwa nicht? Natürlich können Sie jetzt sagen, das ist verrückt, und vielleicht ist es das alles auch. Aber wenn das alles ist an Verrücktheit – ja, dann muss ich sagen, sollten wir es nicht allzu ernst nehmen. Viel verrückter ist es doch, sich nichts zu Weihnachten zu schenken. Oder Geschenke, die praktisch sind. Was soll man denn davon halten? Was schenken Sie Ihrem Liebsten?«

Leibrand zeigte auf eine junge Frau mit hochgesteckten braunen Haaren.

»Ich?«

»Ja, ja, Sie. Haben Sie kein Geschenk?«

»Einen Gutschein.«

»Einen Gutschein? Für was?«

»Für alles – ich mein, für was er möchte.«

»Ich denke, Sie sollten ihrem Liebsten ein ... lassen Sie mich nachdenken. Schenken Sie ihm eine Pfeife – Pfeifen kann man immer brauchen.«

»Er ist Nichtraucher. Er hasst rauchen.«

»Umso besser. Dann soll er sie einfach in die Hand nehmen und sie betrachten. Sie könnte sein Talisman werden, Sie wissen schon. Wer einen Talisman hat, der braucht sich vor nichts mehr zu fürchten.«

Die junge Frau sah ihn mit großen Augen an, aber er kümmerte sich nicht sonderlich darum.

»Meine Damen und Herren.« Leibrand erhob sich. Die Zigarette fiel zu Boden, er trat sie aus. Ein schwarzer Fleck.

»Meine Damen und Herren, geben Sie sich einen Ruck. Denken Sie an die Zeit, als Sie Kinder waren. Ich habe mir immer ein Bonanza-Rad zu Weihnachten gewünscht, aber bekommen hab ich nie eines. Wir hatten wenig Geld, müssen Sie wissen, und so ein Rad war sehr teuer. Aber noch heute denke ich oft daran, und jedes Weihnachten hoffe ich, eines geschenkt zu bekommen. Natürlich, ich könnte mir selbst eines kaufen, aber das ist nicht das gleiche. Das wäre nichts wert. Ich glaube, jeder von Ihnen hat einen Wunsch in sich, der niemals in Erfüllung gegangen ist. Denken Sie nach, ich bin fest davon überzeugt, dass Sie ihn finden werden. Ja? Das freut mich, wissen Sie.«

Leibrand hustete ein wenig; das Licht war anders geworden. Draußen wildes Schneetreiben, der Himmel so nah, dass man ihn mit den ausgestreckten Händen hätte berühren können.

»Gehen Sie nach Hause, Sie sollten alle zu Hause sein, und nicht hier. Bei Ihrem Mann, Ihrer Frau, Ihren Kindern. Ihren Eltern, natürlich. Gehen Sie zu Ihren Freunden, es gibt keine bessere Zeit.«

Er lächelte und strich sich die dunklen Haare aus der Stirn. Ganz leise – und davon sollten sie noch Jahrzehnte später sprechen – fing Leibrand an zu summen. Alles Valium war vergessen, die Ungeheuer und die Schreie, wenn auch nur für kurze Zeit.

Etwas wie *Waltzing Mathilda,* ganz leise, das Summen einvernehmend.

Leibrand schlenderte aus dem Hörsaal, als wäre er nur ein Gast, als das Summen der Studenten immer lauter geworden war. Er selbst dachte an Brooklyn, New York und Amerika-Plakate.

6

Nach anderthalb Wochen Psychiatrie, Mitte Dezember, Schneeberge um das ganze Haus, kam Harvey in sein Zimmer, über seinen Anzug einen löcherigen Anorak gezogen, und sagte: »In fünf Minuten gehen wir los.«

Leibrand blickte auf die Uhr: kurz vor Mitternacht. Das Fenster hatte er soweit gekippt wie möglich, kalte Luft zog herein. Im Grunde hatte er keine Ahnung, wie das alles weitergehen sollte. Auf buntem Papier, das er von der Maltherapie mitgenommen hatte, sah er seine Straßenkarten und Wegbeschreibungen aus allem Übel heraus; aber immer wieder waren heimlich Ärzte und Studenten zu ihm gekommen. Hatten ihm leise von zu Hause erzählt, in mitgebrachten Fotoalben geblättert und nicht selten geweint. Harvey nannte ihn deshalb immer öfter Professor Leibrand. Sie brachten ihm Zigarettenstangen und Schokolade, sein ganzer Schrank war voll davon. Schreckliche Geschichten, lustige Geschichten, Tragik und Komödie, alles in allem Suchende, wie er selbst. Einige von ihnen kamen nur einmal, andere fast jede Nacht. Längst bekam Leibrand keine Medikamente mehr, und vermutlich hätten sie ihn lange schon entlassen können. Aber sie mochten ihn so sehr, und ja, natürlich, sie brauchten ihn. Zehn Jahre später sollten sie ein kleines Messingschild an den großen Kastanienbaum im Hof anbringen:

Amerika-Baum
Zur Erinnerung an
Leibrand

Niemand lehnte es jemals ab, für ihn zu zeichnen. Herausgerissene Blätter aus seinem Tagebuch, grobe Risszeichnungen. Die Welt sollten sie hinterlassen, das wollte er, die Welt und die Häuser, die Menschen und die Bäume. Während er selbst von Brooklyn erzählte und den Sternennächten, von den Geschichten, die in der Luft lagen und nur noch eingefangen werden mussten.

Nach und nach hatte sich ein Schuhkarton, den er von dem weinenden Benedikt bekommen hatte, mit losen Blättern gefüllt. Raschelnde Erinnerungen an Träume, die man beinahe vergessen hatte.

»Wohin gehen wir?« fragte Leibrand.

»Es ist Mittwoch, und mittwochs muss ich arbeiten«, sagte Harvey, nickte dabei.

Hinter Harvey – Leibrand verdrehte ein wenig den Kopf – sah er fünf, sechs Patienten versammelt. Der hinkende Josef und der weinende Benedikt winkten ihm zu. Allesamt waren sie angezogen, als wollten sie um die Welt marschieren, Zipfelmützen auf den Köpfen.

»Hier?«

»Hier gibt's keine Arbeit, natürlich nicht. Frenny ist nicht hier, oder?«

»Nein, hab sie nicht gesehen, Harvey. Tut mir leid.«

»Sie hat sicher den Zug versäumt. Bei dem Wetter, natürlich.«

Leibrand nickte.

»Kommst du mit? Wir gehen jetzt, ich muss arbeiten.«

Und Leibrand ging mit.

Die Station war weihnachtlich geschmückt, einige Tannenzweige aus Plastik hingen wie Augenbrauen über den vergilbten Schildern mit den Zimmernummern. Vier, fünf Leute blieben wie immer hier, falls Ruth doch früher aufwachen sollte. Aber das war noch nie geschehen.

»Wir lösen das Tavor immer in ihrem Kaffee auf«, flüsterte Harvey, als sie zusammen mit den anderen durch das Schwesternzimmer schlichen. Tatsächlich schlief Schwester Ruth tief und fest in ihrem Sessel. Zärtlich nahm er ihr die Brille von der Nase und legte sie auf den Schreibtisch; küsste die Schwester auf die Stirn.

Durch die Balkontüre verschwanden die Verrückten über die Feuerleiter in die Schneenacht. Überquerten schweigend den Garten, vorbei an dem Kastanienbaum, und verließen das Gelände über den Hintereingang, der nie verschlossen wurde.

Überall Lichter und Girlanden, Weihnachtsmusik aus den Straßenzügen, schiefe Schneemänner, die zum Himmel blickten. Fünf Männer und eine Frau, die rasch die Straßenseiten wechselten, immer wieder hinter sich blickten und immer wieder nicht glauben konnten, was sie sahen. Aus den Fenstern warmes Licht, einige frühe Christbäume glänzten im Mitternachtsmond. Spaziergänger, Hand in Hand, schlendernd, beachteten die Verrückten nur Augenblicke lang.

Leibrand zündete sich und Benedikt eine Zigarette an, der sich so freute, hier draußen zu sein, dass er ganz vergaß, zu weinen. Atemwolken über ihren Köpfen, Marie erzählte von ihrer Tochter, die es nie erwarten konnte, bis es endlich Weihnachten werden würde.

Sie schlugen Haken, liefen Umwege, stapften durch Schneeverwehungen. Brenner war bei ihnen, das spürte Leibrand, und auch ein wenig Suzanne. Sie, die Verlorenen, auf der Suche nach dem Glück.

»Hier in Giesing habe ich noch die meiste Arbeit«, sagte Harvey und zog sich die Handschuhe aus. Aus einem Streukasten zog Harvey eine schwere Plastiktüte, voll mit Briefsendungen, die meisten über zehn Jahre alt. Summend verteilte er stapelweise die Post an den kleinen Kreis, der sich um ihn herum gebildet hatte.

»Ich kann aber nicht lesen«, sagte Josef, als er seine Stapel in den Händen hielt.

»Das macht gar nichts. Wenn du glaubst, es ist die richtige Adresse, dann ist es auch die richtige Adresse.« Harvey klopfte ihm sanft auf die Schulter.

Schneeflitter in der Luft, leises Trambahnzischen in der Ferne: so machten sie sich auf den Weg, an diesem Mittwoch im Dezember. Klappernde Briefkastenschlitze, Benedikt sprach mit ihnen, redete den Briefkästen gut zu. Sie passierten sogar

Leibrands Wohnung, er blickte hinauf zum dunklen Fenster, und für einen Moment war ihm danach, hinauf zu gehen, aber wie schon damals mit Brenner waren die Wege nicht einfach und klar, sondern verzweigt und verworren.

»Bald bist du wieder zu Hause«, murmelte Harvey, als hätte er Leibrands Gedanken lesen können.

Briefe flogen durch die Nacht wie hungrige Vögel.

In einem vergessenen Hinterhof, hinter verlassenen Bürogebäuden, hatte Harvey ihren Küchentisch und Schrank gestellt, den Teppich ausgerollt und an einige Wände Bilder gehängt. Als die neuen Mieter kamen, fand er Frennys Möbel im Sperrmüll. Längst war alles von Regen und Schnee durchnässt und schimmelig. Auf dem Tisch zwei Kaffeetassen, voll mit Laub und schmutzigem Schnee, die Ränder abgestoßen und rissig.

»Sie ist nicht daheim«, sagte Harvey traurig, als er sich auf einen der Stühle setzte.

»Frenny?« rief er zur Sicherheit.

»Vielleicht ist sie gerade einkaufen«, sagte Benedikt und schneuzte sich.

»Ja, das kann sein. Sie wollte noch ein Geschenk kaufen, ja, das kann sein.« Harvey war beruhigt, wenngleich er sich auch Sorgen machte, dass sie um diese späte Zeit eigentlich nicht mehr aus dem Haus gehen sollte.

Er hinterließ ihr auf dem Küchentisch eine Nachricht, dass er heute noch arbeiten müsse. Küsste die Zeilen, legte das wellige Papier zwischen Tasse und Zuckerstreuer.

Briefschlitze klapperten, die Verrückten streunten von links nach rechts. Viele Adressen konnte er nicht mehr finden, wie Leibrand feststellen musste. Andere Namen, andere Schriften, andere Straßen. Sie fanden – beinahe am Ende des Viertels, sie konnten den Fluss rauschen hören – Frennys Schlafzimmer in der Nähe einer Brücke. Zwei Nachtkästchen wie schiefe Zähne im Kies, darauf Wachsberge und Weinflaschen. Ein Obdachloser schlief in ihrem Bett, die Schuhe ordentlich davor abgestellt.

»Sie hat immer ein gutes Herz gehabt, meine Frenny«, sagte Harvey. Er sah noch mal nach, ob sie auch hier nicht war; hinterließ einen Brief.

Josef verteilte seine Post mal hier, mal dort, zog einige Briefe wieder aus den Kästen, weil er sich doch getäuscht hatte. Marie las Postkarten laut vor und roch an den schönen Bildern vorne darauf.

»Ich glaub, der ist für dich, glaub ich. Glaub ich«, sagte Josef und gab Leibrand zaghaft einen Brief. Josefs Hosen waren bis zu den Knien durchnässt, einer seiner Schuhe hatte eine Loch, wie er feststellte. Es quietschte leise beim Gehen.

»Für mich?« Leibrand nahm den Brief, und obwohl er nicht für ihn war (nirgendwo stand sein Name), hatte es Josef doch gespürt. Ein einfacher Werbebrief für Haushaltsgeräte und Kochbücher, die Sonderangebote bunt auf der Rückseite. Dennoch war es für Leibrand der Brief aller Briefe seines Lebens, denn er war adressiert an Suzanne Berger. Endlich wusste Leibrand, dass sie hier war, am Leben, ganz nahe. Seine Suzanne; es musste so sein. Natürlich hätte es auch eine andere Suzanne sein können, aber es gibt Momente im Leben, da ist alles klar, nichts mehr dem Zufall überlassen.

Sein Herz schlug schnell, und Leibrand musste ein wenig weinen. Benedikt reichte ihm eines seiner bunten Taschentücher und legte seinen Arm um ihn.

»Mein Therapeut sagt, weinen ist wie schwitzen der Seele. Das ist gut, das ist gut.«

Und so setzten sich die Verrückten in Bewegung; sie stapften entschlossen durch Schnee und Matsch, um ein Wunder zu sehen.

7

Suzanne konnte nicht schlafen. Leibrand sah sie am Fenster stehen, und plötzlich war ihm, als wäre kein Tag verstrichen seit damals. Die roten, langen Haare fielen ihr offen über die Schultern. Ein scheußlicher Wohnblock mit tausend Fenstern, die alle dunkel waren, außer ihrem. Ein helles Auge im zweiten Stock, Brooklyn im Himmel, über sie gezeichnet. Der Garten vor dem Haus: schäbig, Mülltonnen und Fahrradskelette, überdeckt vom Neuschnee. Flackernde Lichterketten an einem dürren Baumgeäst, schmale Schatten am Boden.

»Ist sie das?« Harvey schaute nach oben.

»Ja, das ist sie«, flüsterte Leibrand.

»Da müsste ich auch weinen«, sagte Benedikt und weinte sogleich.

Die Psychiatrie-Bande versteckte sich im Dunkel der vielen Winkel und Ecken, sodass sie Suzanne nicht sehen konnte. Vielleicht wäre sie dann nur erschrocken und alles verloren gewesen, wer weiß das schon? Zu zart und zu kostbar, jener Moment in dieser Nacht.

»Ich weiß, dass sie nie mehr kommt«, sagte Harvey plötzlich. Er blickte zum Boden.

»Ja, natürlich weiß ich es. Schon lange weiß ich es. Ich glaube sogar, dass sie tot ist. Meine Frenny. Du weißt schon, solche Sachen spürt man. Vielleicht ist einiges nicht ganz richtig in meinem Kopf, aber mit meinem Herzen ist alles in Ordnung. Aber ich habe Angst davor.«

Leibrand ging mit Harvey ein kleines Stück weit weg von den anderen, die zum Himmel, zum Boden blickten.

»Wovor hast du Angst, Harvey?«

»Du lachst mich nicht aus, oder?«

»Nein, das verspreche ich dir.«

»Ich habe Angst, dass mein Herz zerbricht. Du weißt schon, dass man danach nichts mehr fühlt. Dass ich Frenny vergesse, wenn sie tot ist. Das ist schlimm. Manchmal klopft mein Herz so komisch, weißt du. So gern hätte ich sie kennengelernt, so gern hätte ich sie geküsst. Ganz lang, weißt du, so wie in den Filmen im Kino. Ich hab nämlich noch nie eine Frau geküsst.«

Harvey schniefte.

»Ich weiß nicht, ob ich sie jemals wiedersehen werde, wie du Suzanne. Glaubst du, ich werde sie jemals wiedersehen? Irgendwo? Ich wünsche es mir so sehr, Leibrand. Ich wünsche mir nichts mehr als das.«

Leibrand blickte nach oben zu Suzanne; sie strich die Haare aus der Stirn.

»Ich glaube ganz fest, dass du Frenny wiedersehen wirst. Ganz sicher. Wir sehen sie alle wieder, irgendwann.«

»Ja?«

»Ja, ganz sicher.«

Noch eine ganze Weile standen sie dort, in der Dunkelheit, versteckt, als der traurigste Mann der Welt in den hellen Schneekreis inmitten des Hofes trat. Leibrand blieb das Herz stehen, könnte man sagen. Seine verfilzte Zipfelmütze auf dem Kopf wippte ein wenig hin und her.

»Was in aller Welt machst du da, Benedikt?« flüsterte Marie, die sich in den Schnee gesetzt hatte. Josef teilte sich mit einem anderen Entrückten eine halbe Zigarre, die sie unangezündet in den Mund steckten.

Benedikt, der weit über fünfzig und stark übergewichtig war, klatschte in die Hände, ein lauter Knall. Leibrand sah nach oben; Suzanne herunter, unsicher, und öffnete das Fenster. Ganz leise konnte er Musik hören, Edith Piaf sang in den Himmel hinein.

Was dann geschah, konnte im Nachhinein niemand so recht beschreiben, denn jeder von ihnen, auch Suzanne, sah irgendwie etwas anderes. Seine Hände waren flink. Aus Jackenärmeln und Hosenbeinen zog der traurige Mann Taschentücher, jedes von einer anderen Farbe, als würde er sämtliche Taschentücher seines Lebens offenbaren. Die ganze Welt war voll mit ihnen, rot, gelb, blau, grün – Farbtücher wie große Tränen. Schwebend und davonziehend, als wären es Tauben aus einer anderen Welt.

»Früher konnte er sogar mit Tränen jonglieren, heißt es«, sagte Harvey zu Leibrand. Lächelte.

Es mussten über hundert Taschentücher sein, die Benedikt umwarben, zurückschlüpften in seine Taschen, um kurz darauf wieder den Schnee zu berühren. Suzanne lachte, die Augen ganz groß. Der Mond erhellte sein Gesicht, trocknete auch die Tränen. Dann stieg ein rotes Tuch ganz weit hinauf, so weit hinauf, dass es Suzanne beinahe berühren konnte, bevor alles wieder vorbei war.

»Warum hast du das getan?« fragte Leibrand, als sie zurückgingen. Die Straßen waren menschenleer und weiß überzogen.

»Ich trete nur noch vor Menschen auf, die etwas Besonderes sind, das ist klar«, sagte er und nickte dabei. »Denn früher, da musste ich immer auftreten. Die Leute verstehen das alles nicht, sie lachen nur darüber. Sie haben immer über mich gelacht, und dann musste ich immer weinen. Aber dann haben sie noch mehr gelacht.«

»Sie hat sich bestimmt sehr gefreut. Dafür danke ich dir«, sagte Leibrand und zündete sich eine Zigarette an.

»Sie wird davon träumen, und das ist schön«, sagte Benedikt und schniefte. Eine Träne benetzte seine Wange. Dann sagte er:

»Und ich? Ich kann von ihr träumen, und das ist noch viel schöner. Ich danke dir, Leibrand, dass wir sie gefunden haben.«

Edith Piaf sang durch die Nacht, Schneeflocken legten sich auf Äste nieder. Kinder träumten in jeder Straße vom nahenden Weihnachtstag, Gespenster wirbelten im Schneetreiben umher. Brenner saß auf Laternenmasten und spielte mit dem Licht, als wäre es nie anders gewesen. Seine Engel küssten ihn im Vorüberziehen.

8

Jetzt, da Leibrand wusste, wo Suzanne war, veränderte sich sein Leben abermals. Die Amerika-Plakate, die er heimlich auf die Rückseite der Kunstdrucke zeichnete, die im Flur der Station hingen, hellten sich auf.

Natürlich konnte er hier nicht bleiben, viel zu stark waren die Sehnsucht und das Gefühl, dass sich alles nochmals verändern sollte.

Benedikt weinte nicht mehr ganz so oft; von Zeit zu Zeit konnte man sogar einige bunte Taschentücher auf dem grün schimmernden Linoleum finden. Harvey schrieb wieder Briefe an Frenny, denn natürlich freute er sich sehr auf Weihnachten und ihre Geschenke.

Der Schuhkarton war voll mit Zeichnungen auf herausgerissenen Notizblättern. Sogar der Chefarzt war eines Nachts zu

Leibrand gekommen, um mit ihm über seine Kinder zu sprechen, von denen er über zehn Jahre lang nichts mehr gehört hatte. Seine Zeichnung lag obenauf.

Leibrand stand am Fenster und wusste plötzlich, dass alles seine Richtigkeit hatte.

9

Harvey spürte es als erster, dass Leibrand nicht mehr hier war. Während die Alarmglocke auf der geschlossenen Station schepperte, hatte er das Gefühl, etwas verloren zu haben. Später würde er darüber Frenny schreiben, ganz sicher. Blickte zaghaft in Leibrands Zimmer, und natürlich war es leer. Sein Schlafanzug und der Bademantel fein säuberlich auf das Bett gelegt, die schlechten Hausschuhe unter dem Fenster, als wäre Leibrand davon geflogen.

Aus den kleinen Lautsprechern auf dem Flur kitschige Weihnachtsmusik, ganz leise. Das große, scheußliche Uhrenauge: kurz vor Mitternacht. Schwester Ruth hatte heute frei, dafür geisterte Schwester Anna herum. Schwester Anna, beinahe sechzig Jahre alt und warmherzig, spielte jede Nacht mit sich selbst Karten, und gewann sogar ab und zu. Leise sang sie zu den Weihnachtsliedern, die sie bis zum Morgen spielte. Eine zerkratzte, von der Sonne aufgebogene Schallplatte, die immer bei *Stille Nacht* hängen blieb.

Marie streunte umher, sah in der Besenkammer nach, aber dort hatte sich ihre Tochter auch nicht versteckt. Langsam machte sie sich doch Sorgen.

»Er ist weg, oder?« sagte sie, und Harvey nickte.

»Jetzt weiß ich endlich, wo meine Teebeutel sind«, hörten sie Josef sagen, der am großen vergitterten Fenster zum Hof stand.

Seine Nase plattgedrückt, die Hände am Glas, sein Mund sperrangelweit offen.

Der Kastanienbaum im Innenhof trug neue Blätter, alle sahen sie es. Strömten heran, blickten aus allen Fenstern des alten Ungeheuers.

An jedem Ast, an jedem Zweig eine der Zeichnungen, gerade so, als wären sie diese Nacht erblüht. Einige von ihnen trieben mit dem Ostwind in die Nacht hinein, zogen Sternenstaub und Kometenlicht hinter sich her.

Schon allein die vage Hoffnung, dass die gezeichneten Briefe zu den Verlorenen getragen wurden, machte sie allesamt sehr glücklich. Denn Hoffnung, und das konnte keiner verleugnen, war das Schönste, was es geben konnte.

Benedikt weinte kurz, aber dann lachte er so laut, dass man es bis hinüber zu den Verrücktesten der Verrückten hören konnte.

Und Leibrand?

Leibrand stapfte durch den Schnee nach Hause. Sah flüchtig hinauf zum Sternenhimmel und dachte kurz über Weihnachtswunder nach.

Kapitel 9

Der letzte Tanz im Schnee
(Brooklyns Filme)

My heart was a lonely hunter …
– Grayson Capps

1

Wenn sich zwei Menschen etwas wünschen, etwas wirklich und wahrhaftig wünschen, tief im Herzen, dann kann es in Erfüllung gehen. Ohne Zweifel gibt es so etwas wie Magie im Leben; jenen Zauber, der uns am Leben lässt. Jene Magie, die auch in den Träumen existiert, den Träumen von Norden, Westen, Süden und Osten. Träume von Brooklyn, gewiss.

Der Weihnachtstag, und das steht ohne jeden Zweifel fest, ist der Tag der großen Wünsche, aber auch der Tag, an dem Wünsche in Erfüllung gehen können, wenn man nur daran glaubt. Sternschnuppen-Weissagungen, verbleichendes Licht am Nachthimmel. Das Leben hält einige Überraschungen bereit, jedenfalls für die Menschen, die an Wunder glauben. An das große Wunder, dass man jemanden lieben kann, einfach so. Menschen, die plötzlich in das Leben kommen, als wären sie Windküsse im Herbst.

Leibrand musste unentwegt an Suzanne denken. Zuvor nur ein Hauch der Erinnerung, war sie jetzt zu einem Orkan geworden, der ihn durch die Stunden trieb. So unendlich lange waren seine Bewegungen für sie gewesen, all die Bilder und Geschichten. Amerika-Plakate an jeder Ecke, an jeder Wand. So gehofft hatte Leibrand, sie endlich wiederzusehen, und jetzt, ihr so nahe wie kaum zuvor, bekam er Angst. Sicher der Weg, solange er nach ihr gesucht hatte. Nun jedoch fühlte Leibrand seinen Atem schwer, seine Schritte bleiern. Was, wenn sie ihn vergessen hatte, wenn sie alles vergessen hatte, weil alles unwichtig geworden war? Selbst der Kuss auf dem Jahrmarkt, als er glaubte, sie schmecke nach Zuckerwatte und gebrannten Mandeln? *Hold on,* sang Tom Waits aus jedem Gullyloch.

Leibrand stand an seinem Fenster, sah zum Hinterhof hinunter, wo zwischen Schneebergen und vergessenen Abfallsäcken Kinder spielten. Zwei Jungs, ein Mädchen, die Schneebälle zum Himmel warfen, um die Engel zu erschrecken. Es war noch früh an diesem vierundzwanzigsten Dezember, die meisten Weihnachtsbäume noch nicht einmal geschmückt. Hinter den Nachbarsfenstern blinkende Girlanden, umherirrende Erwachsene. Aus einem angelehnten Fenster hörte Leibrand leise Musik von einer staubigen Schallplatte; Bette Midler sang vom Himmel. Das hätte Brenner gefallen, dachte er und schrieb in einen Fleck kondensierten Atems an der Scheibe dessen Namen. Vier Engel klatschten begeistert in die Hände, aber das sah natürlich Leibrand nicht. Denn an jemanden denken, der schon vergessen scheint auf der Welt, gefällt den Engeln gut. Einer der Engel, ein wirklich sehr alter Mann mit tausend Falten im Gesicht und Haaren, die ihm aus den Ohren wuchsen wie Unkraut, versuchte Leibrands Namen zwischen den Wolken zu schreiben, aber es gelang nicht. Stattdessen schneite es ein wenig aus seinen Händen, als hätte sich ein Baum im Wind geschüttelt. Die Kinder schnappten nach den winzigen Schneeflocken und lachten so laut, dass man es in allen Zimmern und Fluren hörte.

Leibrand schloss die Augen; das alles sah er, und natürlich auch sie.

Jene Teufel an jeder Straßenecke, die von den Winterbäumen heruntergefallen waren und von Liebe und den Träumen der Liebe wussten, durchquerte die Schneeverwehungen. Im Vorübergehen schnitten sie in Herzen, verschenkten die Schmerzen der einsamen Nächte. Verdrehten Köpfe, damit man sie nicht wiederfand, die Menschen, die man doch so gern mochte, und lieben würde. Taten alles dafür, dass Wege zu dunklen Orten führten; verbogene Wetterfahnen vom Himmel fallend, wie Hagelschauer. Falsche Straßenschilder an den Gabelungen, Schritt für Schritt weiter weg von der Hoffnung. Die Teufel in den Rattenlöchern wärmten die Betten in schäbigen Hotels, die Leuchtreklame an den Hochhäusern verkündet den schnellen Tod. Sie hatten Regen gemacht, als Leibrand im letzten Sonnenschatten ihren Namen malte – Suzanne, und Sonne –, als er vierzehn Regenschirme in den Seitenstraßen pflanzte, um sie sicher nach Hause zu bringen.

Jetzt war er vierunddreißig Jahre alt, und nie hatte er eine andere Frau geliebt, außer Suzanne. In seinen Hosentaschen Tausende Postkarten, die er nie an sie verschickt hatte, Hunderte Liebesbriefe auf vertrocknetem Laub. Ihre roten Haare, die Locken und der Geruch ihrer Haut ... so fühlte er sich wie ein Fremder in ihrem Leben. Mit seinem ausgewaschenen Hemd, den billigen Hosen und dem schäbigen Jackett wurde er den Teufeln gerecht. Wie eine verblichene Kindheitserinnerung, Jahrzehnte vergangenen, fühlte sich Leibrand; ohne die Geister seiner Träume hilflos. Wäre doch Brenner noch hier bei ihm, sicher könnte er ihm helfen. Stunde für Stunde hatte sich Leibrand ein Leben lang vorgestellt, sie berühren zu können, ihre Hand in seiner zu spüren. Doch jetzt, als er endlich wusste, wo er Suzanne finden konnte, war er wieder ein kleiner Junge, der sich am liebsten in einem Schrank versteckt hätte.

»Leibrand! Herrgott, Leibrand!« Jemand schrie seinen Namen, im Hinterhof hallte die Stimme nach. Die Zigarette am Glas ausdrückend, öffnete er das Fenster, ein wenig Schnee fiel herein. Sein Plattenspieler kratzte in der letzten Rille; Leonard Cohen schwieg.

Unten – die Kinder liefen im Kreis um sie herum – standen Harvey und ein Mann, den Leibrand nicht erkannte. Harvey trug Benedikts Lieblingsmütze auf dem Kopf, blauweiß gestreift. Ein alter Mann kam zu ihnen und blickte ebenso wie die anderen hinauf zu Leibrand. Ihre Atemzüge zogen wie weiße Zuckerwatte über ihren Köpfen, davon.

»Komm schon runter, oder willst du etwa, dass wir hier erfrieren? Außerdem muss ich gleich zur Arbeit, und Frenny wartet auch. Also komm schon«, rief Harvey, bückte sich und warf den Schnee in seinen Händen hoch in die Luft, sodass es einen Augenblick aussah, als würde es über den staunenden Anwesenden schneien.

Leibrand machte sich auf den Weg.

2

»Albert Sterner kennst du ja, denke ich mal. Der Mann mit den Flaschen und den Geschichten – du hast über ihn geschrieben, vor einiger Zeit.«

Harvey zog Albert am Jackenärmel zu sich heran; Leibrand schüttelte seine Hand. In jeder seiner Taschen steckte eine Flasche, die meisten blau wie Meerwasser.

»Und das ist Robert Fels. Er ist seit gestern bei uns, gerade noch mal an der geschlossenen Station vorbeigekommen, kann man sagen. Wollten ihm glatt ein paar Elektroschocks verabreichen.«

»Robert«, flüsterte Leibrand, schüttelte auch seine Hand. Robert war gerade mal so alt wie er selbst, ein großer Mann, schüchtern und ein wenig gebückt. Seine Brille an den Bügeln ein wenig verbogen.

»Du weißt schon – der Robert Fels. Meine Güte, Leibrand. Schnee in den Haaren, und all das Zeug. Weißt du, was komisch ist, Leibrand?« Harvey zog aus seiner Hosentasche eines von Benedikts Taschentüchern, schneuzte sich. Leibrand schüttelte den Kopf.

»Seit jener Nacht, als wir unterwegs waren, kann ich sie alle sehen. Jetzt kannst du mich für verrückt halten, na gut. Gut möglich auch, dass ich zuviel Stimmungsaufheller bekommen habe, aber was solls? Ich kann sie alle sehen, und mal unter uns: Es sind wirklich viele. All diese Leute, über die du geschrieben hast. Und dabei wusste ich gar nicht, dass du auch Geschichten schreibst. Mein Gott, Frenny würde das gefallen, kann ich dir sagen. Sie hat immer gesagt: Geschichten sind das Wichtigste im Leben, weil wir sonst keine Erinnerungen mehr haben. Glaubst du, das stimmt? Weil ich denke, das stimmt mit ziemlicher Sicherheit, nicht wahr? Es ist wunderbar, wenn man Geschichten hat, in sich drin. Jeder will sie hören, wenn es Nacht wird, und über Nächte weiß ich gut Bescheid, das kannst du mir glauben. Ja, ich kann sie tatsächlich erkennen. Sie haben etwas an sich, das auch du an dir hast. Eine Art Zwielicht, als würde es gleich ein Gewitter geben. Herrgott, ich kann es nicht besser beschreiben, ich trage schließlich nur die Post aus, verstehst du? Aber eines weiß ich, du hast ihnen geholfen. Man kann andere Leute sichtbar machen, die unsichtbar geworden sind. Unsichtbar geworden sind, weil die Leute so etwas nicht mehr sehen – sie sehen nur noch ihr eigenes Leben mit all dem Kram, den eh keiner braucht. Schau dir Robert an.«

Harvey legte seinen Arm um Robert, der verlegen zu Boden blickte.

»Die Leute können zwar sagen: Der Mann ist verrückt – ich kann es ihnen nicht verbieten. Aber sie werden anders denken, sobald sie seine Geschichte gelesen haben, oder gehört, wie auch immer. Hätte mir jemand erzählt, dass es Schnee gibt, der nicht schmelzen kann, dann hätte ich es auch nicht geglaubt. Du weißt, ich glaub ziemlich viel, o ja. Aber Schnee, der nicht schmilzt? Ich fand die Geschichte an dem Kastanienbaum, und jetzt sag nur nicht, du wüsstest nicht, wie sie dahin gekommen sei – ich sage dir, du hast die ganze Klapsmühle durcheinander gewirbelt. Und kaum hatte ich sie gelesen – Benedikt heult heute noch deswegen –, haben sie ihn auch schon hergebracht. Verrückte Welt. Na ja, jedenfalls wollte ich dir danken.«

»Für was?« Leibrand zündete sich eine Camel an, inhalierte tief und hustete.

»Für was? Für alles das hier. Die Welt wäre trostlos ohne Menschen wie dich, das kann ich dir sagen. Es gäbe nur Verrückte dort drinnen und Verrückte hier draußen. Kein Zwischenlicht, keine Dämmerung. Und wir brauchen doch die Dämmerung, um zu träumen, oder etwa nicht?«

Leibrand erinnerte sich. Lose Manuskriptseiten über den Boden verstreut. Auf die Rückseite des Schrankes geklebt, immer wieder Wörter durchgestrichen und neu geschrieben, Tänze zur Mitternacht. Es hat Zeiten gegeben, da war er mit einer Geschichte in seinem Bauch aufgewacht, so klar, dass er sie nur noch aufschreiben musste. Aber alles immer nur, um sie eines Tages Suzanne erzählen zu können, an Herbstabenden, wenn der Regen schmale Rinnsale zieht und das Wetterleuchten in die Briefkästen fährt. Versteckt hinter der blauen Farbe seiner Amerika-Plakate, übermalt und bemalt jedes Fragment seiner Träume. Immer schon hätte er gerne Bücher geschrieben, an jeder Straßenecke zu kaufen.

»Du musst sie treffen«, sagte Sterner leise.

»Suzanne?«

»Ja, natürlich. Schließlich haben wir alle darauf gewartet, irgendwie. Und es ist Weihnachten, schon vergessen?« sagte Harvey.

»Ich habe Angst, dass sie mich nicht sieht. Das ist alles.« Leibrand schob mit einem Fuß Schnee hin und her. Begrub seine Zigarettenstummel. Der alte Engel machte schon wieder Schneeflocken, die auf sie niederfielen.

»Leibrand, wie könnte man dich je übersehen?« Harvey umarmte ihn und küsste ihn auf die Wange.

»Außerdem haben wir dir etwas mitgebracht, komm.« Albert Sterner ging voran, sie überquerten den Hinterhof. Die Kinder stoben in die Häuser zurück. Der Geruch von gebratenem Fisch lag in der Luft.

»Ich habe auch etwas für dich.« Robert drückte ihm eine kleine Blechdose in die Hand. Leibrand wusste längst, was er darin finden würde; Schnee, der niemals schmolz.

Zwei Raben setzten sich auf die niedergedrückten Stromleitungen, von Haus zu Haus gezogen wie Wäscheleinen. Sie sahen den Männern zu, die durch den Schnee gingen.

3

Suzanne hatte verschlafen. Als sie aufwachte und auf ihren Wecker sah, war es fast Mittag geworden. Der Gasofen tuckerte ganz leise neben ihrem Bett, die Nachtlampe daneben brannte immer noch. Natürlich hatte sie auch wieder einmal verpasst, den Fernseher auszuschalten, bevor sie eingeschlafen war. Jetzt liefen Weihnachtsserien ohne Ton. Ein halbes Glas Rotwein auf ihrem Nachttisch, verstreut darum aufgeschlagene, umgedrehte Bücher. Paul Auster, Ken Kesey, ein gelbes Amerikabuch. Zeitungen und Zeitschriften, hier und da Wäschestücke, achtlos verteilt. Setzte sich in dem viel zu großen Bett auf, zog die Knie an, dachte nach. In der kleinen Küche die Skizzen eines einsamen Abends, verstreut auf Tisch, Spüle und Herd. Charlie Parker sah ihr von einem Bild aus zu, Jazz und Blues, Blues und Jazz. Sie lächelte ein wenig, und eigentlich war es ein guter Tag. Durch die alten Fenster zur Straße hin konnte Suzanne den Himmel sehen. Beinahe so wunderbar blau wie die Postkarte, die an ihrem Kühlschrank einem Auge glich. Auf ihrem Schreibtisch, der den Raum teilte und den sie so gut wie nie benutzte, ein winziger Weihnachtsbaum mit viel zu großen Weihnachtskugeln, rot und weiß. Als sie noch ein Kind gewesen war, ein kleines Mädchen, hatte sie Weihnachten immer gern gemocht. Weihnachten im dem großen verwinkelten Haus mit den Staubecken und den unsichtbaren Traumfängern an jeder Zimmerdecke. Ihre Eltern waren vor fünf Jahren gestorben, beide innerhalb eines halben Jahres, und sie vermisste sie sehr, besonders an solchen Tagen wie heute. Wenn ihr Zuhause nach Zimt und Äpfeln gerochen hatte, nach einem frisch geschlagenen Baum, nach Kaffee und den Holzscheiten, die im großen Küchenofen glommen. Natürlich machte sie das auch alles auch traurig, wie jedes Weihnachten in dieser Stadt. Vor über zehn Jahren war sie hierher gekommen, einen Koffer in jeder Hand und voller Hoffnung, jemanden zu finden, der sie lieben konnte und es tun würde, ein Leben lang. Gute und schlechte Männer waren in ihrem Leben gewesen, gute und schlechte Erinnerungen, Fragmente und Episoden, aber alles in allem nur ein Zeitgeäst voller Bilder, und das war schon alles.

Verschwommen jene Geschehnisse damals, als sie einen Jungen geküsst hatte. Ihr erster Kuss, die Sonne warm auf ihren Armen. Danach, und daran erinnerte sie sich noch gut, veränderte sich ihr Leben. Die Tage wurden anders, und vor allem die Nächte verloren etwas. Nur so viel wusste sie, es war ein unglaublicher Junge gewesen, ein Junge, der etwas in sich trug, das sie noch nie gespürt hatte. Gerade so, als hätte sie ihn schon ein Leben lang gekannt. Sein Name war damals auf dem Jahrmarkt, als das Unwetter über sie alle kam, in ihr gewesen, so klar und stark, dass sie dachte, ihn niemals wieder vergessen zu können. Aber bereits wenige Tage später, als die Träume anders geworden waren, dunkler und nicht mehr so geheimnisvoll wie zuvor, hatte sich Suzanne nicht mehr erinnern können. So blieb nur noch der Kuss, und seine Hände auf ihren Armen, kurze Berührungen. Eigenartigerweise roch sie Zuckerwatte und gebrannte Mandeln immer dann, wenn sie das blaue Auge am Kühlschrank betrachtete. Es gab Tage – besonders die dunklen Tage –, an denen sie nach Hause kam und die Karte in die Hände nehmen musste, um sich daran zu wärmen. Niemandem hatte sie davon erzählt, nicht einmal ihrer besten Freundin.

Zwar hatte sie verschlafen, aber das war nicht weiter schlimm, denn über Weihnachten bis Neujahr hatte Suzanne frei. So viel wollte sie erreichen, aber letztendlich arbeitete sie immer noch als Kellnerin in verschiedenen Cafés. Sie war immer auf der Reise, hatte ihren Platz nicht gefunden, lebte da und dort und verdiente gerade einmal genug, um so zu leben, wie sie es für richtig hielt. Die einst so klaren Ufer: von der Flut überschwemmt und unsichtbar geworden, das Hochwasser bis zu ihren versteckten Wünschen vorgedrungen.

Wenige Geschenke lagen verpackt neben dem Christbaum, bunte Schleifen an Büchern für ihre Freundinnen. Bücher liebte Suzanne über alles, jede Geschichte gab ihr das Gefühl, einem Traum näher kommen zu können. Durch das große Zimmer mit der hohen, gekalkten Decke ein Bindfaden gespannt, herausgerissene Gedichte mit Wäscheklammern daran geheftet. Gedichte konnten für Suzanne wie Atemzüge sein, kaum merkbar am Nacken vorüber streifend, wie Liebkosungen in der tiefsten Nacht. Manches Mal nur Wortfetzen, Gebilde aus Buchstaben und Sehnsüchten, die sie im Vorübergehen berührte, achtlos. All die Männer hatten das nicht verstanden, sie waren wie Gespenster gewesen, die sie immer dann erschreckten, wenn sie es nicht für möglich hielt.

Ja, ihr erster Kuss – daran musste sie oft denken. Es war ihr guter Gedanke, wenn sie nicht einschlafen konnte. In der Wohnung herumschlenderte, auf der Toilette saß ohne zu müssen, Staubgeister einfing mit bloßen Händen, oder einfach nur am Fenster stand, um die Welt begreifen zu können, die sie jedoch nur streifte, wie man Menschen in der Trambahn streift.

Die Augen geschlossen – Uhren tickten leise, ferne Züge ratterten –, sah sie immer sich selbst an jenem warmen Sommertag. Sie hatte Angst, große Angst, aber wovor, wusste sie nicht mehr. Doch da war plötzlich dieser Junge gewesen; die Sonne glänzte in seinen dunklen Haaren und seinen dunklen Augen. Seine Lippen waren warm und trocken, ihre Zunge berührte einen Augenblick seine. Erschrocken über das Gefühl, wusste sie nicht, was passierte. Danach war die Angst fort: der Wind hatte sie zu dem Sturm genommen, der über sie hinweg zog.

Sie wünschte sich sehr, diesen Jungen wiederzufinden. Ihn zu sehen, ihn zu berühren. Wer weiß, vielleicht ihn auch zu küssen, wenn die Wolken gut am Himmel standen, wenn die Regenvögel zur Ruhe kamen.

Melancholisch vom Wein gestern und den Gedanken heute, zog sich Suzanne an, schlüpfte in ihr Lieblingskleid, das sie immer trug, wenn sie ein wenig traurig war. Barfuß, leise, ging sie über den blanken Parkettboden, der an den Türschwellen knarrte, und machte die Musik an. Bob Dylan, *Shelter From the Storm*, so leise, dass die Musik einem Nieselregen glich, der sich über alle Wunden legte. Schutz vor dem Sturm, ja, das suchte sie schon ein Leben lang. Neben einem Mann aufwachen, der noch schlief, die Morgendämmerung an jeder Wand, und wissen, dass einem nichts mehr geschehen konnte. Keine bösen Träume, keine bösen Tage. So saß Suzanne am Bettrand, die Haare offen und ungekämmt, und sah in ihre eigene Welt.

4

Eine der großen Filmdosen hatte Leibrand mitgenommen. Einen ganzen Koffer (ein seltsames Ding, hundert Jahre alt, mit Dutzenden, kaum noch lesbaren Aufklebern von allen Orten der Welt) davon hatte Harvey ihm auf den schmutzigen Schneeresten des Asphalts zugeschoben. Jetzt stand Leibrand in dem kalten Treppenhaus und suchte nach dem Projektor.

»An den richtigen Orten wirst du alles finden«, hatte Sterner gemeint, dabei eine seiner Flaschen poliert. Und tatsächlich fand er auf einem Stuhl im zweiten Stock einen alten Filmprojektor. Unbeholfen legte Leibrand die 35-mm-Rolle ein und hörte das vergessene Rattern und Klappern der Kinovorstellungen seiner Kindheit. Sah zu der blau gestrichenen Tür, hinter der Suzanne war, spürte sein Herz schlagen, als würde es explodieren, von einer Sekunde auf die andere. Erinnerungsfetzen aus seiner Kindheit, Schrankgeschichten und Tagträume, die zu Nachtepisoden wurden, wenn er sich vorgestellt hatte, mit Suzanne zusammen Filme zu sehen, seinen Arm um sie gelegt, ihre Haare seinen Hals berührend. Bilder flackerten auf der weißgetünchten Wand gegenüber, und draußen wurde es dämmerig, als hätte es Gott geahnt. Der Schnee kam, und mit dem Schnee kam alles zurück, was verloren geglaubt.

Stimmen, die Suzanne hörte, leise, von draußen, vor der Tür. Sie horchte und war ängstlich, aber nur einen Moment. Schnell zog sie sich eine warme Strumpfhose an, die blaue, die sie immer anzog, wenn ihr kalt war, und ging hinaus. Schritt in ein wunderbares Treppenhauskino und hörte, wie jemand schnell nach unten ging und verschwand. Roch herben Zigarettenrauch, der immer noch zur Decke stieg, hoch zum vierten Stock. Die Meisten hier im Haus waren zu Verwandten gefahren, oder in Urlaub, allein ein altes Ehepaar ganz oben wartete auf den heiligen Abend, der sie schlafen lassen würde bis in alle Ewigkeit.

Die schmalen schmutzigen Flurfenster bedeckten sich mit Neuschnee, und sie sah einen alten Film, hörte die Filmrolle surren, der Ton leise und blechern. Vor vielen Jahren hatte sie den Film gesehen, in einer Spätvorstellung im Fernsehen. Beinahe vergessen, war es jetzt, als würde sie sich selbst dort sehen. Jack Lemmon und Shirley McLaine, und weiß Gott, sie hätte Shirley sein können, die dort auf der weißen Wand nach dem Leben suchte. Setzte sich auf den kalten Boden, die Knie wieder angezogen, umfasste sie nicht nur ihre Beine, sondern auch ihre Seele und ihr Herz. Oben ging kurz die Tür auf, jemand sah heraus und verschwand wieder, es kümmerte sie nicht. Ihre eigene Tür stand weit offen, Wärme drang heraus und mit ihr Suzannes Lebensangst, die durch alle Schornsteine der Straße davonzog.

Alles das.
Mehr noch.
Shirley McLaine lief die Straße entlang.
Lief um Ihr Leben.
Billy Wilder, schwarzweiß.
Alle Augen geöffnet.
Jack Lemmon kocht
Spaghetti in der Küche,
sie schläft,
er liebt,
sie träumt.

Erst jetzt erkannte sie, wie sehr sie diesen Film liebte. *Das Appartement* von Billy Wilder, ein wundervoller Film, in dem sich zum Ende hin alles zum Guten wendete. Wie sehr sie es vermisste, das Licht auszumachen, sich an jemanden zu lehnen, sobald der Film begann. Sah den ganzen Film, obwohl es ihr längst kalt geworden war.

Suzanne bemerkte nicht einmal, dass sie geweint hatte, ganz leise, ganz still. Das Ende des Zelluloids schnappte nach der Blechrolle, der Ton war verstummt, die Wand wieder ganz nackt. Noch immer schneite es, in ihrer Wohnung tuckerte der Gasofen. Bob Dylan schwieg.

Weit weg hörte Suzanne Weihnachtsglocken läuten. Kinder, die im Innenhof mit den vielen kaputten Stühlen die ersten Geschenkpapierfetzen über die Dächer steigen ließen. Der Projektor schaltete sich ab, und Suzanne erschrak ein wenig.

Brenner küsste sie heimlich auf die Stirn.

Die Matinee war eröffnet, kann man sagen. Die Kunst verbindet Menschen auf eine sehr geheimnisvolle Art und Weise. Bücher, Musik und Filme, die beschreiben können, was man nicht sagen kann, weil es einfach zu groß ist, um es aussprechen zu können.

Suzanne fühlte sich sehr gut an diesem Mittag, und auch wenn sie noch nicht verstand, was das alles zu bedeuten hatte, spürte sie doch, dass es etwas Gutes war. Gerade deshalb ließ sie ihre Haare offen, schrieb Gedichtzeilen in ihr Tagebuch und hoffte auf ein himmelblaues Weihnachten – und auf ein Leben, das sich lohnte; hoffte auf große Geheimnisse und ebenso große Wunder.

Tanzte auf einem Bein.

Tanzte in blauen Strümpfen im Kreis.

Tanzte, tanzte, tanzte.

Und war wunderschön.

Vorspann
(Blauer Abend in Amerika)

Suzanne war unruhig und nervös.

»Was um aller Welt ist denn heute mit dir los?« Sara, ihre beste Freundin, nippte an der Weihnachtsbowle. Wie beinahe jedes Jahr, verbrachte sie den Weihnachtsabend bei ihrer besten Freundin Sara. Ihre Altbauwohnung: groß und geräumig, karg eingerichtet. Ein großer, künstlicher Christbaum flackerte im Wohnzimmer, die Lichterkette hatte einen Wackelkontakt. Fünfzehn, zwanzig Leute, die in der Wohnung herumstanden und sich laut unterhielten. In den letzten Jahren war dies für Suzanne immer ein guter Ort gewesen, um nicht einsam zu sein. Aus einem MP3-Player in der Küche tönten die üblichen Weihnachtslieder. Ein Mann, den sie letztes Jahr nach der Feierlichkeit mit nach Hause genommen hatte, küsste gerade im Flur eine Frau, die Suzanne nicht sonderlich ausstehen konnte. Das Essen hatten sie längst hinter sich gebracht, Suzanne ihres kaum angerührt. Jetzt trank sie ihr drittes Glas Wein und fühlte sich sehr allein. Ständig ging sie zum Fenster zur Straße hin und blickte hinaus, als würde sie jemanden suchen. Das Treppenhauskino verwischt, als wäre es ein Traum, der jetzt, nachdem sie länger wach war, wieder verschwand. Die Straßen schneebedeckt, kaum Menschen draußen unterwegs. Sie blickte hoch zu den Häusern der Straße, beinahe jedes Fenster hell erleuchtet, glückliche Schatten. Es war kurz nach zwanzig Uhr.

»Alles in Ordnung, wirklich. Ich fühle mich nur nicht so gut, heute.«

»Du wirst doch nicht krank werden?«

»Keine Ahnung, vielleicht krank im Herzen. Wenn es so etwas gibt.«

Sara sah sie an, trank das Glas leer.

»Na gut, soll ich dir ein Taxi rufen?«

»Hm. Nein, ist schon gut. Ist ja nicht so weit.«

»Wir telefonieren, ja?«

»Ja.«

Suzanne umarmte Sara, und verschwand – in Mantel und hohen, alten Stiefeln – ein wenig beschwipst vom Rotwein, in der Dunkelheit der Nacht. Die Luft war eisig; es tat gut, sie einzuatmen. Überall Weihnachtsgirlanden und Weihnachtsbäume, Schneespuren von allen und zu allen Häusern. Klapperndes Geschirr, schreiende Kinder, murmelnde Erwachsene, alles heraus aus den Fensterritzen der Stadt. Ein paar wenige Fußgänger, verlorene Gestalten ohne Gesichter. Funkenschauer von den vereisten Trambahnleitungen, die Abteile menschenleer. So sah Suzanne nach oben. Der Himmel war klar und von Sternen übersät, der Mond halb glänzend über den Schornsteinen. Wie schnell doch die Zeit verstrichen war, dachte sie sich. Zweiunddreißig Jahre alt war sie, in ein paar Monaten würde sie dreiunddreißig sein, und von Überraschungen war längst keine Rede mehr. Bis heute. Als sie fort gegangen war, war auch der Filmprojektor verschwunden. Nichts mehr erinnerte daran.

Die Hände tief in die Manteltaschen gesteckt, hatte sie es nicht eilig, nach Hause zu kommen. Das ungemachte Bett, die Geschenkpapierreste auf dem Parkett. Sara hatte ihr einen Gutschein geschenkt, den sie bei ihr vergessen hatte; natürlich. Die Gutscheine der letzten Jahre steckten immer noch zwischen alten Postkarten an der Fensterbank in der Küche.

Sie wechselte die Straßenseite, da sie die Gassen und schmalen Wege bevorzugte. Vom Neuschnee verweht. Die Bäume trugen schwer, als Suzanne das erste Amerika-Plakat sah. Es hing schief an einem Laternenpfahl. So blau, wie die Karte, die sie gefunden hatte, so schön, wie der Himmel über ihr. Ein Sternenbild. Kometenstreifen, Mondschatten. Die Leinwand an den Ecken eingerissen, in jede Wolke geschrieben:

Willkommen in Brooklyn

Eine Sekunde lang glaubte Suzanne, tatsächlich in Brooklyn zu sein: das Laternenlicht wie das Flackern einer alten Gaslampe, das Plakat nur ein Wegweiser, ein Straßenschild. Und wer konnte das auch schon so genau wissen, vielleicht war hier tatsächlich Brooklyn.

Das Licht der Straße war anders, wärmer und heller, dunkler und geheimnisvoller. Eine Katze, schwarzweiß gefleckt, kreuzte den Weg, sah sie an und verschwand in einem Hinterhof. Ein Hund bellte.

Suzanne berührte das Amerika-Plakat, lächelte und ging schließlich los.

Als hätte sich Suzanne endlich an etwas erinnern können, das sie eine Ewigkeit vergessen hatte – wenngleich das Gefühl der

Erinnerung immer noch unscharf war, zwar mit Atem gefüllt, aber noch behäbig. Ein wenig Schnee fiel hier und da hernieder, und je weiter sie die Straße hinab ging, umso weiter ging sie nach Amerika.

Vereiste Wasserhydranten, auf jedem eine große schwarze Zahl. Da die Nummer 7, dort die Nummer 9.

Schmal die Straßen, aus den Fenstern leise Musik. Von Baumkrone zu Baumkrone gespannte Wäscheleinen, an denen große, bemalte Tücher mit dem Wind flatterten. Winzige Bücherläden mit brennenden Kerzen im Schaufenster, jeder Buchladen für ein einziges Buch. So sah Suzanne den Laden »Von Mäusen und Menschen«, gleich daneben den Laden »Wer die Nachtigall stört«. Offene Türen, hinter denen sie Kinder hörte; und Kinderkreisel, die von Ost nach West surrten. Angenehmer Kaffeeduft, vermengt mit dem Geruch von gebratenen Äpfeln.

Auf einer Anhöhe, nicht weit entfernt, glommen die Lichter eines Hauses, inmitten eines Friedhofs. Dutzende Glühbirnen, die in einem großen Gewächshaus über die Gräber hinweg Schatten warfen. So weit Suzannes Auge reichte, war jeder Grabstein ein gemaltes Bild; New York City, Philadelphia, dort Nebraska, da Manhattan.

»Hallo?« Ihre Stimme zaghaft. Die Tür des Glashauses geöffnet, roch Suzanne Zigarettenrauch und gebrannte Mandeln. Es waren keine Blumen darin, an der Decke nackte Glühbirnen, einige Sperlinge, die schlafen wollten. Warmes Gras als Boden, in der Mitte ein Stuhl, daneben, auf einem umgedrehten Blumentopf, ein Glas Wein. Ganz kurz nur glaubte sie, jemanden gesehen zu haben, ein Vorbeihuschen im Augenwinkel, mehr nicht. Dann erlosch das Licht, und eine große Leinwand am Ende wurde bemalt. Draußen, auf den Gräbern, brannten Hunderte von Kerzen.

Captain Trip,
und ein Buch, das geschrieben werden wollte,
die Liebesparade und
Not dark yet, es dämmert schon,
jemand sucht die Liebe,
John Lennon singt ein Lied,
Wort für Wort,
Wahrheit für Wahrheit,
Lüge für Lüge,
der Schnee fällt,
von den Bäumen.

Suzanne mochte den Film auf Anhieb, und schon wieder hätte sie das alles selbst erlebt haben können, irgendwo in Amerika, in irgendeiner Straße. Sie wünschte sich, Geschichten schreiben zu können; Geschichten, die so wahrhaftig waren, dass sie durch alle Gespenster im Schneetreiben fegen konnten. Manchmal schrieb Suzanne Gedichte, Wortfetzen auf liniertem Papier. Jedes Wort voll von Sehnsucht und voll von Melancholie.

Wonderboys war zu Ende, Michael Douglas als Captain Trip hatte seinen Teufel bezwungen und seine Engel gefunden. Bob Dylan sang immer noch, als schon das Licht wieder anging, der Wein ausgetrunken war. Zigarettenrauch, den sie abermals roch, weit nach Mitternacht, irgendwo in München, aber doch weit weg in Amerika, in einer blauen Weihnachtsnacht.

Leibrand stand an den großen Bäumen und ließ Suzanne die ganze Zeit nicht aus den Augen. So wunderschön war sie anzusehen.

5

Suzanne wachte am 25. Dezember auf, und wusste im ersten Moment nicht, wo sie sich befand. Erst, als sie sich aufsetzte, stieß sie den angehaltenen Atem aus: zu Hause in ihrem Bett. Taumelnd und voller Glück war sie gestern nach Hause gekommen, hatte nur noch Stiefel und Mantel abgestreift und schlief sofort ein. Träumte von den großen Dingen des Lebens, von den Atemzügen der Liebenden, die sie gegenseitig auf den Gesichtern spürten. Von Sommertagen, von Winternächten. *Hold on,* eine Stimme, die von weit her kam.

In ihrer Wohnung war es still und warm; eine Weile blieb sie einfach nur liegen und schaute an die Decke. Wunderte sich, wie verwinkelt das Leben sein konnte, obwohl doch alles so klar erschien. Wie stark Begebenheiten das Leben verändern konnten. Der Film im Gewächshaus, die Lichter auf den Straßen, der Schnee in ihren Haaren. Alles das. Und wie glücklich sie das alles machte.

Der Kuss auf dem Rummelplatz. Ja, daran musste sie denken, und sie glaubte auch, davon geträumt zu haben. Endlich wusste sie wieder seinen Namen, endlich hörte sie wieder sein Herz schlagen. Aber jetzt, die Blicke zur Decke gerichtet, war sein Name wieder weit entfernt.

Hatte sie tatsächlich all die Amerika-Plakate gesehen, an jeder Ecke eines, allesamt blau wie der Himmel? Jetzt, da die Wintersonne durch das Fenster fiel, war sich Suzanne nicht mehr sicher. Schlüpfte aus dem Kleid, aus der Unterwäsche und duschte fast eine Stunde lang.

Der Tag verstrich zögernd. Die Menschen draußen langsam und bedächtig, die Spaziergänge nur Schemen im Weihnachtstrubel, die Köpfe schwer vom Glühwein und Punsch. Suzanne nahm die Postkarte vom Kühlschrank und legte sie auf den Küchentisch, das Papier wellig. Barfuß durchquerte sie hundertmal ihre Wohnung, trank viel Kaffee, stapelte Bücher um. Am späten Nachmittag kochte sie sich Nudeln mit Pesto, aber sie vergaß beinahe, davon zu essen. Bob Dylan, Johnny Cash, Tom Waits – alle waren im Raum, ihre Musik leise, ihre Worte kaum verständlich.

Hin und wieder schaute sie in den Flur, der leer und kalt war. Kein weiterer Film, kein Zigarettenrauch, nicht einmal ein neugieriges Öffnen der Tür vom vierten Stock. Sie wünschte sich, wieder ein Kind sein zu können, ein Kind zu Hause, immer noch im Nachthemd, unter dem riesigen Weihnachtsbaum in ein Spiel vertieft, während ihre Eltern in der Küche lachten.

Niemand rief an, nicht einmal Sara, um sie an den Gutschein zu erinnern. Null war die Zahl auf dem Anrufbeantworter. Wahrscheinlich war Sara nicht allein geblieben, und vermutlich würde sie erst wieder im neuen Jahr etwas von ihr hören. Natürlich hätte sie einfach anrufen können, aber ihre Stimme klang belegt, daher ließ sie es. Bemühte sich, sich zu erinnern, wie sie letzte die Weihnacht verbracht hatte. Sie hatte diesen Typen mit nach Hause genommen, diesen Typen, an dessen Namen sie sich schon eine Woche danach nicht mehr erinnerte, und der, als sie am morgen aufwachte, verschwunden war wie ein Gespenst. Neblig die Tage danach; an Neujahr wieder erwacht und zur Arbeit gegangen.

Die Haare hochgesteckt, barfuß in Jeans und einem T-Shirt, darüber ihr Lieblingshemd, so saß sie an dem kleinen Küchentisch, der Kaffee längst kalt geworden, und erschrak fast zu Tode, als ein Schneeball an das Fenster geworfen wurde. Als Kind hatte sie das auch immer gemacht, um die Leute zu erschrecken. Allmählich dämmerte es; sie sah auf die Uhr – nach vier –, bevor sie zum Fenster ging und nach draußen blickte. Aber da waren keine Kinder.

Ein Mann sah empor und winkte.

Hauptfilm
(Amerika in unseren Herzen und in den Hinterhöfen)

Der Innenhof war ein Innenhof, aber keiner, den Suzanne kannte. Sie kniff die Augen zusammen; als sie sie wieder aufschlug, war es immer noch ein fremder Platz. Aber Sie verspürte Angst, vielmehr schlug ihr Herz wild und bis zum Hals hoch. Sie hielt sich am Fensterbrett fest; Johnny Cash sang von seinen Schmerzen; seine Stimme war längst in sie gefahren. Sämtliche Glühbirnen in ihrer Wohnung flackerten wie Kerzenlicht.

»Ich komme«, flüsterte Suzanne, und obwohl es niemand hören konnte, nickte der Mann dort unten mit großer Geste.

Der Schnee war geschmolzen auf den unebenen Asphaltstücken, einige Strohblumen an den Ausläufern. Umgeben von hohen Häusern, die weit durch die Wolken verschwanden. Eine große Theaterbühne am hinteren Ende, der schwere blaue Vorhang noch verschlossen. Zahlreiche Klappstühle, unordentlich die Reihen zusammengestellt. Unwirkliche Menschen, die sie begrüßten: mit Nicken und leisen Worten. An den Seitenstreifen und in jedem Fenster große und kleine Kerzen, die erloschen und wieder brannten.

»Hallo, schön, dass du hier bist.« Suzanne drehte sich um und sah den fremden Mann, der ihr gewunken hatte.

»Wo sind wir?« Suzanne wurde ein wenig schwindelig.

»Wo? In Brooklyn, die Straße runter, gleich um die Ecke, beim Birdland, du weißt schon. Du stellst seltsame Fragen.«

»In Brooklyn?«

»Ja, in Brooklyn. Natürlich. Wir feiern immer Weihnachten in Brooklyn. Weihnachten ist großartig.«

»Wie komme ich hier her?« Weit weg hörte Suzanne Pfauengeschrei.

»Du bist schon immer hier. Jeder hat seinen Platz, seinen Ort, seine Stadt. Manchmal vergisst man das, und manchmal fällt es einem wieder ein. Dir ist es wieder eingefallen, letzte Nacht. Du hast davon geträumt.«

»Ich kann mich gar nicht erinnern, ehrlich gesagt. Nur an den ...«

»Kuss? Ja, ein großartiger Kuss, nicht wahr? Der Kuss deines Lebens, die Leute erzählen sich heute noch davon.«

»Von meinem Kuss?« Suzanne bekam rote Wangen.

»Natürlich, was denkst du denn?«

»Du kennst den Jungen?«

»Ich kenne den Jungen, ich kenne den Mann. Natürlich.«

Suzanne sah den Fremden eine Zeitlang an, ohne etwas zu sagen. Seine Augenfarbe veränderte sich mit jedem Atemzug, mit jeder Sekunde. Der Fremde lächelte.

»Wer bist du?«

»Du kannst mich einfach Brenner nennen. Das haben immer alle gemacht. Einfach nur Brenner.«

»Wo ist der Mann? Den ich geküsst habe? Wo ist er, ich suche ihn.«

Brenner schwieg einen Moment. Dann sagte er:

»Er ist bei dir, schon immer. Ein Leben lang, ein Leben lang.«

Ein Windhauch wehte Brenner plötzlich fort und blies alle Kerzen weit und breit aus.

Der Vorhang öffnete sich langsam, blieb hängen, ruckelte und wurde schließlich ganz aufgezogen. Der Geruch von

Staub und alten Büchern drang zu Suzanne, die sich auf einen der Klappstühle setzte. Ganz kurz hatte sie gespürt, dass sie gleich umfallen würde, aber als sie saß, verschwand dieses Gefühl wieder.

Bunte Glühbirnen erhellten die zusammengezimmerte Bühne, warfen lange Schatten über die Staunenden hinweg. Ein kleines Mädchen, vielleicht zehn Jahre alt, tanzte herbei und sang:

»Kommt herbei, kommt herbei. Von oben und unten, von links und rechts, kommt herbei.«

Die Plätze füllten sich, und Suzanne sah Menschen, die aus dem Zwielicht kamen.

»Es ist die große Geschichte von Leibrand und Suzanne und Brooklyn und Amerika und New York und der Liebe und achsovielnochmehrsovielnochmehr.« Das Mädchen drehte sich herum, so dass ihr weißes Kleid umherwirbelte, und lachte dabei.

Leibrand, dachte sich Suzanne, ja, so war sein Name gewesen. Leibrand, wie hatte sie das nur vergessen können?

Ganz leise murmelte sie seinen Namen. Immer und immer wieder. Wie gut war es, ihn auszusprechen: wie ein Gebet vor dem Schlafengehen.

»Meine Damen und Herren, zur Feier des Tages, und überhaupt und überhaupt und überhaupt, wir wollen heute nicht so sein – hier ist Bob Dylan.« Brenner stand an dem altmodischen Mikrofon und fuchtelte mit den Armen. Bob Dylan stapfte herein, in Stiefeln und breitem Hut, sonst schwarz gekleidet. Noch nie hatte jemand diese Lieder gehört, er sang von Brooklyn und dem blauen Himmel, von Suzanne und Leibrand, sang vom Sterben und Leben. Dann nuschelte er etwas von seinen eigenen Träumen und spielte zum Schluss *Shelter From the Storm,* in einer wundervollen Version, und Suzanne sah hinauf, erblickte unzählige Sternschnuppen. Dylan verschwand hinter der Bühne, verschwand aus Brooklyn, tanzte nach Hause.

Aus einer Schattenfuge kam Leonard Cohen in seinem Lieblingsanzug und Hut, und setzte sich auf einen Stuhl inmitten der Bühne, Beine übereinander geschlagen. Das Mädchen brachte ihm ein Buch, blau jede einzelne Seite. Er erzählte leise von Leibrand, und dass er zusammen mit ihm auf dem höchsten Kirchturm gewohnt hatte, vor vielen, vielen Jahren. Mit Brooklyn-Tauben und New York-Schwalben, und Leibrands Geschichten vom Glück und vom Sterben. Damals, als Cohen das Leben satt gehabt hatte, da tauchte Leibrand plötzlich auf und erschreckte ihn, indem er von den Kirchenbänken herunterfiel. Oft spielte er Leibrand sein Lied über Suzanne vor, und schon bald bemerkten sie, dass die Liebe so tief sein konnte wie ein Loch, das durch die Welt gegraben wird.

»Aber jetzt«, sagte Cohen, »aber jetzt erzähle ich Ihnen meine Lieblingsgeschichte von Leibrand. Eine Schrankgeschichte, wie er sie nennt. ›Schnee in den Haaren‹, so heißt die Geschichte, und ich kann Ihnen versichern, ich mag sie sehr. Von der Liebe, vom Glück, und vom Unglück ebenso.«

Leonard Cohen räusperte sich und gab die Geschichte langsam und bedächtig zum Besten; jedes einzelne Wort flog davon wie ein Sperling zum Mond. Suzanne erkannte sich in der Erzählung wieder, und natürlich erkannte sie auch Leibrand wieder. Das dünne blaue Papier knisterte zwischen Cohens Fingern.

»Wir wollen nicht vergessen, Leibrand liebt Suzanne. Und weil das so ist, sind wir hier.« Cohen legte das Buch zur Seite, nahm eine Gitarre zur Hand, die ihm Dylan da gelassen hatte, und spielte *The Tower of Song.*

Paul Auster begleitete ihn nach draußen und kam wieder zurück.

»Es ist wirklich schön, in der Brooklyn-Sprache reden zu können, die jeder versteht. Ich habe sie seit meiner Kindheit nicht mehr gesprochen.«

Auster stand an dem alten großen Mikrofon; seine Jeans ausgewaschen, das Hemd ebenso.

»Ich erzähle Geschichten, ich denke, Sie wissen das. Leibrand hätte auch Auggie Wren aus meiner Weihnachtserzählung sein können. Ja, das hätte er – sie haben viel gemeinsam. Als Schriftsteller sieht man die Menschen anders, man sieht sie in einem anderen Licht. Vor allem sieht man die Geschichten, die einen Menschen umgeben wie eine Aura. Meistens sind es gerade jene Menschen, von denen wir es nicht vermuten, die umherstreifen und die Stille gefunden haben. Jeder hat eine Geschichte, manche davon hell, andere dunkel. Aber es gibt Menschen, die sind wie Romane – man muss sie nur treffen und sie ansehen. Ich nenne sie Herbstkinder, denn der Regen ist ihre Leidenschaft. Sommertage verdorren die Gedanken, und erst der Regen offenbart, was sie gesät haben. Leibrand, das muss ich zugeben, ist der König aller Regenkinder. Ich selbst habe ihn von einem Balkon fallen sehen, es ist schon einige Jahre her, und mich lange gefragt, warum dieser Mann fällt. Vielleicht fällt er sogar aus der Welt, Sie wissen was ich meine. Weil er nicht in diese Welt passt, mit all den Sonnentagen und all den Leuten, die nichts zu erzählen haben. Eine Erklärung habe ich nie gefunden, aber dennoch lässt mich Leibrand nicht mehr los. Ich mag ihn, ja, ich mag ihn wirklich sehr. Für ihn und für Suzanne lese ich heute noch einmal die Weihnachtsgeschichte von Auggie Wren, dem Typen vom Tabakladen um die Ecke.«

»Du?« Eine Hand zupfte an Suzannes Haaren.

»Du? Komm mit«, sagte die Stimme, und Suzanne drehte sich um. Das kleine Mädchen von vorhin stand neben ihr und sah sie an. Dunkelbraun ihre Augen, ebenso ihre Haare. Sie roch nach Weihnachtsgebäck und Kaugummi. Eine große Kaugummiblase kam aus ihrem Mund und zerplatzte leise. Das Mädchen lachte.

»Wohin gehen wir?«

»Du stellst ziemlich viele Fragen.«

»Und wer bist du eigentlich?«

»Welcher Name gefällt dir?« Das Mädchen zog an ihrer Hand, und so gingen sie beide los, weg vom Zwielicht, hinein in die Dunkelheit.

Abspann
(Der Winterzirkus im Prospect Park)

Schon von Weitem sah Suzanne das große Riesenrad. Auch Schaubuden und ein rotes, flatterndes Zirkuszelt. Betrunkene Feuerschlucker, die den Schnee schmelzen ließen, der zu Eisfragmenten gefror. Zwei Elefanten, die gemächlich den Platz überquerten. Zugefroren die Teiche: Kinder liefen Schlittschuh, zeichneten Spuren.

Der Mond stand voll und rund am Himmel; die Sterne blinkten hell und zahlreich. Mit Glühbirnen geschrieben, einige von ihnen ausgebrannt, inmitten des Riesenrades zu lesen: Amerika.

In der Luft, mit dem Wind getrieben, der Geruch von Zuckerwatte, gebrannten Mandeln und Zirkusschminke.

»Ich habe dich vermisst«, sagte eine Stimme, und erst jetzt bemerkte Suzanne, dass die Hand in ihrer Hand nicht mehr die eines Kindes war. Sie drehte den Kopf zur Seite gedreht und sah Leibrand, der den Blick abgewandt hatte. Schrecklich bleich, ein wenig zitternd, seine Hand kalt. Seine Schritte langsam, unsicher.

Bobby Long kreuzte ihren Weg, auch Lenny und George, dort Boo Radley. Sie waren alle hier, die Vergessenen und die Verlorenen.

Blau die Sehnsüchte.

Blau alle Träume.

Suzanne weinte, so glücklich war sie.

Leibrand legte seinen Arm um ihre Schulter, und sie träumten einen gemeinsamen Traum, während ihre Schritte Spuren in den Schnee drückten.

Das Licht schlecht, überall auf den Fenstersimsen heruntergebrannte Kerzen. Auf der Feuerleiter Blumentöpfe und Gartenstühle, vergessene Tassen und Teller. Leibrand, der an einem Tisch sitzt und für sie Geschichten schreibt auf buntem Papier, Gedichte und Zeichnungen. Verstreute Pinsel und Leinwände, Farbstriche und alte Flecken auf dem Boden. Der Fernseher läuft kaum, hörbar, in der Küche klingt ganz leise das Radiogerät; mit dem magischen Auge sieht es ihnen zu. Sie liebte ihn, alleine dafür, dass er bei ihr ist. Für sein Aufsehen von der Schreibmaschine und sein Lächeln.

Vor jedem Schlafen eine Geschichte, ganz leise erzählt. Ja, dafür liebt sie ihn so sehr.

Komm, halt meine Hand.

Ja.

Nach Hause kommen, an Schneetagen, an Herbstabenden, in Sommernächten. Wenn er sie mit einem Kuss aufweckt und im Schlaf betrachtet, während draußen die Taxis über die Rinnsteine klappern, und Zigarettenkippen in hohen Bögen über den Asphalt fliegen. Und das Leben nichts von ihrer Liebe weiß.

Es würde reichen, einfach nur am Leben zu sein. Es würde reichen, einfach nur in dieser Straße zu sein, nirgendwo mehr anders hingehen zu müssen, um etwas zu suchen. Hier zu sein, Brooklyn-Blues, Brooklyn-Jazz in ihrer alten Haut, mit der neuen Hoffnung in den Knochen.

Nichts mehr zu brauchen, nur das Erwachen an einem neuen Tag, das Bett knarrend und durchgelegen, die Herzen frisch und pochend. An den Wänden Amerika-Plakate, immer wieder und immer noch.

Ein Fenster zur Straße hin, zum Himmel hin. Sternengebilde und Gewitterwolken beobachtend, den Regen erwartend und die Dämmerung.

Suzanne, die ihn berühren würde. Er sieht sie am Tisch sitzen und erzählen, er sieht sie am Bettrand, mit hochgesteckten Haaren. Frisch gebrühter Kaffee und ein angemaltes Fenster. Ihr Geruch, der alle Räume erfüllt und ihn schlafen lässt.

Im Schattenlicht diese Frau, sie trägt ihr Lieblingskleid. Barfuß. Und nimmt seine Hand. Und er ist endlich jener, der er immer sein wollte.

6

Als das Riesenrad am höchsten Punkt anhielt, war es so, als wären sie beide wieder die Kinder von damals. Die bunten Fahnen am Zirkuszelt flatterten, leise kratzten die Schlittschuhkufen dort unten. Ein wenig Schnee, der vom Himmel fiel, den sie beinahe berühren konnten.

Leibrand roch ihre Haare und ihre Haut, ihr Parfüm und ihren Atem. Suzanne fasste in ihre Jackentasche und erfühlte die Postkarte, sicher verwahrt. Alles war richtig, nichts mehr falsch.

»Ich…« begann Leibrand, und wollte so vieles sagen, aber Suzanne küsste ihn das zweite Mal im Leben, bevor die Wörter seinen Mund verließen.

»Und ich habe dich vermisst«, flüsterte Suzanne, lehnte sich an Leibrand und wünschte sich, sie würden ewig leben können, um nie mehr wieder etwas verlieren zu müssen.

Doch Leibrand fiel.

Kapitel 10

Leibrand und das offene Fenster

Series of dreams ...
– Bob Dylan

1

Die Welt hatte sich gedreht, sich verändert – zu einem guten Ort mit guten Wegen und Kreuzungen. Die Teufel an den Straßenecken waren verschwunden, der Wolfsmann heulte zum Mond, doch niemand erhörte ihn. Das alles kann geschehen, wenn die Liebe größer ist als alles andere, das einem begegnet. Ein Herz hatte seinen Besitzer gewechselt, und auch, wenn das beide nicht wussten, ahnten sie es doch schon in dieser Nacht, an diesem Ort, unter diesem Himmel.

Leibrand war sehr glücklich, als er Suzanne nach Hause brachte, wie er es sich ein Leben lang erträumt hatte. Hatte ihr sein Jackett um ihre Schulter gelegt, weil sie fror; ihre feuerroten Haare fielen darüber wie in seinen Träumen ihre Haare über ihn selbst fielen.

Vielleicht würden sie das alles nie mehr finden können, die Hinterhöfe und den Jahrmarkt, aber es war auch nicht sonderlich wichtig.

Die Wohnungstür weit offen, Licht fiel in den Hausflur, und da Suzanne, an den Türrahmen gelehnt.

»Du kommst doch noch mit rein, Leibrand, nicht wahr?«

»Heute nicht, nein.«

Suzanne sah ihn an, und einen Moment verstand sie es nicht. Im Stehen schlüpfte sie aus ihren Schuhen und schob sie mit den Füßen zur Seite.

»Wenigstens auf einen Kaffee?« Ihre Stimme leise und müde.

»Weißt du, es ist wie ein Bild – wenn wir es so lassen, dann ist es schön.«

Beide schwiegen. Die Tür im vierten Stock ging leise auf, jemand trat in den Flur und verschwand wieder.

»Gott sei dank, habe ich dich gefunden«, sagte Leibrand und strich die Haare nach hinten. Suchte eine Zigarette, fand sie, rauchte.

»Nein, Gott sei dank habe ich dich gefunden. Jetzt wird alles gut.«

»Ja.«

»Leibrand?«

»Ja?«

»Du hast mich immer gesucht, nicht wahr?«

»Seit damals, ja. Ich habe dich nicht mehr rausbekommen aus mir.« Leibrand lächelte.

»Das tut mir alles so schrecklich leid.«

»Nein, es ist nicht schlimm. Es hatte seine Richtigkeit, das ist alles. Deshalb sind wir heute hier, und das ist doch schön.«

»Ja, das ist wunderschön. Es fühlte sich so gut an. Da drinnen.« Suzanne legte ihre Hand auf ihre Brust, auf ihr Herz.

»Komm her«, flüsterte Leibrand und er umarmte sie, roch noch einmal alles an ihr, das vergangene und das jetzige Leben. Strich mit seinem Gesicht über ihres, und noch bevor Suzanne etwas sagen konnte, war Leibrand in der Dunkelheit des Treppenhauses verschwunden.

Im Innenhof, und das sollte Suzanne ein Leben lang nicht vergessen, sang ein Kind ein Lied. Es war fröhlich und traurig zugleich.

2

Der Himmel über Leibrand war nicht mehr nur dunkel, der Himmel über Leibrand war zerrissen, und aus den Rissen sahen ihn Augen an, aus denen Schnee fiel. Seine Schritte so langsam, dass er beinahe zum Stehen kam, sein Atem schwerer als jemals zuvor. Sämtliche dunklen Alpträume waren von Suzanne genommen, das wusste er. Jeden einzelnen davon spürte er jetzt bis in die Knochen hinein. Die Straßenlaternen bogen sich zur Erde, tauchten ihre Köpfe in Meerwasser. Fensterkreuze, die Schatten wie riesige Kruzifixe auf dem vereisten Straßenasphalt. Lichter, die aufflackerten und wieder erloschen, Gespenster an den Haustüren, die Leibrands Namen immer und immer wieder flüsterten.

Suzanne.

Suzanne.

Flüsterte er selbst.

Zitternd suchte er nach einer Zigarette in seinem abgewetzten Jackett, doch er verlor die Packung Salem ohne Filter im Schnee; die einzelnen Zigaretten fielen heraus und beschrieben sein Leben wie ein chinesisches Orakel. Sein Herz, unregelmäßig schlagend, tat ihm weh. So schrecklich weh. So fiel Leibrand auf die Knie, und einen Augenblick sah es aus, als würde er beten wollen. Aber Leibrand betete nicht, Leibrand fiel einfach um.

3

Brenner legte eine Hand auf Leibrands Stirn. Sie war heiß und kalt zugleich.

4

Licht war das erste, das Leibrand sah. Auf dem Rücken liegend, starrte ihn dieses große gleißende Auge an. In seiner Nase steckte etwas, eine Schlange, die ihm in den Rachen spie. Laut hörte er ihr Herz schlagen, ein unregelmäßiges Piepsen; jemand schrie, jemand schwieg. Schwer seine Augen, schwer sein Atem.

»Schlafen sie nur weiter«, murmelte eine Stimme, die sich wie die Stimme seines Vaters anhörte, weit entfernt, eine Stimme aus einem tiefen, nassen Grab.

Dann fiel Leibrand wieder in einen Traum, einen Traum mit Suzanne an einem Herbsttag. Der Regen noch in den Wolken, die Bäume um sie herum voll raschelnder Papierfetzen und bunten Flaschen, die aneinander schlugen. Immer, wenn er nicht hinschaute, sah er sie doch, die Gespenster und Geister, auf den Ästen sitzend, Zwielicht aus ihren Mündern kommend. Papierdrachen, die über Gräber zischten und die Toten erweckten, endlich nach so langer Zeit, damit die Erinnerungen nicht erloschen. Amerika-Plakate auf den schmalen Wegen zwischen Erde und Fluss gemalt, seine Hände blau getüncht.

»Sag mir, dass du mich liebst«, flüsterte sein Mund, und der Wind trug alles davon, über die ganze Welt und zurück zu Suzanne. Die dort stand, so wundervoll anzusehen, so ein wundervoller Anblick. Das ganze Leben, die ganze Welt, füllte sich mit ihrem Geruch.

»Ich liebe dich, Leibrand.« Ihre Stimme jene Stimme, die nach so langer Zeit die Stimme seines Vaters zum Schweigen brachte. Der Himmel bedeckte sich mit Vögeln – sie trugen schwarz.

5

Leibrand wachte auf und sah eine schneeweiße Zimmerdecke. Neben ihm ein leeres Bett. In seiner rechten Armbeuge eine umklebte Kanüle, die ein wenig weh tat.

Es war der 26. Dezember, kurz nach Mittag, als sie es Leibrand sagten. Sie hatten ihn auf der Straße gefunden, liegend wie ein Schneeengel, der schläft. In seiner Lunge hatten sie Krebs entdeckt, weit fortgeschritten. Auch Metastasen in seinem Kopf, alles das.

Draußen, auf den Fluren, suchten Menschen nach Vasen und nach Menschen. Leise und bedächtig jeder einzelne Schritt. Auf jeder Schulter ein Gespenst sitzend.

Leibrand nickte nur, und sie taten dies und jenes, und er nickte abermals. Lächelte und dachte an die Amerika-Plakate an den Wänden eines Zimmers mit hoher Decke.

6

So wusste er von Brooklyn, vom Chelsea-Hotel, von New York. Und er wartete bis die Nacht kam an diesem zweiten Weihnachtsfeiertag. Leise Weihnachtslieder aus dem Radio draußen auf dem Flur. Die Schwester hatte noch einmal nach ihm gesehen, und so dürfte es eine Weile dauern, bis sie es bemerken würden. Er öffnete das Fenster, spürte die eiskalte Winterluft und setzte sich auf den Fenstersims, wie er es schon als Kind getan hatte. Fünf Stockwerke tiefer sah er in milchigem Licht einen kleinen, schneeverwehten Garten. Der Himmel verhangen, die Sterne verschwunden. Hätte ihn dabei jemand gesehen, hätte er glauben können, dieser Mann wolle davonfliegen.

Aber Leibrand tat das, was er am besten konnte.

Er fiel in den Himmel.

Kapitel 11

Brooklyn

Suzanne schreckte auf und wusste gleich, dass Leibrand nicht mehr am Leben war. Ihr Herz schlug schnell und hart, und einen Augenblick glaubte sie, sich übergeben zu müssen. Sämtliche Gespenster der Welt schienen durch sie hindurch zu gehen.

Nie mehr würde er sie nach Hause bringen, nie mehr mit ihr einen Kaffee trinken. Nichts mehr von alledem. Sie blickte auf die Uhr: kurz vor Mitternacht. Sie setzte sich an den Bettrand und weinte schließlich, bis der Morgen kam. Erst, als ein trüber Tag begonnen hatte, schlief sie wieder ein und träumte zum ersten Mal seit ihrer Kindheit von Brooklyn – ihrem Brooklyn. Ihren Büchern in der großen Bibliothek, von all den Geschichten.

Dort war sie alles und jeder, ein kleines Mädchen, eine erwachsene Frau. Der Häuptling eines geheimen Ortes, der die Magie des Lebens ein- und ausatmete. Sie fand Leibrands Schrankgeschichten und spürte, dass sie eines Tages dort auch wieder jenen Mann finden würde, den sie mehr liebte als alles andere auf der Welt.

Jenen Mann, der ihr Brooklyn zurückgebracht hatte.

Kapitel 12

Brenner & Suzanne (Schrankgeschichten)

1

Mathilda fand Leibrands Manuskriptseiten verstreut in dem umgekippten Schrank im Lagerraum liegen. Es war der 27. Dezember, und sie spürte sofort, dass Leibrand etwas geschehen sein musste. Steinmeister war noch nicht hier, er kam in letzter Zeit erst immer gegen zehn Uhr in den Laden, und so sperrte sie noch einmal ab, nahm eine Tasse Kaffee und setzte sich auf den Boden, um die Geschichte zu lesen. Und um von Leibrand Abschied zu nehmen.

Brenner und Bette Midler
(Die Schrankgeschichte von der Hoffnung)

Brenner hauste zwischen einer Mülltonne (eher ein Müllcontainer als eine Tonne) und jede Woche wechselnden Mülltüten. Einige der besten Funde waren eigenartigerweise im Herbst zu machen, weiß Gott, warum. Die Schallplatte hatte Brenner an einem sehr hässlichen Oktobernachmittag gefunden. Alles, was Brenner besaß, passte in seine Hosentaschen und zwei Plastiktüten. Das Meiste, das er irgendwo fand, begleitete ihn nur kurze Zeit – dann verlor er es oder tauschte es ein. Die Knarre, ein ziemlich alter Revolver mit drei Patronen in der Trommel, hatte er behalten. Alles war anders, auch das Glück war hier draußen anders. Manches Mal war er glücklich, sehr glücklich sogar, und manches Mal traurig. Auch Hoffnung war hier draußen eine sehr seltsame Angelegenheit, und auch wenn es eigenartig sein mochte, verspürte er ein wenig davon, hörte in seinem Kopf diese Musik und ahnte, was es hieß, den Schnee zu riechen. Sein Großvater hatte das ganze Leben lang den Schnee riechen können, und Brenner hatte ihn darum ein ganzes Leben lang beneidet. Es ist wie Träume sehen zu können, ohne zu schlafen.

Je älter Brenner wurde, desto älter wurden auch die Träume der Nacht. Fahrige Episoden von Zuhause, zittrige Bilder ohne Zusammenhang. Das Sterben war so nahe, dass er die Anwesenheit des Todes spürte. Gerade so, wie die Ungeheuer, die nach Mitternacht aus den Schatten krochen und seinen Namen flüsterten. Sie kannten alle seine Geschichten, kannten alle seine Wahrheiten und Lügen. Seine Siege und vor allem seine Niederlagen. Der Herbst und der Winter waren die Jahreszeiten der Monster, seiner Monster. Die Leute tranken, um die Ungeheuer nicht mehr sehen zu müssen. Seine Freunde starben, um die Angst vor den Nächten abzulegen wie einen alten Mantel.

Mit vierzig Jahren stieg Brenner in sein Auto, um nach Hause zu fahren. Es war später geworden, als er gedacht hatte. Der Winter stand vor der Tür, jene Nacht war die kälteste Nacht der letzten dreißig Jahre. Er dachte an seine Frau, dachte an den Moment dieser eigenartigen Wendung seines Lebens. Brenner hatte nicht gewusst, wie sehr er sie liebte. Er liebte sie natürlich, aber erst, als seine Frau schwanger wurde, glich diese Liebe einer Offenbarung. In drei Monaten würden sie durch ein anderes Fenster in ein anderes Leben sehen können. In ein süßes, geheimes Leben.

Vielleicht wäre nichts geschehen, hätte Brenner wie sein Großvater den Schnee riechen können. Aber er bemerkte es zu spät, und der Winter kam mit kinderfaustgroßen Schneeflocken, von einem Augenblick zum anderen. Den Jungen, der sein Fahrrad durch die Nacht schob, sah er zu spät. Plötzlich erschien er, wie ein Gespenst, und Brenner sah noch, wie sich der Junge umdrehte, sah sein bleiches Gesicht, hell leuchtend. Der alte Ford rutschte, und das Geräusch des Aufpralls war so schrecklich, dass Brenner bis zum heutigen Tage davon träumte. Kniend über dem toten, blutenden Körper, nur noch ein paar Tage bis Weihnachten. Der verfärbte Schnee unter dem Jungen, und der frische, unberührte Schnee auf dem Jungen. Drei Tage später verlor seine Frau ihr Kind und Brenner verlor die Welt, so unbemerkt, wie man einen Geldschein verliert. Ein Jahr später wachte Brenner zwischen den Mülltonnen und den anderen Verlierern auf. Im Zwielicht tanzten die Gespenster einen wahrlich seltsamen Tanz.

(Alles ist kaputt/niemand spricht mehr mit dir)
(Tanzen/Weinen/und wenn es nicht anders geht/Sterben)

Über eine Woche lang streunte er die Isarwindungen entlang, wünschte sich an andere Orte und in andere Räume, warm und voll mit Licht. Brenner war keiner von denen, die nicht mehr in geschlossenen Räumen sein konnten, ohne verrückt zu werden, wie die meisten anderen Obdachlosen, die er kannte. Räume waren seine Sehnsucht, Räume mit Büchern gefüllt, Kaffee- und Zigarettengeruch in der Luft, Lichtinseln, wie es sie in Büchereien gab. Aber er ahnte auch, dass er vermutlich sterben würde, ohne jemals wieder in solchen Räumen gesessen zu haben, als ein Mann, den man kennt und den man grüßt.

Er kam in einem kleinen, hässlichen Ort an, dessen Namen er sich nicht merken konnte und eigentlich auch nicht wollte. Es war die Gewissheit, dass er hier nicht lange bleiben würde.

Aber dann fand er doch gute Plätze an diesem Ort, sichere Plätze, von denen man den Himmel sehen konnte.

Es fing an zu regnen. Ein Herbstregen, der sehr lange dauern sollte. Mit Bette Midlers Träumen in einer Plastiktüte, kauerte sich Brenner zwischen zwei Bäume, schloss die Augen und versuchte, zu schlafen.

Der Regen kam und ging. Vor einigen Tagen hatte er sich sogar mit dem Besitzer des einzigen Nachtclubs der Stadt angefreundet, der soviel in sich reinkippen konnte, dass er sich wahrhaftig wieder nüchtern trinken konnte. Eine Gabe, für die Brenner die Leute schon in seinem ersten Leben bewundert, wenn auch nicht beneidet hatte.

Die Stadt war eine vergessene Stadt. Weiß Gott, wer auch immer auf die Idee gekommen war, gerade hier einen Nachtclub zu eröffnen. Natürlich gab es keine aufregenden Tänzerinnen und nur sehr selten Jazz-Bands. Aber dennoch war der Nachtclub mit dem Namen BlueSmoke ein geheimnisvoller Ort. Als wäre es ein Treffpunkt für Leute, die immer schon geahnt hatten, dass etwas nicht stimmen konnte mit einer Stadt, die zu schlafen, wenn nicht gar zu sterben schien. Das BlueSmoke hatte jeden Abend geöffnet, wie Brenner herausfand. Sein Schlafplatz lag in günstiger Nähe des Clubs, zwischen einigen Bäumen und Baumstämmen, die von Blitzeinschlägen gezeichnet und vor langer Zeit gefällt worden waren.

Der Besitzer des BlueSmoke Clubs hieß Christopher Schein, aber er bestand darauf, nur Chris genannt zu werden. Eines Morgens stand Chris vor Brenner, groß wie ein Baum und bleich wie ein Laken.

»Zigarette?« Die Hände des Mannes waren riesig, wie die Hände eines Arbeiters. Den Arm ausgestreckt, in der rechten Hand fast winzig eine Schachtel Lucky Strike ohne Filter.

»Die besten, die es gibt«, sagte Brenner, lächelte und zog eine Zigarette aus der Packung. Nickte kurz, wie es Männer tun, die sich ein Leben lang kennen.

Nach einigen Herbstwochen – der Oktober war kälter gewesen als alle gedacht hätten – trafen sich Chris und Brenner fast jeden Tag. Je mehr Zeit man damit verbringt, Menschen zu betrachten, desto mehr sieht man in ihre Herzen. Und was Brenner in Chris' Herz zu sehen glaubte, ängstigte ihn von Tag zu Tag mehr.

Es gab Mittage, an denen Chris unausgeschlafen aus dem BlueSmoke kam und Brenner eine Stange Zigaretten schenkte, ohne ein Wort zu sagen. Hatte Brenner noch vor einigen Wochen die Straßen nach halb gerauchten Zigaretten abgesucht, konnte er jetzt selbst welche verschenken. Einige Vorüberziehende gesellten sich immer wieder für eine Weile zu Brenner. Die Meisten davon waren sehr viel jünger als er selbst, und sie weinten, wenn die Nacht kam und der Alkohol ging. Manches Mal war er sehr nahe daran, die Schallplatte mit Bette Midler herauszuholen, aber es kam nie dazu. Sie war sein Geheimnis, das erste Geheimnis seit sehr langer Zeit – das erste helle Geheimnis. Vielleicht würden sie es nicht einmal verstehen, wenn er davon sprechen würde, mit leiser Stimme. Sie würden ihn anstarren und für verrückt erklären. Aber er war nicht verrückt. Dinge sind nicht wichtig, aber manches Mal werden die Dinge von einer Magie umgeben, die man nicht erklären kann. Und weiß Gott warum, je länger Bette Midler bei Brenner war, desto öfter musste er an sein verlorenes Kind denken, wie in den ersten Jahren danach. Aber dieses Mal war es dennoch anders.

Am 24. Dezember 1997 hing Chris ein altes HEUTE GESCHLOSSEN-Schild an die Eingangstür des BlueSmoke (er hatte dieses

Schild erst zweimal seit der Eröffnung an den Haken gehängt, einmal war er zu krank, das andere Mal zu betrunken zum Arbeiten gewesen), trat heraus und blickte zum Vormittagshimmel hinauf, und man möge es glauben oder nicht, genau in diesem Moment fing es an zu schneien ... in jeder Schneeflocke die Erinnerungen an damals.

Als Chris elf Jahre alt war, kam sein Vater an einem Mittwochabend nicht nach Hause. Er kam auch am nächsten Morgen nicht, und auch nicht am Freitag heim. Chris wusste sehr bald, dass sein Vater zu einem Gespenst geworden war. Über einen Monat lang wartete der Junge jede Nacht, doch alles veränderte sich, und kein Gespenst kam zu ihm. Seine Mutter nahm schreckliche Tabletten, die sie zu etwas machten, wovor sich Chris fürchtete. Sie wurde von einem Tag auf den anderen zu einer Fremden für ihn, und Chris zu einem Erwachsenen. Sein Leben war ausgelöscht, die Träume der Nächte müde, dunkel und regnerisch. Er hatte alles verloren, außer jenen zwölf Seiten Manuskript, die Chris einige Monate nach dem Verschwinden in der Garage in einem Karton gefunden hatte und immer noch besaß. Sein Vater hatte nie darüber gesprochen, dass er ein Buch schreiben wollte. Und vielleicht war es ja auch nur ein verrückter Plan gewesen, den er eines nachts gehabt hatte. Doch dies alles war nicht wichtig – wichtig allein waren jene zwei Wörter, die sein Vater auf die erste Seite geschrieben hatte: *Für Christopher.* Über diese Wörter zu streichen, hatte etwas sehr Geheimnisvolles an sich, es war überraschend und wehmütig zugleich. Nach all den Jahren war die Tinte so dünn geworden, dass man die Worte kaum noch lesen konnte – aber egal, ob er sie lesen konnte oder nicht, er würde sie immer und immer wieder spüren.

Daran musste Chris denken, als er zum Himmel empor sah und den Schnee auf seinem Gesicht spürte. Er fragte sich, wie es wohl wäre, zu sterben, bevor man das tun konnte, was man tun wollte.

Er fühlte sich nicht gerade wohl dabei.

Auch Brenner sah Bilder, als der Schnee kam.

Er hatte damals mit dem Zeichnen angefangen, als die Erinnerungen plötzlich verblassten wie alte Fotografien. Alles schien vor einigen Jahren so weit entfernt, dass er es kaum noch erreichen konnte. Das Gesicht seiner Frau, der Zettel, auf dem sie geschrieben hatte: *Es wird ein Mädchen, Brenner. Welcher Name gefällt Dir? Ich liebe Dich, Du weißt.*

Das alles schien nicht mehr ihm zu gehören, das alles schien von einem Fremden irgendwo einmal erzählt worden zu sein. Hier draußen war man Erzähler und Zuhörer, und die Jahre hatten seine Erinnerungen zu einem eigenen, bizarren Universum gemacht. Doch das alles schien in den Nächten nicht mehr wichtig zu sein. All die Jahre hatte Brenner gebetet, es vergessen zu können, und jetzt, als es soweit war, hatte er Angst, nicht nur seinen Verstand, sondern auch sein Herz zu verlieren.

Als Brenner damit anfing, war es plötzlich so klar geworden, dass es ihn erschreckte. Für seine Vergebung hatte er nichts getan, außer zu warten.

In einer winzigen Bücherei in München fing Brenner an. Ein sehr später Sommertag, die Bäume schon verfärbt. Er ging hinein, sah sich um, und wusste, was zu tun war. Sehr viel gelesen hatte Brenner nie in seinem Leben, doch er ahnte, dass es richtig war, was er tun wollte. Natürlich konnte er das nicht tun als Brenner, der Penner. Die folgenden Nächte durchkämmte er also einige Kleidersammelkästen, fand einen relativ guten Anzug, ein Hemd, das nur schreckliche Flecken auf dem Rücken hatte, und sogar passende Schuhe. Er war sechzig Jahre alt, und zum ersten Mal seit sehr langer Zeit spürte er, dass es sich noch lohnte zu leben. In öffentlichen Toiletten verwandelte sich Brenner für einige Stunden in einen Mann, der auf der Suche nach seiner Tochter, seinem Leben und seinem Tod war.

Die meiste Zeit verbrachte er zwischen drei Uhr nachmittags und sieben Uhr abends in den Büchereien. Seine Lieblingsplätze waren versteckte Stühle zwischen den Regalen und die abgeschabten Bänke bei den Zeitungen. Dort war am wenigsten los, und er konnte es in Ruhe tun. Während dieser Zeit wurde Brenner nur zweimal höflichst gebeten, die Bibliothek zu verlassen, da er weder einen Büchereiausweis besaß, noch sich bemühte, einen zu besorgen.

Die erste Zeichnung begann Brenner in einer kleinen Bücherei, die nicht einmal jeden Tag geöffnet hatte. *John und der alte Bär.* Seine Mutter hatte ihm manchmal daraus vorgelesen, eine zerschundene, billige Ausgabe mit Eselsohren und Kindergeschmiere auf den ersten Seiten. Das Exemplar der Bücherei war neu, ein liebloses Taschenbuch mit ein paar schrecklichen Zeichnungen. Auch wenn sich Brenner sich nie sonderlich für Bücher interessiert hatte, war seiner Ansicht nach ein Buch etwas Besonderes. Das Taschenbuch umgedreht auf dem rechten Knie, war er kein Mann mehr. Er war der Junge aus der heruntergekommenen Straße, er war der Junge, dem das Leben noch einiges zu bieten hatte. Brenners Hände arbeiteten nicht mehr so schnell, wie er es sich vorgestellt und gewünscht, aber nicht so träge, wie er befürchtet hatte. In seinem ganzen Leben hatte er noch nie besonders gut gezeichnet, aber das Leben ist nicht immer das gleiche Leben. Das Spiel beginnt manchmal, und man fängt an zu laufen. Brenner fing an zu zeichnen. Immer auf losen, alten Blättern, die er gefunden hatte, glattgestrichen in den langen, schlaflosen Nächten. Gesammelt zwischen zwei zurechtgeschnittenen Pappkartons, die er mit Wachsstiften blau färbte.

Innerhalb eines halben Jahres war Brenner so weit, dass er das Buch nicht mehr benötigte. Die Geschichte des Bären hatte er inzwischen in sich verschluckt, jedes einzelne Wort immer und immer wieder mit den Augen betrachtet, als wären es die ersten Wörter seiner Tochter. Der Bär und das kleine Mädchen am Fluss. Der Bär und das kleine Mädchen, das ihn küsste.

In der ersten Bücherei fertigte Brenner während zwei Wochen elf Zeichnungen von John und dem alten Bären und seinem Mädchen an. Die junge Frau, die am Nachmittag dort arbeitete, hatte den alten Mann immer ein wenig skeptisch und argwöhnisch betrachtet. Er kam zu ihr, legte alle elf Zeichnungen vor ihr auf den Tisch und wartete. Die Bücherei war so gut wie leer, und er hörte ihren Atem, roch ihren Atem.

»Ich bin heute zum letzten Mal hier, Sie müssen keine Angst mehr vor mir haben«, sagte Brenner und lächelte, ohne die Lippen zu öffnen. Seine Zähne waren schlecht, und er schämte sich dafür.

Sie sah den alten Mann an – ein alter Mann, sehr dürr, die Haare schon lange nicht mehr geschnitten. Hände grob und schmutzig.

Die junge Frau lächelte.

»Die Zeichnungen sind schön«, sagte sie. Berührte eine davon.

»Sie sind für meine Tochter.«

»Es wird sie sehr freuen. Sie haben sich große Mühe gegeben.«

»Wenn das Licht durch die Zeichnungen fällt, werden der Bär und mein Mädchen tanzen. So wird es sein. Sie wird irgendwann kommen und es sehen können. Vielleicht hat sie gedacht, ich habe sie vergessen. Niemals soll es so sein. Es ist wie mit den Schmetterlingen – sie kommen immer wieder zurück.«

Der 24. Dezember war ein Weihnachtstag wie aus einem Buch von Charles Dickens – verschneit, und ein wenig gespenstisch.

Chris, der nichts Besonderes vorhatte, rief Brenners Namen durch die Schneeflocken hindurch. Er fühlte sich gut und erstaunlich wach. Die Gewissheit, heute keine Geschichten der Fremden zu hören, war befreiend. Natürlich: Sie würden wiederkommen, vielleicht schneller, als er wollte, aber heute war er nur ein einsamer Mann an einem Weihnachtstag.

Brenner war schon völlig durchnässt und durchgefroren, als er in das BlueSmoke stolperte.

»Ohne die Leute ist es hier gar nicht so ungemütlich.«

Chris nickte lächelnd. »Ja, die Leute. Du magst sie nicht besonders, oder täusche ich mich da?«

»Ich traue ihnen nicht. Ich weiß nicht warum. Es ist als, wären sie nicht echt. Als wären sie …« flüsterte Brenner.

»Gespenster? Als wären sie Gespenster?« vollendete Chris, während er Kaffee aufsetzte.

»Ja.«

»Kaffee?«

»Richtigen Kaffee? Ich weiß nicht, wann ich zum letzten Mal richtigen Kaffee getrunken habe. Gern, sehr gern sogar. Schwarz, ohne alles, wenn es geht.« Brenner setzte sich auf einen der Stühle an der Bar und stellte die Plastiktüten neben sich. Die in zwei Tüten eingewickelte Schallplatte legte er neben die Tasse Kaffee und die leeren Aschenbecher.

»Ist wohl was Besonderes in der Tüte, habe ich recht?«

»Ja.«

»Kein Problem, musst es mir ja nicht verraten. Jeder hat seine Geheimnisse, ist doch so«, sagte Chris und rauchte eine Lucky in schnellen Zügen.

»O ja, Geheimnisse. Einige davon. Es ist eine Schallplatte. Mein Talisman, wenn du so willst. Ich hab nie etwas von

Glücksbringern gehalten, aber man wird älter. Der Glauben an etwas verändert sich mit den Jahren.«

»Ich glaube, jeder Mensch hat einen Glücksbringer, egal, was es auch ist. Für mich sind es ein paar Seiten, die mein Vater geschrieben hat. Ist schon komisch, du bist der erste, dem ich davon erzähle, seit meine Frau weggegangen ist.«

Der Schnee kam stärker, als alle geglaubt hatten. Die Fenster waren überzogen von einer dicken Schicht, und im Club war es so dunkel, als wäre es Nacht geworden. Chris holte einige Kerzen aus dem Schrank und verteilte sie im Raum.

Die beiden Männer brieten sich im Laufe des Nachmittags Steaks und aßen Kartoffeln dazu, erzählten mit vollem Mund aus ihren Leben. Am frühen Abend holte Chris zwei seiner besten Lederstühle, schob sie an den offenen Kamin, machte Feuer und ließ den Ölofen am anderen Ende ausgehen.

»Mein Großvater hat immer Zauberpulver in das offene Feuer gestreut. Die Funken haben grün, gelb und rot geleuchtet. Ich habe es geliebt als Kind, und ich liebe es immer noch, wenn ich ehrlich bin«, erzählte Brenner, sah ins Feuer und rauchte. Er fühlte sich gut, und es überraschte ihn – er fühlte sich ein wenig wie zu Hause angekommen.

»Jeder hat seine Geschichten.«

»Erzähl mir eine davon, ich liebe Geschichten«, forderte ihn Brenner auf, ohne zu lächeln. Er ahnte, dass einige von Chris' Geschichten so dunkel waren wie seine eigenen dunkelsten Träume.

»Ich weiß nicht, ob du sie wirklich hören willst.«

»Fang an, dann sage ich es dir. Wir können immer noch aufhören damit, oder?«

»Ja, ich glaube, das können wir. Vielleicht wirst du mich für verrückt halten, aber das ist heute nicht wichtig. Vielleicht bin ich auch verrückt, manchmal hoffe ich es sogar. Denn wenn ich nicht verrückt bin, ist alles wahr, und das ist ziemlich erschreckend.«

Chris erzählte die ganze Geschichte, und Brenner unterbrach ihn nur ein einziges Mal für eine Pinkelpause.

»Sie kommen hierher. Nicht alle sind es, aber die meisten. Ja, es sind Gespenster. Nicht solche Gespenster, wie du glaubst. Es sind unwirkliche Menschen, sie kommen von irgendwo her. Sie kennen meinen Vater. Sie sagen, er ist ein Grillenfänger. Er bringt die Grillen der toten Kinder an einen sicheren Ort. Sie glauben, ich weiß, wo er gerade ist – vielleicht kommen sie deshalb zu mir. Vermutlich. Sie wollen mir Angst machen. Ein jedes Kind küsst eine Grille, und die Träume des Kindes leben weiter. Es sind dunkle Männer, die hierher kommen. Sie bezahlen mit dunklem Geld. Finstere Geister, niedrige Gestalten. Sie sagen, auch ich hätte diese Gabe, die Grillen zu finden. Ich glaube, sie werden mich irgendwann töten, wenn es die Gelegenheit dazu gibt. Manchmal zeigen sie mir ihre Herzen. Ich will sie nicht mehr sehen, ihre dunklen zerschnittenen Herzen.

Brenner, sie haben mir den Glücksbringer meines Vaters gezeigt, so schnell gezeigt wie ein Zauberkünstler in der offenen Hand. Mein Vater hatte die Patronenhülse immer bei sich, seit er sie von seinem Großvater als kleiner Junge geschenkt bekommen hatte. Verbeult und schwer. Aber sie hatten ihn nicht gekriegt, er war ihnen entwischt. Er lebt noch, ich weiß es. Sie haben es mir gesagt. Brenner. Sie kommen und machen mir Angst. Ich weiß nichts von Grillen und toten Kindern.«

Als Chris seine Geschichte erzählt hatte, waren zwei Aschenbecher randvoll und drei Flaschen Wein ausgetrunken. Das Ticken der großen Uhr über der Theke war das einzige Geräusch, das den Raum erfüllte. Draußen lag der Schnee inzwischen so hoch, dass man darin versinken konnte.

»Vielleicht wäre es besser gewesen, wenn ich sie nicht erzählt hätte«, sagte Chris schließlich.

»Vielleicht. Wer weiß das schon?«

»Glaubst du mir?«

»Ja.«

»Warum? Es ist eine verrückte Geschichte«, sagte Chris und tat sein Bestes, zu lächeln, was ihm allerdings misslang. Jetzt fühlte er sich dumm, alt und sehr müde.

Laut ausgesprochen, hörte sich die ganze Sache wie ein dummer Streich an, wie die Geschichte eines Betrunkenen, der jemandem Angst machen will.

»Warum? Weil ich hoffe, dass du diese Gabe hast. Und weil ich dich um einen Gefallen bitte. Nur um einen einzigen Gefallen, mehr nicht. Es ist mein Weihnachtswunsch, wenn du so willst.«

»Dann schieß los. Einen besseren Zeitpunkt wird es wohl nicht mehr geben.«

Und so bat Brenner Chris um den letzten Gefallen.

Es hatte aufgehört, zu schneien, als Chris aufwachte. Die Morgensonne strahlte durch das Fenster und malte Schatten auf sein Bettzeug. An die letzten Stunden im BlueSmoke konnte er sich nicht mehr erinnern. Sein Trick, sich wieder nüchtern zu trinken, hatte nicht funktioniert. Doch sein Kopf war weder schwer noch bleiern, er fühlte sich stattdessen frisch und vital. Er hatte keinen von seinen dunklen Träumen gehabt, die ihn normalerweise jede Nacht heimsuchten wie lästige Bekannte.

Versprich es mir, Chris. Versprich es mir.

Noch während des Aufstehens, zündete sich Chris eine Zigarette an, schlüpfte in seine Jeans und sah es. Auf dem Stuhl unter dem großen Fenster lehnte Brenners Bette-Midler-Schallplatte, daneben stand ein alter, dreckiger Plattenspieler.

Manchmal muss man Dinge nicht erst sehen, bevor man sie versteht. Chris wusste, was er sehen würde, und einige Augenblicke hatte er Angst davor. Ohne aus dem Fenster zu schauen, legte er die Platte auf, kippte den Schalter und hörte Bette Midlers Stimme aus dem kleinen Lautsprecher. Erst jetzt konnte er aus dem Fenster blicken. Brenner war verschwunden.

Die Gespenster des BlueSmoke kamen nie mehr wieder. Im Oktober des darauffolgenden Jahres sah Chris zum ersten Mal eine der Grillen, hob sie auf und roch frischen Regen. Sein Vater war weitergezogen, und wenn Chris auch nicht wusste, wo er sich gerade aufhielt, spürte er doch, dass sie sich nicht vergessen hatten. In den Stunden vor und nach Mitternacht arbeitete er an dem Manuskript seines Vaters, und irgendwann wurde es zu seinem Buch.

Während der nächsten Jahre fand er immer wieder die Grille von Brenners Mädchen. An den Wochenenden fuhr Chris mit seinem Auto durch die Städte, hielt an verschiedenen Büchereien und sah Brenners Zeichnungen an den Fenstern. Manches Mal wartete er so lange, bis die Sonne die Bilder zum Tanzen bewegte.

2

Vorsichtig wie immer hob Harvey seine Matratze an, um seine Tavor-Tabletten dort zu verstecken. Dabei entdeckte er einige Blätter Papier, eng beschrieben mit Schreibmaschine. Er nahm sie heraus, strich sie auf seinem Oberschenkel glatt und setzte sich auf das Fensterbrett, um sie zu lesen, während er draußen den Kastanienbaum flüstern hörte. Beinahe war es, als würde er Leibrand hören.

Suzanne und Frenny
(Die Schrankgeschichte von den Gespenstern)

Der Altweibersommer ging, der Frühherbst kam. Die Straßen waren sauber von dem ersten Regen der letzten Tage, die kleinen Vorgärten gelb verfärbt. Der alte Hund, der keinen Namen hatte und keinem Menschen gehörte, streunte herum, überquerte die Straßen, als würden sie ihm alleine gehören. Einige der größten Katzen sprangen von Dach zu Dach, kletterten auf Schornsteine und fauchten den Himmel an.

Suzanne kam gerade aus Auggies Tabakladen an der Ecke, und sie roch an sich selbst den herben Zigarettenrauch, den sie mit nach draußen genommen hatte. Joe und Jack vom Gemüseladen ein Haus weiter kehrten den Gehsteig und riefen ihr freundliche Worte zu; Suzanne hob die Hand und winkte. Weit weg, vermutlich im Birdland, hörte sie Charlie Parker einen Song spielen. Charlie ging es zur Zeit wieder etwas besser, wie gemunkelt wurde. Sie hoffte, er würde es dieses Mal schaffen.

Zu Auggie ging Suzanne wirklich gern. Immer, wenn sie hier in Brooklyn war, besuchte sie ihn, um die neuesten Geschichten zu hören. Heute hatte sie wieder einmal einige Stangen Zigaretten, einige Päckchen Tabak und Zigarettenpapier gekauft. Leibrand war mal wieder in der Gegend – sie hatte die ersten Amerika-Plakate an den Häuserwänden lehnen sehen. Das war gut. Sie waren ein Liebespaar, ja, das waren sie tatsächlich. Suzanne blieb einen Moment lang stehen und streckte den Kopf in den Nacken, damit sie zum Regenhimmel hinauf blicken konnte. Schwalben, Raben, Tauben und Papierdrachen, die das Grau färbten. Die Bäume an den Straßenrändern hoch und wankend, an einigen von ihnen Kinderzeichnungen wie vom Wind vergessenes Laub.

Hier gab es die Bleibenden und die Gehenden, die Lebenden und die Toten. Die Gespenster und die Geister, die Zwielicht-Gestalten und jene, die sie alle liebten. Natürlich auch die Engel, die das Licht machten, und die Engel, die das Licht verlöschen ließen, wenn es an der Zeit war. Suzanne kannte sie alle, niemand war ihr fremd. Schließlich war sie hier die Königin, der Häuptling, das Mädchen mit dem Herzen einer Löwin.

Suzannes Wohnung in Brooklyn war immer schon das größte Baumhaus weit und breit gewesen, auch wenn sie längst kein Kind mehr war. Von hier aus sah sie alle Straßen und alle Wege, alle geheimnisvollen Plätze, und selbst die Schneeflocken, die vom Prospect Park herübergeweht wurden. Von dem kleinen Fenster mit Buntglas aus hatte sie auch Frenny erblickt, wie sie in die Stadt gekommen war, zwischen Mitternacht und Mittag. Noch nie zuvor war sie hier gewesen, das sah man ihr gleich an. Aber auch, dass ihr dieser Ort gefiel, dass sie davon geträumt hatte.

Das war einige Zeit her; so ganz genau nahm man es hier mit der Zeit sowieso nicht. Nirgendwo Uhren, kein Ticken, kein Glockenschlag. Hier gab es die Geschichten, und jede Geschichte hatte eine eigene Zeit.

»Hallo Frenny«, sagte Suzanne, als sie die Tür zu ihrem Laden aufmachte. Dort war es angenehm kühl und angenehm warm zugleich. Hinter der Ladentheke stand Frenny, und sie lächelten sich beide an. Seit Frenny in Brooklyn lebte, trug sie nur noch indische Saris, natürlich auch an diesem Tag. Ihre grauen Haare hatte sie mit einem glattgeschliffenen Holzstück hochgesteckt. Ein wenig Lippenstift, mehr nicht.

»Oh, schön, dass du vorbeischaust. Ich habe Post bekommen, Post von Harvey«, sagte Frenny.

»Ja?«

»Ja! Einen Brief, wie schön das nur ist. Endlich wieder einmal ein Brief. Er schreibt … warte.« Ihre Finger durchsuchten hastig einen Stapel Postkarten, zwischen den sie ihn gesteckt hatte. Das Papier von vielen Regenschauern aufgewellt. Während Suzanne sich auf einen Stuhl neben den Teekisten setzte und den Brief las, kamen immer wieder Leute in den Laden herein. Wie zum Beispiel Robert Fels, der sich bei Frenny nach dem Wetter erkundigte. Zwar schrieben die Zeitungen nichts vom ersten Frost dieses Jahr, aber er glaubte ihnen nicht sonderlich. Der erste Frost, und das erzählte Fels leise, sei für ihn ein sehr wichtiges Ereignis. Dann würde er langsam wieder damit beginnen können, in den Keller zu gehen, um alles in Ordnung zu bringen. Um nachzusehen, ob der Schnee immer noch in den Blechdosen war, um das Fenster zu öffnen, um die Geister hereinzulassen.

»Sonst alles in Ordnung, Robert?«

»Ja, nein. Ach, wie man es nimmt. Elektroschock-Therapie, das ist nicht fein, kann man sagen.«

»Oh, das tut mir leid.«

»Was solls, Hauptsache, ich verpasse den ersten Frost nicht. Das wäre dumm.«

»In zwei Nächten gibt es Frost.«

»Ja?«

»Ja, kein Zweifel«, sagte Frenny und klappte das Buch zu, in dem sie nachgesehen hatte.

Robert wohnte immer, wenn er in Brooklyn war, über Auggies Tabakladen. Es gab Zeiten, da war er beinahe jeden Tag hier, und dann wieder zwei, drei Monate nicht mehr. *Hängt alles mit der Traurigkeit zusammen,* sagte dann immer der Elefantenmensch. Er hieß so, weil er den gleichnamigen Film als einziger hier hundertvierunddreißig mal gesehen hatte. Einige Minuten, nachdem Fels den Laden verlassen hatte, war er hereingekommen. Wie immer mit seinem staubigen Hut auf dem Kopf, einem Gehstock in der rechten Hand.

»Ist es wieder einmal so weit?« fragte Frenny und rückte ihren mondgelben Sari zurecht.

»Ja, ja. Wieder mal, wieder mal. Die Zeit vergeht, nicht wahr?« Er lachte. Der Elefantenmensch war schon seit über vierzig Jahren tot, aber Brooklyn ließ ihn nicht los.

»Wieder der Grabstein?«

»Natürlich, ich bin zu alt für Überraschungen.«

Frenny schrieb etwas auf ein Papierschiff, der Kohlestift kratzte.

»In zwei Tagen wird der Grabstein wieder umfallen.«

»Ich kann mich drauf verlassen?« Der Elefantenmensch hustete.

»Selbstverständlich.«

Suzanne wusste natürlich, warum der Elefantenmensch zu Frenny gekommen war. Das ging schon eine sehr lange Zeit so. Alle vier, fünf Jahre, wenn seine Enkel sich nicht mehr genügend um das Grab kümmerten oder gar darüber nachdachten, es zu verkaufen, fiel sozusagen aus heiterem Himmel der Grabstein um. Alles Mögliche war ausprobiert worden – sie hatten den schweren, dunklen Stein gestützt und zuletzt sogar einbetoniert. Aber alles das half nicht. Wer vergessen war, und das wussten hier alle, der war auch verloren. Deshalb sorgte der Elefantenmensch immer wieder dafür, dass sie ihn ja nicht vergessen konnten. Denn Zufälle, und das wussten hier ebenso alle, waren so selten wie zwei Sternschnuppen, die sich inmitten des Himmels treffen.

»Ein sehr schöner Brief. Harvey vermisst dich sehr«, sagte Suzanne. Legte den Brief neben einen Stapel Bücher.

»O ja, wundervolle Worte, nicht wahr? Mein lieber Harvey, was würde ich nur ohne ihn tun.«

Sie blickten beide durch das große Fenster auf die Straße hinaus, einige Männer standen an der Straßenecke und rauchten. Papierdrachen, die an den Überlandleitungen hingen wie Wäschestücke,

»Alles hängt zusammen, das ist gut so. Der Wind und der Regen, der Schnee. Auch die Sonne. Schade, dass ich gehen musste. Weißt du, wir hatten eine sehr gute Zeit, es war unsere Zeit. Jeden Tag kam er vorbei, und wir tranken Kaffee und Tee, und wir mussten nicht einmal viel reden. Alles war gesagt, solche Zeiten gibt es.«

»Was hast du vor?« Suzanne blinzelte.

»Ich sage nur: Albert Sterner. Du weißt schon.«

Und natürlich wusste Suzanne, was sie damit meinte.

Harvey trug wieder einmal die vergessenen Briefe aus. Diese Nacht war er ganz allein, denn die anderen in der Klapsmühle hatten beschlossen, in dieser Nacht auf Leibrand aufzupassen. Leibrand war sehr traurig, und alle mochten ihn gern. Auf keinen Fall wollten sie, dass ihm etwas geschah. So machte sich Harvey allein auf den Weg, aber das störte ihn nicht. Im Grunde war er sehr gerne alleine hier unterwegs, hier mitten in der Stadt, links und rechts hohe Häuser mit hellen Fenstern. In beiden Jackentaschen unzählige Briefe und Postkarten. Musste es tun, denn Frenny hätte es bestimmt nicht gefallen, wenn Nachrichten nicht zu den Menschen kamen, die sie erwarteten. Ja, er tat es natürlich für sie, für sein Mädchen. Kreuzte immer ihre Gegend, jenen Ort, an dem sie glücklich gewesen waren.

»Hallo Frenny, wie geht es dir?« murmelte Harvey dem Wind entgegen, als er in ihrer Straße eingebogen war. Blickte über seine Schultern, immer mit der Angst, er würde den Wolfsmann sehen, der sich irgendwo herumtrieb und seinen Namen heulte. Aber er war ganz allein hier, weit nach Mitternacht. Die Leute schliefen.

Da sah Harvey die Flasche, meeresblau. Sie stand auf dem gelben Briefkasten vor dem Haus, in dem einst Frenny auf ihn gewartet hatte. Klares, schönes Glas. Die Flasche war leer, aber dennoch schwer, als er sie in die Hand nahm. Ganz leise hörte Harvey eine Stimme, und einen Augenblick dachte er, diese Stimme würde vom Hinterhof kommen, aber das stimmte nicht. Sie kam direkt aus der Flasche. Er legte den Kopf schief und drückte die Öffnung des Flaschenhalses an das rechte Ohr. Die Briefe, die er in seiner Hand gehalten hatte, fielen zu Boden.

Es war ein Gedicht. Und das ging so:

Lebensretter und Spinnensucher,
mein Held, auch das,
wenn ich am Fenster stehe und die sehe,
bevor der Tag beginnt,
der Mond am Himmel, der unserer ist.
Die Gespenster, sie kennen mich,
sie kennen dich,
sie kennen uns.
So küsse ich dich jeden Tag und jede Stunde,
an jedem Ort, vergiss mich nicht.

Harvey stand da, mitten im Schnee, und vergaß die Zeit, vergaß sich selbst und die Welt dazu. Frennys Stimme war verstummt, aber er konnte die Flasche nicht von seinem Ohr nehmen, hörte leises Rauschen von allen Meeren der Welt. Tränen liefen über seine Wangen, tropften in den Schnee und gefroren.

»Hast du Albert in der letzten Zeit gesehen?« fragte Suzanne, nachdem Frenny ihr erzählt hatte, was noch geschehen sollte.

Wann genau es passierte, wusste niemand, denn Zeit war hier, wie schon gesagt, unwichtig. Wichtig nur die Wünsche, die wie Sperlinge tief zwischen den Bäumen dahinflogen. Frenny hatte in der Zwischenzeit zwei Tassen Tee von hinten geholt, und der Raum füllte sich mit dem Duft von Zimt.

»Albert?«

»Ja.«

»Erst gestern habe ich ihn gesehen. Sein Bein macht ihm Probleme, das viele Rauchen. Er hinkt, aber das Rauchen gibt er nicht auf. Ein alter Sturkopf.«

»Ich frage mich, was wohl aus ihm geworden wäre, hätte nicht Leibrand von ihm geträumt, damals als Kind.«

»Was wäre aus Robert geworden, und all den anderen? Was wäre aus dir geworden, hättest du Leibrand damals nicht geküsst? Wer weiß, ob es das alles hier geben würde ohne euch.« Frenny trank den heißen Tee, beide schwiegen eine Weile. Dann erzählte Frenny wieder von Sterner:

»Das letzte Buch, sagt Albert, das allerletzte Buch von seinen zwölf, das hat er schon geschrieben. Sagt er jedenfalls.«

»Tatsächlich?«

»Ja, ein Buch über Brooklyn, über hier. Über all die Straßen und Wege und jeden hier. Über dich, über mich. Du weißt schon, über das alles. Doch dieses Mal, hat er mir erzählt, wird er es nicht in die Flaschen sprechen. Nicht so, wie seine anderen Bücher. Hast du sie gelesen? Ich finde sie wundervoll. Jedes Wort davon.«

»Ja, das sind sie. Wundervoll.«

Die Ladentür ging erneut auf, und der Geruch von Herbstlaub und Allerheiligenfeuer drang milde herein. Ein alter Mann im Anzug und ein kleines Mädchen kamen herein. Das Mädchen kicherte.

»Brenner! Wenn das keine Überraschung ist. Wie geht es euch?«

Das kleine Mädchen hopste auf den Ladentisch und stupste nach Frenny.

»Viel zu tun, aber wem sage ich das, nicht wahr?

»Ja, wem sagst du das«, lächelte Frenny und küsste das Mädchen auf die Stirn.

»Immer noch Gewitter?« Suzanne legte ihre Hand auf seinen Rücken, küsste ihn auf die Wange.

»Heute vierundzwantig Stück, siebenhundertzweiunddreißig Blitze. Brooklyn-Gewitter. Aber bis jetzt haben wir ihn nicht gefunden. Ist schon eine seltsame Sache, aber wer weiß, wo er gerade steckt.« Brenner zündete sich eine Zigarette an, die nach Nelken roch.

»Ich würde ihn gern mal kennenlernen. O ja, das würde ich wirklich für mein Leben gern«, sagte Frenny und fragte Brenner nach einer seiner Nelken-Zigaretten, die sie sogleich ansteckte und den Rauch zur Decke blies.

»Ich hab von ihm geträumt, ein sonderbarer Traum. Ich glaube, Leibrand hat ihn damals kennengelernt. Damals, nach dem Kuss und so«, sagte Suzanne, während das Mädchen von der Ladentheke hopste und sich an sie schmiegte.

»Im Birdland haben sie jedenfalls schon eine ganze Weile nichts mehr von ihm gehört. Manche sagen sogar, die Kinoleute hätten ihn erwischt.«

»Nicht mal Charlie Parker?« fragte Brenner.

»Nein, nicht mal Charlie. Und das will was heißen. Ich hoffe, ihr findet ihn, er liebt doch Gewitter nicht wahr?« Suzanne nickte.

»Wenn ihn jemand findet, dann wohl du. Wir alle denken an dich«, sagte Frenny und legte ihre Hand auf Brenners Hand.

»Hast du deinen Leibrand schon gesehen?« fragte Frenny und lächelte. Brenner und sein kleines Mädchen gingen bereits die Straße hinunter zu den höchsten Häusern, am Horizont züngelten Blitze herunter. Gingen zu den Gewittern.

»Nein. Aber er ist hier. Seine Bilder stehen an jeder Ecke.«

»Ja, die habe ich auch schon gesehen. Seine Amerika-Plakate, so nennt er sie doch, oder nicht?«

»Amerika-Plakate, ja.«

»Hier und dort, alle für dich. Deine große Liebe. Seine große Liebe. Das ist wirklich schön.«

»Ja, das ist es«, sagte Suzanne leise und lächelte, wie sie als Kind gelächelt hatte. Und dachte an seinen Kuss und an einen Kuss, der ewig andauern würde.

An jeder Ecke sah Suzanne den Schatten Leibrands, an jeder Ecke roch sie ihn. Mit blauer Kreide gemalt, auf dem Asphalt, seine Zeichnungen, wie Wegweiser; hinter Fenstern die blau getünchten Leinwände. Sie traf Albert Sterner in dem kleinen Gartenstück vor der Bibliothek mit den fliegenden Büchern und den Mädchen, die Gedichte sangen von der Liebe. Auf einer Parkbank, rot gestrichen, saßen Paul Auster und Harper Lee; Truman Capote ging sich gerade einen Kaffee besorgen.

»Harper hat mich auf die Idee gebracht, obwohl natürlich Truman behauptet, es wäre sein Einfall gewesen«, sagte Sterner, nachdem er Suzanne lange umarmt hatte. Ihre roten, langen Haare glänzten im Sonnenlicht wie helles Feuer.

»Dein letztes Buch?«

»Ja, mein allerletztes Buch.«

»Was wirst du damit machen? Keine Flaschen?«

»Nein, keine Flaschen. Es wäre nicht richtig, dieses Mal.«

Beide setzten sich in das Gras, leise die Stimmen von überall her, und während sich dunkle und helle Wolken am Himmel abwechselten, erzählte ihr Albert Sterner von seiner Geschichte und den Schornsteinen.

»Es ist wie mit den Flaschen, irgendwie. Man muss sich nur die richtigen Häuser aussuchen. Die Häuser mit den traurigen Kindern, natürlich. Mit den dunklen Fenstern. Du erkennst solche Häuser schon von Weitem, es gibt so viele davon. In jeder Straße. Immer nur ein Wort, und es reicht, es in den Schornstein zu flüstern. Ganz leise.«

Einige Hüte flogen durch die Luft, beide sahen ihnen nach. Sterner strich über sein schmerzendes Bein, als er weiter erzählte.

»Ich denke, ich werde bald sterben, Suzanne. Das spüre ich. Aber wenn alles gut geht, habe ich noch ein bisschen Zeit, und wenn alles gut geht, ja, dann schaffe ich es. Und irgendwann werden sich alle Wörter finden, und irgendwann wird jemand die Geschichte erzählen.«

Suzanne legte ihren Arm um seine Schultern und lehnte sich an ihn.

»Wir sind alle dabei. Leibrand auch, und natürlich du. Ich habe das Buch *Amerika-Plakate* genannt, weißt du. Ich denke, das wird Leibrand gefallen.«

Albert Sterner lächelte, und Suzanne weinte ein wenig.

Und beide blickten über die Straßen, über die Himmel und über ihre Leben hinweg zu den Amerika-Plakaten, die mit den Wolken einen blauen Regen brachten.

Kapitel 13

Nachrichten von Leibrand (Amerika-Plakate und noch mehr)

Ich habe viel von Leibrand gesehen und viel über ihn gehört. Ich glaube, es werden noch lange Zeit Pakete und Briefe hier ankommen, Nachrichten aus der Vergangenheit, die mich nicht schlafen lassen. Leibrand ist mir aus den Händen geglitten, und nun ist mir Leibrand erneut so nahe, wie er mir als Kind gewesen ist. Damals, in den späten Siebzigern, als sich die Welt drehte und alles möglich war.

Leibrand ist nun schon eine ganze Weile nicht mehr hier bei uns. Wenn ich an seinem Grab stehe, dann sehe ich ihn an seinem Bettrand sitzen und Kaffee trinken, rauchen. Dann sehe ich ihn auf dem Jahrmarkt, der Rattenkönig auf der Spitze des Zirkuszeltes, und das wunderschöne Mädchen an seiner Seite. Den Kuss und das Gewitter danach.

Heute weiß ich, dass er Suzanne gefunden hat, und dieser Gedanke macht mich glücklich. Dieser Mann, der fiel, wenn andere standen. Dieser Mann, der von Amerika träumte und jede Ecke dort drüben kannte.

»Hier ist Brooklyn, genau hier«, hatte er damals oft gesagt.

Heute weiß ich, dass er damit recht gehabt hatte.

Kapitel 14

Die Glühbirnen glimmen

Mathilda wachte auf und sah die Glühbirne auf ihrem Fenstersims flackern. Vor einer Woche, einige Zeit, nachdem Leibrand gestorben war, hatte mitten in der Nacht der Obdachlose, dem sie eine ihrer Glühbirnen geschenkt hatte, an ihre Tür geklopft. Natürlich hatte er Mathilda gefunden.

»Das Ding macht mir Angst, hier haben Sie es wieder. Es macht Licht, obwohl es kein Licht machen kann. Das ist nichts für mich. Ich habe Angst vor solchen Sachen, immer schon.«

Manchmal ging sie nachts durch die Straßen. Das Licht war anders, kleine leuchtende Vögel. Blickte über Friedhofsmauern und dachte an ihre Kindheit, als Glühwürmchen die Nächte erhellt hatten. Hier und da glommen jene Glühbirnen, die von Leibrand erzählten.

Schatten und Zwielicht.

Und die Träume, die darin tanzten, als wäre immer noch alles möglich.